불멸의 百濟

KB142551

불멸의 백제 2

초판1쇄 인쇄 | 2019년 3월 13일
초판1쇄 발행 | 2019년 3월 18일

지은이 | 이원호
펴낸이 | 박연
펴낸곳 | 한결미디어

등록 | 2006년 7월 24일(제313-2006-000152호)
주소 | 서울시 마포구 모래내로 83 한올빌딩 6층
전화 | 02-704-3331
팩스 | 02-704-3360
이메일 | okpk@hanmail.net

ISBN 979-11-5916-116-2 979-11-5916-114-8(set) 04810

불멸의
百濟

② 백제령 왜국

이원호 역사 무협소설

한결미디어
HANGYEOL
MEDIA

목차

7장 전쟁

　그로부터 이틀 후, 사비도성의 내궁(內宮) 대왕전 침전 옆방에 의자왕을 중심으로 넷이 둘러앉았다. 성충과 홍수, 계백과 협보다. 계백이 수군항에서 말을 달려 도성으로 온 것이다. 먼저 밀사 하도리를 성충에게 보내 내막을 알려준 터라 의자의 앞에는 아직 개봉도 하지 않은 신라 여왕의 밀서가 놓여 있다. 때는 밤 술시(오후 8시) 무렵, 방에는 양초를 여러 개 밝혀 놓아서 밝지만 모두의 표정은 무겁다. 앞에 놓인 붉은색 비단 보자기가 무슨 흉물(凶物)이라도 되는 것처럼 시선들이 스치기만 한다. 이윽고 성충이 손을 뻗쳐 보자기를 집으면서 말했다.

　"대왕, 소신이 먼저 보겠습니다."

　분위기를 바꾸려는 듯이 성충이 우스갯소리를 했다.

　"편지에 독을 묻혔을지도 모르니까요."

　"헛헛, 신라 여왕이라면 그럴 만하지."

　의자가 팔걸이에 몸을 기대면서 웃었다.

　"좌평이 읽어 보라."

　"예, 알겠습니다."

헛기침을 한 성충이 보자기를 풀고 접힌 밀서를 펴더니 읽었다.

"신라 여왕이 백제 수군항장에게 보낸다. 신라국 이찬 김춘추는 당(唐)에 여왕의 밀서를 소지하고 당 황제를 만나러 가는 바, 이를 저지, 나포한다면 대전(大戰)의 단초가 될 수 있다. 그러니 이 편지를 너희 대왕께 보여 결정을 하시도록 하는 것이 낫다."

편지에서 눈을 뗀 성충이 의자에게 말했다.

"여왕의 의도대로 되었습니다, 대왕."

"그게 끝이냐?"

"더 남았습니다. 읽겠습니다."

다시 숨을 고른 성충이 읽는다.

"그리고 이것은 신라 여왕이 백제왕에게 보내는 서신이다."

머리를 든 성충이 의자에게 말했다.

"대왕, 그렇게 쓰여 있습니다."

"읽으라."

성충이 다시 읽는다.

"백제왕 의자는 들으라. 너는 내 동생의 아들이니 내가 네 이모가 된다. 너는 내 편지를 이미 갖고 있을 테니 이 편지의 필체와 비교해 볼수도 있을 것이다. 나는 네 이모로서 말한다."

어느덧 이마에 돋아난 땀을 손등으로 닦은 성충이 계속해서 읽는다.

"너는 네 어미와 처를 연금시켜 놓았다고 들었다. 신라의 첩자라고 했지만 그렇지 않다. 네 어미는 그 어느 편도 들지 않았고 내부의 허점을 나에게 발설한 적도 없다. 나와 네 어미는 부친의 뜻대로 신라와 백제의 합병, 통일을 추구했던 것이다. 네 아비가 그 증인이다. 네 아비는 알고 있었기 때문에 네 어미를 놔둔 것이다."

그때 시선을 뗀 성충이 의자에게 물었다.

"대왕, 계속해서 읽습니까?"

"왜 그러느냐?"

"교활합니다. 소신이 읽으면서 홀린 것 같은 느낌이 들어서 그럽니다."

그러자 의자가 웃었다.

"계속해서 읽으라. 칼자루는 내가 쥐고 있으니, 점점 재미있어진다."

성충이 다시 읽는다.

"의자, 들어라. 김춘추를 그대로 당으로 보내다오. 김춘추가 소지한 당 황제에게 보내는 친서에는 안부만 적혀 있다. 김춘추는 여왕을 위해서 가는 것이 아니라 제 미래를 위해서 가는 것이다."

머리를 든 성충이 의자를 보았다. 놀란 얼굴이다. 그때 의자가 소리 없이 웃었다.

"봐라, 재미있게 되지 않느냐?"

"대왕, 계속 읽겠습니다."

이제는 성충이 서둘러 읽기 시작했다.

"김춘추는 내 후계자가 되려고 하지만 부족하다. 그래서 너한테 더 이롭다."

편지에서 시선을 뗀 성충이 곧 두 손으로 의자에게 내밀었다.

"대왕, 이것이 끝입니다."

편지를 받은 의자가 훑어보고 나서 청 바닥에 던졌다. 의자의 시선이 계백에게 옮겨졌다.

"포로들은 수군항에 감금하고 있느냐?"

"예, 대왕"

계백이 말을 이었다.

"김춘추와 아들 김법민, 부사(副使) 김문생은 따로 성안에 격리했고 나머지는 모두 옥에 가두었습니다."

"잘 했다."

의자가 다시 대신들을 둘러보았다. 얼굴에 웃음이 떠올라 있다.

"이 여우같은 이모의 제의를 어떻게 생각하느냐? 기탄없이 말해보라."

"보내시지요."

바로 흥수가 말했는데 얼굴이 굳어져 있다. 모두의 시선을 받은 흥수가 말을 이었다.

"당왕 이세민은 여왕을 탐탁지 않게 여기고 있습니다. 지난번에도 신라 사신에게 '너희들은 여왕 치하에 있으니 국력이 쇠잔해진다.'고 꾸짖기까지 했습니다. 김춘추는 제 미래를 위해 당왕에게 가는 것이지만 숙적 비담 세력에 비교하면 역부족입니다."

흥수는 신중하고 사려 깊은 성품이다. 의자는 경청했고 흥수의 말이 이어졌다.

"이 상황에서 김춘추를 베어 죽인다면 상대등 비담이 바로 여왕의 뒤를 이어 왕이 될 것입니다. 김춘추를 비담의 견제 세력으로 남겨 두는 것이 이롭습니다. 여왕의 말이 맞습니다."

"어허."

성충이 탄식부터 하고 나섰다.

"역시 내신좌평은 순진해. 사내는 전장에서 칼을 휘둘러 봐야 살기(殺氣)를 느낄 수 있는 거요. 나는 이 여왕의 글 뒤에 숨은 살기를 느낍니다."

뒷말은 의자에게 했다. 의자가 듣기만 했고 성충의 말이 이어졌다.

"여왕은 지난 수십 년간 후계자가 되려는 진골 뼈다귀들의 압박을 견디면서 오직 간계만 늘어났습니다. 이 간계 뒤에 숨은 살기는 잘 보이지 않습니다. 백제와 신라를 합병한다는 진심이 있었다면 선왕(先王) 때 이루고도 남았습니다. 김춘추 이하 사신단을 모두 죽이고 저 편지는 불에 태우는 것이 이롭습니다."

"으음."

이번에는 의자가 탄식했다. 의자의 시선이 계백에게로 옮겨졌다.

"덕솔, 네 생각은 어떠냐? 너는 고구려에서부터 김춘추를 겪었을 뿐 아니라 김춘추의 사위 김품석을 죽인 악연이 있다. 네가 본 김춘추는 어떠냐?"

"김춘추는 고구려에 갔을 뿐만 아니라 그 전(前)에는 왜에도 다녀갔습니다."

계백이 말하자 의자는 물론이고 성충과 흥수, 협보까지 놀란 기색이 역력했다.

"왜에도 갔단 말인가?"

"예, 이번에 잡은 사신단의 경호대장한테서 들었습니다."

비담 측근 무장인 김배선한테서 들은 것이다. 김배선은 김춘추의 행적을 거침없이 털어 놓았다. 의자의 얼굴에 쓴웃음이 번졌다.

"무서운 놈이다. 목숨을 걸고 적지(敵地)에 뛰어드는 이자를 여왕이 가볍게 본 것 같다. 왜, 고구려에 이어서 당, 거기에다 지금은 백제 땅에 들어와 있는가."

"죽여야 합니다, 대왕."

성충이 말을 받았다.

"비담보다 더 간특한 놈입니다. 그놈이 여왕의 후계자가 되면 합병은 더 어려워질 것 같습니다."

이제는 홍수도 입을 다물었고 의자가 어깨를 부풀렸다가 내렸다.

"내가 김춘추를 보겠다."

의자가 말했을 때 성충은 한숨을 쉬었지만 홍수의 눈빛이 밝아졌다. 협보가 말을 받는다.

"밀행을 하시겠습니까?"

"그렇다. 그놈을 도성까지 끌고 온다면 백성들이 구경한다고 소동이 일어날 거다."

"그렇습니다, 대왕. 하지만 기마군 5백 기는 끌고 가셔야 합니다."

"1백 기로 줄여라. 예비마는 3필씩."

"예, 대왕"

전장에서의 대담처럼 위사장 협보와의 대화는 거침이 없다. 그때 성충이 나섰다.

"대왕, 제가 모시지요."

"저도 모셔야 합니다."

홍수가 거들자 의자는 머리를 끄덕였다.

"그대들이 있어야지. 함께 만나서 현장에서 그놈의 생사(生死)를 결정하자."

의자는 나이 40이 넘어서 왕위에 오른 터라 쓸데없는 권위를 내세우지 않는다. 강압이나 회유로 만들어진 권위는 돌아서면 끝난다는 것을 아는 것이다. 진정한 권위는 존경과 공감에서 얻어진다는 것을 체험해 온 의자다. 측근 대신들에게 격의 없이 대하는 것도 그런 자신감 때문이다. 다음 날 오전, 서부 수군항에 기마대가 들이닥쳤다. 깃발도, 병참대도 따르지 않는 기동대 1백여 기였는데 예비마가 300여 필이 따랐고 수군항장 계백이 앞장을 서고 있었다. 계백이 대왕을 모시고 온 것이다. 잠시 후에 수군항의 청에는 삼엄한 경비로 둘러싸였고 곧 성안에 감금되었던 김춘추가 청으로 끌려 들어왔다. 청의 안쪽 수군항장의 자리에 의자가 앉았으며 그 아래쪽 좌우에 성충과 흥수, 계백은 더 아래쪽에 옆모습을 보이고 앉았다. 협보는 청의 출입구 옆쪽에 장검을 쥔 채 서 있다. 김춘추를 데려온 군사들은 청 아래에서 돌아갔기 때문에 김춘추는 혼자 올라왔다.

이제 넓은 청 안에는 김춘추까지 여섯 명이다. 청의 양쪽은 있었지만 아래쪽으로 경비병들이 이쪽에 등을 보인 채 도열하여 있다. 그때 협보가 김춘추에게 말했다.

"백제 대왕이시다. 10보 앞에서 꿇고 엎드려라."

"예."

숨을 들이켠 김춘추가 바로 그 자리에서 무릎을 꿇더니 두 손으로 청 바닥을 짚었다.

그러더니 이마를 청 바닥에 붙인 채 소리치듯 말했다.

"신라의 김춘추가 삼가 백제대왕을 우러러 뵙습니다!"

의자가 지그시 김춘추를 내려다본 채 입을 열지 않는다. 머리를 든 김춘추가 의자를 보았다. 얼굴은 상기되었고 두 눈이 번들거린다.

"대왕, 이렇게 뵙게 되어서 광명이올시다. 이제 김춘추는 죽어도 여한이 없습니다!"

의자는 표정 없는 얼굴로 쳐다만 보았고 김춘추의 목소리가 청을 울렸다.

"소인의 생사(生死)를 직접 결정하시려고 이렇게 친히 왕림하셨으니 더 이상 무엇을 바라겠습니까? 말씀해 주시옵소서."

그때 의자가 물었다.

"네가 신라왕이 되고 싶으냐?"

"신라왕이 되고 나서 백제와 합병하겠습니다."

김춘추가 기다렸다는 듯이 대답했다.

"그래서 전쟁으로 생업을 잃고 굶주린 백성들을 안돈시키도록 하겠습니다."

"백성들을 위해서 왕위를 버린다는 것이냐?"

"그것이 여왕과 선왕(先王)의 뜻이기도 합니다, 대왕."

"그 뜻을 받들어서 네 왕위를 버린다고?"

"예, 서약서를 쓰지요."

그때 의자가 이를 드러내고 웃었다.

"너는 고구려에서도 서약서를 썼지 않느냐?"

김춘추는 입을 다물었고 의자의 말이 이어졌다.

"그 전(前)에는 왜에도 가서 원군을 요청했다. 그래서 왜에서는 걸사(乞使)가 왔다고 비웃지 않았느냐?"

의자가 김춘추를 노려보았다.

"네 용기는 가상하나 믿을 만한 위인은 아니다. 너는 오직 수단과 방법을 가리지 않고 신라를 멸망에서 구해내고 왕이 되려는 욕심뿐이다."

쓴웃음을 지은 의자의 말이 이어졌다.

"교묘한 말재주와 임기응변으로 지금까지 버티어 왔겠지만, 오늘로 네 목을 베어 욕망을 끝내주마. 신라와의 합병을 너에게 맡길 수는 없겠다."

이제 김춘추는 머리를 숙인 채 말을 잃었고 의자가 말을 맺는다.

"일국(一國)의 왕이 되겠다면 제아무리 소국(小國)이라고 해도 신의를 바탕으로 덕을 보여야 하는 법, 너는 세 치 혀만으로 지금까지 잘도 버티어 왔구나.”

그러고는 의자가 협보에게 말했다.

“청 밖으로 데리고 나가서 목을 베어라. 그리고 그 머리를 상자에 담아 편지와 함께 여왕한테 돌려보내라.”

“예, 대왕.”

협보의 대답이 끝났을 때 김춘추가 번쩍 머리를 들었다.

“대왕, 살려주십시오!”

김춘추의 얼굴을 본 계백이 숨을 들이켰다. 김춘추의 눈에서 눈물이 줄줄 쏟아지고 있었기 때문이다. 모두의 시선을 받은 김춘추가 울부짖듯이 말했다.

“제가 신라 진골 왕족의 가계표와 조직도를 갖고 있습니다. 비담파와 저한테 우호적인 왕족의 도표가 있습니다. 그것뿐만 아니라 신라군의 배치도와 병력, 그리고 성(城)의 위치, 허실까지 모두 기록한 자료도 있습니다.”

“…….”

“만일에 대비해서 품고 다녔던 자료인데 대왕께 바치지요. 신라의 기밀자료를 다 드리는 셈입니다.”

눈물범벅이 된 얼굴로 김춘추가 부르짖었다.

“대왕, 목숨만 살려주십시오. 그 서류는 제 자식 법민의 몸에 감아 놓았으니 지금 당장 보실 수 있습니다!”

의자가 성충과 흥수, 계백까지 시선을 마주쳤다. 넷의 표정은 모두 다르다. 의자는 더러운 것을 보았다는 얼굴이 되어 있는가 하면 성충은 토할 것 같은 표정이다. 흥수는 아예 눈을 감고 있는 것이 만감이 교

차하는 것 같다. 계백만이 김춘추를 쏘아보고 있었는데 막 칼을 내려칠 것 같은 분위기다. 그때 의자가 협보에게 말했다.

"이놈 아들을 데려와라."

잠시 후에 청 안에 김법민이 앉아 있다. 겁에 질린 김법민은 옷이 벗겨지고 가슴에 감아놓은 헝겊이 풀려 서류가 나올 때까지 몸을 떨기만 했다. 협보가 서류를 바치자 의자와 성충, 홍수, 계백까지 차례로 읽는다. 서류는 여러 장이었고 김춘추의 말대로 다 적혀 있었다. 이윽고 머리를 든 의자가 협보에게 말했다.

"저 부자(父子)를 마당으로 데려가서 기다려라."

협보가 김춘추 옆으로 다가가 목덜미를 잡아 일으켰다.

"대왕, 살려주십시오."

김춘추가 겨우 그렇게 말하더니 김법민과 함께 끌려 나갔다. 잠시 청 안에 정적이 덮였고 홍수는 아직도 눈을 뜨지 않았다. 그때 의자가 말했다.

"그래, 저놈이 신라왕이 될 수도 있겠지."

의자의 목소리가 청을 울렸다.

"비담이 왕이 되는 것보다 저런 놈이 왕위를 잇는 것이 낫겠다."

계백은 길게 숨을 뱉었다. 이것이 운명이다.

바다는 오늘도 잔잔하다. 백제해(百濟海)를 나아가는 5척의 선단은 돛을 펴고는 있었지만 바람이 약해서 그냥 떠 있는 것 같다. 앞쪽 대선(大船)의 선수에 서 있던 계백이 머리를 돌려 김춘추를 보았다. 이 배는 신라선(船)이다. 김춘추가 타고 온 배인 것이다. 김춘추는 의자왕의 지시로 석방되었다. 그리고 살아남아 대선에 올라 다시 당(唐)을 향해 떠나는 중이다. 계백의 시선을 받은 김춘추가 입을 열었다.

"서약서에 쓴 대로 내가 신라왕이 되고 나면 바로 백제와 합병을 할 것이오."

계백은 시선만 주었고 김춘추가 말을 이었다.

"그것이 전쟁으로 고통 받는 백성들을 안돈시키는 유일한 방법이 될 것이오."

계백은 여전히 시선만 주었고 김춘추의 말에 열기가 띠어졌다.

"합병에 장해물이 되는 놈들은 제거해야 되겠소. 덕솔이 도와주시오."

"어떻게 말이오?"

계백이 입을 떼었더니 김춘추가 옆으로 바짝 다가섰다.

"이 배에도 부사(副使) 김문생, 경호장 김배선, 그리고 그가 데려온 비담 일파의 군관들까지 10여 명이나 타고 있소. 그놈들이 귀국하고 나면 내가 백제와 밀약을 맺었다는 소문을 낼 것이 분명하오."

"……."

"덕솔이 그놈들을 없애주시오."

계백이 한동안 김춘추를 응시하다가 천천히 머리를 끄덕였다. 계백이 손을 들자 옆으로 나솔 윤진, 장덕 백용문, 하도리까지 다가와 섰다.

"배에 탄 신라 관리를 모두 갑판으로 모아라."

그러고는 김춘추에게로 머리를 돌렸다.

"비담 일파가 누군지 적어주시오."

"알겠소."

김춘추가 아래쪽에 선 아들 김법민을 눈짓으로 부르더니 서둘러 위쪽 누각으로 올라갔다. 명단을 작성하려는 것이다. 이른바 살생부다.

잠시 후에 갑판에 모인 사신 일행 중에 정사선(正使船)에 남아 있던 관리들의 살육이 일어났다. 김춘추가 적어준 명단대로 비담 일파로 지목된 관리와 군관을 차례로 베어 죽인 것이다. 시체는 바로 바다에 던졌기 때문에 배에는 핏자국만 남았다. 살육이 끝난 지 얼마 되지 않았을 때 계백이 휘하 장수들과 함께 신라 정사선을 떠난다. 백제 전함을 옆에 붙여놓고 나서 계백이 김춘추에게 말했다.

"이찬, 부디 왕위에 오르시오."

"그렇게 되면 1년 안에 신라는 백제와 합병이 될 것이오."

김춘추가 바로 대답했다. 머리를 끄덕인 계백이 백제선과 연결된 널빤지를 타고 옮겨 갔다. 이윽고 장수들과 군사들까지 모두 옮겨가고 널빤지가 치워졌다. 배가 흔들거리면서 신라선은 동쪽으로 백제 함선은 서쪽으로 떨어져 간다. 거리가 50보쯤 떨어졌을 때 김춘추가 두 손을 모으고 머리를 숙여 계백에게 인사를 했다. 정중한 인사다. 계백과 뒤에 선 장수들이 답례를 했고 배들은 점점 더 멀어졌다. 곧 1백 보 거리쯤이 되었을 때 김춘추는 몸을 돌렸다. 그때 김법민이 조심스럽게 물었다.

"아버님, 합병하실 것입니까?"

"당연히."

머리까지 끄덕인 김춘추가 웃음 띤 얼굴로 김법민을 보았다.

"신라가 백제를 합병한다. 저 머저리 같은 놈들은 그때 모두 죽었거나 아니면 내 발밑에 엎드려 있을 것이다."

그 시간에 계백이 멀어져가는 신라선을 바라보며 옆에 선 장수들에게 말했다.

"김춘추는 지금 우리를 속였다고 웃고 있을 거야."

사비도성에서 전령이 왔을 때는 계백이 김춘추를 보내고 열흘쯤이 지난 후다. 전령은 병관좌평 명의의 임명장을 가져왔는데 대왕의 직인까지 찍혔다. 계백을 '백제 기마군대장'으로 임명하며 도성으로 돌아와 신고하라는 내용이다. 청에 앉은 계백이 사령장을 읽고 나서 전령에게 물었다.

"대왕의 명이니 받겠네. 그런데 수군항장에게 난데없는 기마군대장 임명장을 주다니, 무슨 일인가?"

"예, 각 방에서 선발한 기마군 5천의 대장이 되시는 것입니다."

"기마군 5천?"

"예, 닷새 안에 도성에 집결할 예정이오."

9품 고덕 벼슬의 전령이 말을 이었다.

"병관좌평께서 덕솔이 휘하 장수들을 데려와도 된다고 하셨소."

계백의 시선을 받은 전령이 말을 이었다.

"고구려에서 지원군을 요청했습니다. 그래서 대왕께서는 덕솔을 선발하신 것입니다."

"고구려에서 전쟁이 났는가?"

"당왕(唐王)이 고구려 원정 준비를 하고 있답니다."

"수나라처럼 당나라도 망하겠구나."

말은 그렇게 했지만 계백의 표정이 굳어졌다. 수(隋)는 양제의 고구려 원정에서 대패함으로써 3대 37년 만에 멸망했다. 그 후에 세워진 당(唐)은 현재 2대 태종 이세민의 정관 18년, 건국 27년째다.

"곧 새 수군항장, 한산성주가 부임해 올 것입니다. 덕솔께서는 닷새 안에 도성에 도착해 주시지요."

"알았네."

"그리고."

전령이 잊었다는 얼굴로 계백을 보았다.

"이번 고구려 지원군 대장이 되신 것은 고구려 대막리지의 요청이 있었기 때문이라고 상좌평께서 말씀하셨습니다."

연개소문이다. 계백의 얼굴에 웃음이 떠올랐다. 연개소문과 함께 전쟁을 치르게 되는 것이다. 그날 저녁 한산성의 청에는 수군항의 장수들까지 다 모였다. 모두 계백이 고구려 지원군의 기마군대장으로 선발이 된 것을 아는 터라 들뜬 분위기다. 더구나 계백이 휘하 장수를 데려간다는 소문이 쫙 퍼진 상황이다. 계백이 말을 꺼내기도 전에 먼저 화청이 나섰다.

"성주, 저는 오랫동안 성주와 함께 전장(戰場)을 누볐고 대야성에서 머리가 떨어진 김품석도 보았습니다. 수(隋)의 항장 출신으로 소장이 이만큼 공을 세운 것도 모두 덕솔의 보살핌 때문이오."

모두 조용해졌을 때 계백의 혀 차는 소리가 청을 울렸다.

"나솔, 그대 나이가 몇인가?"

"50이오."

"장수로는 좀 늙지 않았는가?"

"하루에 고기 10근을 먹고 말 위에 올라 6백 리를 달리는 것을 덕솔도 보셨지 않소?"

분이 난 화청이 눈을 치켜떴고 목소리가 청을 울렸다.

"소장이 지쳐 늘어진 모습을 보신 적이 있으시오?"

"그럼 같이 고구려로 갑시다."

"그게 제 평생소원이었소."

갑자기 화청의 눈에서 주르르 눈물이 쏟아졌다. 그것은 계백도 아는 것이다. 일부러 청 안의 열기를 띄우려고 한 소리다. 계백은 한산성과 수군항의 장수 여럿을 선발했다. 모두 지원자들이다. 하도리와 곽성, 수군항의 윤진과 백용문도 지원했다. 그날 밤 계백의 말을 들은 고화만이 서글프게 웃으며 말했다.

"나리, 그럼 저는 도성에서 기다려야 되겠네요."

고화가 계백의 가슴에 안기면서 말을 이었다.

"서진이가 좋아하겠어요."

"넌 태왕비께 돌아가라."

다음 날 아침, 서진을 부른 계백이 말했다. 지금까지 태왕비의 시녀 서진은 계백의 관저에서 머물고 있었던 것이다.

그때 서진이 머리를 들고 계백을 보았다. 관저의 마루방 안이다. 계백의 옆에는 고화가 서 있다.

"나리, 태왕비께서 찾지도 않으시니 저는 이곳에서 살겠습니다."

서진이 말하자 계백의 이맛살이 찌푸려졌다. 고화도 놀란 듯 눈을 크게 떴다.

"무슨 말이냐? 이곳에서 살다니?"

"예, 나리를 모시고 살게 해주십시오."

"나를?"

계백이 쓴웃음을 지었다.

"태왕비의 시녀가 덕솔인 내 시중을 들겠다고?"

"예, 나리."

"태왕비께서 허락하실까?"

"이미 태왕비 마마를 떠난 몸입니다."

"그럼 네가 가고 싶은 곳으로 떠나라, 이곳만 빼고."

몸을 돌린 계백이 고화에게 말했다.

"그대가 오늘 중으로 내보내도록 하시오."

아침에 한산성을 떠난 계백은 저녁 무렵이 되어서 사비도성에 도착했다. 먼저 상좌평 겸 병관좌평 성충을 찾아가 인사를 한 계백이 그날은 성충의 저택에서 묵었다. 성충이 내신좌평 흥수와 도성에 와 있는 동방 방령 의직, 남방 방령 윤충까지 저택으로 불러 그날 밤 주연이 벌어졌다. 다섯 명만이 모인 주연을 겸한 회의나 같다. 술잔을 든 성충이 먼저 입을 열었다.

"태왕비와 왕비 마마를 연금시키고 신라 첩자로 의심받던 무리를 주살시켰으니 일단 내부(內部)의 불씨는 꺼진 셈이오."

"소문도 가라앉았습니다."

흥수가 웃음 띤 얼굴로 말을 받았다.

"백제는 내부 분란으로 망(亡)한다는 등 소문이 무성했지만 지금은 씻은 듯이 없어졌소."

"민심이 가라앉았다는 뜻이지요."

의직이 말했다.

"민심이 흉흉하면 온갖 소문이 무성한 법입니다."

"덕솔의 공이 컸어."

이번에는 윤충이 계백을 향해 말했다.

"이번에 김춘추까지 잡았다니 덕솔은 김춘추 가문과는 악연일세."

"살려 보낸 것이 잘못된 것 같소."

의직이 불쑥 말하자 방 안에 잠깐 어색한 분위기가 덮였다. 머리를 든 의직이 말을 이었다.

"비담보다 감춘추가 합병에 더 유리할 것이라는 발상은 신라를 너무 모르고 하신 것이오."

"달솔, 다 끝난 일이오."

홍수가 말렸다.

"대왕께선 선왕(先王) 마마의 유지를 받들어 합병을 밀고 나가시는 거요."

"김춘추는 10번이라도 배신할 놈입니다."

그때 성충이 눈을 부릅떴다.

"이봐, 달솔, 우리가 그것을 모르고 있었을 것 같나? 그놈을 죽이나 살려 보내나 대세에 변동이 없기 때문에 그렇게 한 것이야."

계백은 고위직의 갑론을박을 듣기만 했다. 모두 중신들이요, 책략과 지모가 뛰어난 노신(老臣)들이다. 의직의 말에도 이해가 갔지만 성충의 생각과 같았다. 김춘추는 왕(王)의 재목이 아니다. 신라왕이 된다고 해도 고구려, 백제, 신라, 같은 말을 쓰는 이 3국(三國)을 이끌어 갈 위인이 아닌 것이다. 의자대왕이 아니면 연개소문이라도 3국을 통일해서 대륙을 통치해야 한다. 그래서 의자대왕이 연개소문을 도와 우선 당(唐)과의 전쟁에 나서는 것이 아닌가?

"너는 은솔(恩率)이다."

의자가 계백에게 말했다. 다음 날 오전, 도성의 대왕전 안, 백관이 모인 자리에서 계백의 인사를 받은 의자가 말한 것이다. 이미 성충과 홍수로부터 귀띔을 받은 계백이 허리를 숙이고 대답했다.

"감사합니다, 대왕."

성충은 사양하지 말라고 했다. 너는 은솔이 되고도 남으니 당당하게 받으라고도 했다. 의자의 얼굴에 웃음이 떠올랐다.

"기다렸다는 듯이 덥석 받는구나. 상좌평이 그러라고 시키더냐?"

"예, 대왕."

도열해 앉은 백관들 사이에서 웃음이 번졌지만 성충은 물론 홍수, 의직 등도 시치미를 뚝 떼고 있다. 의자가 머리를 끄덕이더니 정색했다.

"도성에 기마군 5천이 모일 것이다. 열흘 간 조련을 하고 나서 고구려로 떠나도록 하라."

"예, 대왕."

"너는 연남군 기마군대장으로 당군(唐軍)과 접전을 한 경험이 많다. 그래서 선발한 것이다."

"예, 대왕."

"연개소문 공(公)에게 대백제군의 위용을 보이도록 하라."

이제는 의자의 표정이 엄격해졌다. 이것이 백제 지원군 파견의 주목적인 것이다. 당(唐) 태종 이세민은 내부 정비를 마치고 숙원인 고구려 원정을 떠나려는 것이다. 중원을 통일한 수양제가 대륙 북부를 지배하고 있는 고구려를 정복하여 천하통일을 이루려다가 패망했다. 이제 수를 이어받은 당이 다시 천하통일을 시도하려는 것이다. 고구려, 백제, 신라 3국을 통합하면 대략 2천만 인구가 된다. 수양제가 중원을 통일했을 때의 인구가 대략 4800만이었다. 그것도 10여 개의 이민족까지 모은 숫자다. 북방의 고구려, 백제, 신라는 단일민족으로 2천만인 것이다. 고구려와 백제가 연합하더라도 천하통일이 가능하다. 그날 밤부터 계백은 도성에서 50여 리 떨어진 들판의 진막에서 야영을 했다. 이곳에 기마군 5천이 모이는 것이다. 계백의 부장이 된 나솔 윤진이 진막 밖에서 어둠이 덮인 들판을 손으로 가리키며 말했다.

"저기 왼쪽이 장동석성(壯洞石城)이며, 가운데 있는 곳이 웅치산성(熊峙山城), 오른쪽이 황령토성(黃嶺土城)입니다."

윤진이 이 근처가 고향인 터라 말을 이었다.

"이 3개 성이 오래전에 세워졌지만 지금은 허물어지고 보수를 안 해서 수비군 백여 명씩만 남아 있습니다."

계백이 눈을 가늘게 뜨고 어둠 속에 산 윤곽만 드러난 산성들을 보았다. 도성 동쪽으로 가로막듯이 세워진 산성(山城)들이다. 계백이 앞쪽 들판을 눈으로 가리키며 물었다.

"이 들판 이름이 뭔가?"

"예, 황산벌이라고 합니다."

계백은 3개 산성을 바라보며 서 있다. 앞쪽에는 황산벌이 펼쳐져 있는 것이다.

이윽고 머리를 든 계백이 윤진에게 지시했다.

"나솔, 5천 군사를 각각 1500, 2000, 1500씩 나눠서 3개 산성에 주둔시키도록 하라."

"예, 은솔."

"주둔하면서 산성을 고치고 각 대별로 황산벌에 나와 기마군 훈련을 한다."

"예, 은솔."

계백이 둘러선 장수들에게로 몸을 돌렸다.

"3개 대 대장은 윤진과 화청, 정찬이고 나는 정찬과 함께 중군을 맡겠다."

계백이 손으로 3개 산성을 가리켰다.

"나는 중심에 있는 웅치산성으로 가겠다."

황산벌에서 기마군 조련과 함께 출정 준비를 마친 계백의 5천 기마군은 엿새째 되는 날 아침에 고구려로 출발했다.

"은솔, 장졸들에게 중원의 지리를 익히게 하고 당군(唐軍)의 피 맛을 보여줘라."

황산벌까지 찾아온 의자가 계백에게 말했다.

"곧 대륙이 우리 차지가 될 테니까 말이다."

"예, 대왕, 명심하겠습니다."

마상에서 절을 한 계백이 말에 박차를 넣었다. 백제 기마군 5천 기가 떠난다. 각각 예비마를 2필씩 끌고 있는 데다 치중대도 말이 끄는 수레로 따르고 있어서 말만 2만 필 가까운 터라 땅이 울린다. 첨병대, 선봉군, 중군, 후군, 치중대로 정연히 구분된 기마군의 전진 속도는 빠르다. 백제, 고구려는 기마군이 발달되어서 하루에 300리씩 진군할 수 있다. 백제군은 사흘 만에 고구려 영토로 진입했고 엿새가 되는 날 오후에 고구려 도성에서 30여 리쯤 떨어진 들판에서 고구려군과 만났다. 고구려군은 남부대인 양성덕 휘하에 기마군 3천여 기를 이끌고 백제군을 맞으려고 기다린 것이다.

"장군, 대막리지께서 요동으로 떠나셨소. 제가 장군을 대막리지께 안내하겠소."

인사를 마친 양성덕이 말했다. 양성덕과는 지난번 고구려에 갔을 때 얼굴을 익힌 사이다.

"요동으로 가시다니? 당군이 침입했습니까?"

장수들과 인사를 마친 계백이 양성덕의 안내를 받고 진막으로 들어와 물었다.

"당의 정탐대가 수시로 들락거리는 상황이라 국경의 주민들을 피란시키고 있지요."

양성덕이 말을 이었다.

"이세민이 30만 군사를 장안에서 출발시켰다고 합니다. 이세민의 친정이오."

당 황제 이세민이 직접 지휘한다는 말이다. 계백의 얼굴에 웃음이 떠올랐다.

"이세민이 수양제의 전철을 밟으려고 하는군요."

"이 기회에 중원을 통일하겠다고 대막리지께서 말씀하셨습니다."

양성덕이 호기 있게 말했다.

"더구나 백제의 지원군까지 왔으니 천하통일은 눈앞에 왔습니다."

곧 진막 안으로 양성덕이 준비한 술과 안주가 들어왔고 백제와 고구려 장수들이 어울려 주연이 벌어졌다. 여기저기에서 웃음이 터졌고 진막 안은 떠들썩해졌다. 술잔을 든 양성덕이 계백에게 물었다.

"은솔이 되셨다고 들었습니다. 뒤늦게 축하드리오."

"감사합니다. 대인께서도 막리지가 되셨더군요."

양성덕은 연개소문의 심복이다. 한 모금에 술을 삼킨 양성덕이 계백을 보았다.

"신라가 등을 칠 여유는 없겠지요?"

"경계하고 있습니다."

"김춘추를 잡았다가 놓아 주셨지요?"

양성덕이 묻자 계백이 빙그레 웃었다. 김춘추는 당의 도성인 장안성에 들어갔을 것이다. 다시 술잔을 든 양성덕이 따라 웃었다.

"김춘추가 신라왕으로는 적합한 인물인 것 같습니다."

"우리 대왕도 그러셨지요."

"비담이 신라왕이 되는 것보다는 낫지요. 김춘추는 사태가 불리하면 제 목숨을 살리려고 신라를 내놓을 위인입니다."

계백이 머리를 끄덕였다. 고구려에서는 신라와 백제의 합병까지는 생각하지 못하는 것 같다. 백제는 합병에 김춘추가 유리하다고 보고 있는 것이다. 김춘추는 당왕 이세민을 만나기는 했을까?

"네가 김춘추냐?"

당 황제 이세민이 물었다. 장안성 안 황궁의 청은 넓다. 붉은색 기둥이 늘어선 청 바닥은 거울처럼 반들거리는 대리석을 깔았다. 오늘은 황제의 친정 준비 때문에 문무백관이 다 모였다. 수백 명의 신하가 좌우로 갈라져서 고관(高官) 순(順)으로 늘어선 광경은 보는 이들에게 위압감을 주고도 남는다. 화려한 장식, 끝이 보이지 않는 넓은 청, 그러나 숨소리도 들리지 않는다. 때는 정관 18년, 태종 이세민이 현무문의 난을 일으켜 태조 이연의 장남인 이건성, 막내아들 원길을 죽이고 황제가 된 지 18년이 되었다. 형과 동생을 죽이고 정권을 잡았지만 이세민은 당 제국의 기초를 착실하게 닦았다. 그리고 이제 고구려 원정에 직접 나서려는 것이다.

"예, 황제 폐하."

물음에 대답한 김춘추가 청 바닥에 부복했다. 뒤쪽의 김법민도 납작 엎드린다. 용상에 앉아 있는 이세민과의 거리는 30보 정도. 김춘추는 이세민이 잡무를 처리할 때까지 한 시진 정도나 뒤에서 기다려야 했다. 16계단 위의 용상에 앉은 이세민이 김춘추를 내려다보며 물었다.

"오다가 백제 해적을 만나 조공품을 다 빼앗기고 관리들까지 죽었다고?"

"예, 황제 폐하. 백제 해적이 아니라 백제 수군(水軍)이었습니다."

머리를 든 김춘추의 눈에서 눈물이 흘러내렸다.

"신(臣)은 황제 폐하의 은덕을 입고 구사일생으로 탈출하여 이렇게 용안을 뵙게 되었습니다."

그때 이세민이 한 계단 아래쪽에 앉은 황태자 이치(李治)에게 말했다.

"태자, 잘 들어라."

"예, 폐하."

이치는 작년에 태자로 책봉되었다. 이세민은 황자가 14명 있었는데 그중 정비인 문덕황후가 낳은 황자는 장남인 황태자 이승건과 넷째아들 태(泰), 아홉째아들 치(治)였다. 그런데 이승건이 다리병신인 데다 행동이 괴팍했고 동성애자여서 결국 황태자를 폐위시키고 아끼던 태를 황태자로 세우려고 했다. 그러자 이승건과 이태가 서로 다투는 바람에 마지못해서 치(治)를 황태자로 책봉한 것이다. 그것이 작년이다. 이세민이 말을 이었다.

"저런 달콤한 말을 늘어놓는 자는 진심이 가볍다. 주의해야 한다."

"예, 폐하."

대답한 이치가 지그시 김춘추를 노려보았다. 그때 이세민이 김춘추에게 말했다.

"너희들의 여왕은 문제가 많다. 여왕이 다스리기 때문에 고구려, 백제의 무시를 받아서 빈번하게 침략을 당하는 것이 아니냐? 사내놈들이 그것도 제대로 하지 못한단 말이냐?"

"황공합니다, 폐하. 밀서를 실은 배를 백제 수군이 침몰시켜서 소신

29

이 직접 여왕의 말씀을 전합니다."

"말하라."

"신라가 당의 속령으로 천년만년 남기 위해서는 백제 고구려를 멸해야 됩니다. 통촉하시옵소서."

"그래서 내가 고구려를 정벌하려고 준비했지 않느냐? 고구려 다음은 백제다."

"대당(大唐)은 천하를 통일할 것이옵니다."

"네가 귀국하면 후방에서 백제, 고구려를 쳐라. 네가 신라군 주장(主將)으로 당과 호응하도록 해라."

"예, 폐하."

김춘추가 뒤에 엎드린 김법민을 돌아보며 말했다.

"제 자식을 폐하를 모시는 시동으로 부려 주시옵소서. 그것이 제 충심(忠心)이오니 부디 받아들여 주시옵소서."

이세민이 눈빛이 부드러워졌다. 과연 충신이다.

숙소로 돌아온 김춘추가 김법민에게 말했다.

"너, 이세민 아래쪽에 낮은 이치(李治)를 보았느냐?"

"예, 아버님."

"돼지도 그런 돼지가 없더구나. 어쨌든 그놈이 다음 황제가 될 테니 놈의 비위를 잘 맞춰주도록 해라."

"예, 아버님."

김법민이 고분고분 대답했다. 이제 김법민은 이세민의 시종으로 발탁이 된 것이다. 김춘추가 긴 숨을 뱉었다.

"그놈, 이세민이 한 말을 들었겠지? 달콤한 말을 늘어놓는 자는 진심이 가볍다는 말을."

"예, 아버님."

"나는 그것이 수모라고 생각하지 않는다. 이세민이 말은 그렇게 했지만 이미 달콤한 말에 중독이 걸린 놈이다."

김춘추의 눈빛이 강해졌다.

"지금은 당이 고구려와 전쟁을 할 시기가 아니다. 위징의 말대로 국력을 더 길렀다가 나서야 한다."

"……."

"이세민은 이제 교만해져서 누구의 말도 듣지 않는다."

숙소의 방에는 둘뿐이다. 이세민은 신라의 사신인 이찬 김춘추에게 영빈관도 내주지 않았다. 변방의 부족장이 공물을 바치려고 왔을 때 묵은 여관 한 채를 정해주었을 뿐이다. 김춘추가 말을 이었다.

"이번에 이세민이 30여만 대군을 이끌고 친정을 나간다고 하니 우리 신라한테는 잘된 일이야. 고구려와 백제가 당을 맞아 싸우느라고 신라를 넘볼 생각은 못하게 될 테니까 말이다."

"예, 아버님."

"이세민이나 돼지 이치가 너한테 고구려 백제에 대해서 묻거든 그놈들 때문에 조공 길이 막혔다고 하거라. 신라인은 당의 속령이 되는 것이 소원이라고 하고."

"예, 아버님."

머리를 든 김법민이 김춘추를 보았다.

"아버님, 당 황제께 신라군이 고구려, 백제의 후방을 공격할 것이라고 약속을 하셨지 않습니까? 아버님이 진두에 설 것이라고 하셨는데, 저는 걱정이 됩니다."

"흐흐흐."

짧게 웃은 김춘추가 곧 정색했다.

"시늉만 내면 된다. 이세민이는 확인할 수도 없을 것이다."

"아아."

"내가 이곳에 군관 셋을 남겨두고 갈 테니 무슨 일이 있으면 수시로 나에게 연락을 해야 된다."

"명심하고 있습니다."

"너한테 대업(大業)을 맡겼다."

"최선을 다하겠습니다."

"내가 신라의 왕이 된다면 너는 그 뒤를 잇게 될 것이다."

마침내 김춘추가 속심을 털어 놓았다. 지금까지 한 번도 이런 말을 꺼낸 적이 없었기 때문에 김법민은 긴장했다. 김춘추가 말을 이었다.

"비담이 왕위를 노리고 있으니 그놈 일당과 한 번은 전쟁을 치러야 할 것이야."

비담은 상대등으로 신라 제1의 실력자다. 진골 왕족들의 모임인 화백회의의 수장이기도 한 것이다. 화백회의에서 차기 왕을 뽑는 터라 수장은 왕 다음의 서열이다. 김춘추가 김법민을 보았다.

"네가 이세민의 시종으로 있으면 비담 일파가 당의 지원을 얻으려고 오가는 것도 파악할 수 있을 것이다. 잘 살피고 나서 나한테 연락해라."

"예, 아버님."

김법민이 소리 죽여 숨을 뱉었다. 장안성의 밤이 깊어가고 있다. 김춘추 부자의 밀담은 계속되는 중이다.

계백이 연개소문을 만난 것은 황산벌에서 출발한 지 열흘 후다. 평양성 남쪽 벌판에서 기다리던 연개소문이 계백의 인사를 받고 활짝 웃었다.

"이보게, 은솔, 백제군(軍)의 기동력이 뛰어나구먼. 전령의 보고를 받고 서둘러 나왔다네."

"치중대에 맞추느라 늦은 편입니다."

기마군만으로는 하루 4백 리도 갈 수 있지만 군량을 실은 치중대까지 함께 움직이는 터라 그 절반 속도밖에 내지 못했던 것이다. 고구려, 백제, 신라까지 기마군이 발달하여 당(唐)에서는 3국(國)을 기마족이라고도 부른다. 휘하 장수들을 인사시킨 계백과 연개소문은 진막 안으로 들어섰다. 연개소문이 이끌고 온 고구려군 3만도 황야에 포진되어 있다. 1백여 명이 들어갈 수 있는 넓은 진막 안에는 고구려, 백제군 장수들이 둘러앉았다. 유시(오후 6시) 무렵이다. 연개소문이 먼저 계백에게 말했다.

"은솔, 첩자의 보고에 의하면 김춘추가 이번에는 장안성에 갔다네. 아마 지금쯤 이세민을 만나고 나서 신라로 돌아가는 중일 거네."

"예, 저도 알고 있습니다."

계백이 웃음 띤 얼굴로 연개소문을 보았다.

"당에 가는 김춘추를 잡았다가 놓아 주었지요."

"무슨 말인가?"

놀란 연개소문이 눈을 치켜떴고 고구려 장수들이 웅성거렸다. 계백이 김춘추를 생포하고 의자왕 앞으로 끌고 간 후에 해상에서 놓아준 사연을 이야기하는 동안 진막 안은 탄성이 자주 일어났다. 김춘추가 헤어지기 전에 부사(副使) 일행을 처치해 달라고 부탁하는 대목에서는 연개소문까지 신음을 뱉었다. 이윽고 이야기가 끝났을 때 연개소문이 머리를 저었다.

"죽였어야 했어. 나도, 백제왕께서도 실수를 한 것 같네."

"여왕 다음에 비담이 신라왕으로 되는 것보다 김춘추가 낫다고 생각하셨기 때문입니다."

"김춘추, 그놈이 나는 더 위험하다는 생각이 드네."

정색한 연개소문이 흐려진 눈으로 계백을 보았다.

"그놈을 한신과 비교할 수는 없지만 목적을 위해서는 온갖 수모도 견딜 놈이야. 그런 놈의 약속을 믿는 자가 결국은 바보가 되지."

"그자의 목적은 손바닥만 한 땅덩이의 신라왕일 뿐입니다."

계백이 웃음 띤 얼굴로 연개소문을 보았다.

"대막리지께서는 신라보다 백배나 더 큰 대륙을 딛고 계십니다. 대륙을 정벌하고 나시면 신라는 저절로 복속되어 올 것입니다."

"그것이 백제왕 전하께서도 생각하시는 것인가?"

연개소문이 소리 내어 웃더니 그동안 앞에 놓인 술잔을 들었다.

"자, 고구려 백제 동맹군의 건승을 위하여 건배를 하세."

계백이 술잔을 들었고 둘러앉은 양국 장수들도 따라서 건배를 했다. 당 황제 이세민은 대륙 동쪽과 북방을 지배하고 있는 고구려와 백제를 정벌하기 위해 대군을 일으킨 것이다. 수양제가 1백만의 대군을 이끌고 고구려 원정에 나선 때가 서기 612년, 양제의 대업 7년째요, 고구려 영양왕 23년째다. 그러나 고구려 을지문덕에 대패하고 총사령관 우문술은 목숨만 겨우 건졌다. 그것이 수의 패망 원인이 되었던 것이다. 그러고 나서 32년이 지난 서기 644년 당의 태종 18년째에 또다시 고구려 원정이 시작된 것이다. 그것은 고구려, 백제를 멸하지 않고서는 진정한 대륙 통일이 아니기 때문이다.

재상 저수량(楮遂良)은 이세민이 친히 고구려 정벌에 나서자 출정 전날까지 진막에 찾아와 간했다.

"폐하, 수나라가 멸망한 것을 교훈으로 삼으소서. 친정을 하시겠다면 5년만 더 기다렸다가 하시옵소서."

"5년?"

이세민이 턱을 들고 헛웃음을 터뜨렸다. 정관 19년, 현무문의 난을 일으켜 형이며 태자인 이건성을 죽이고 동생 원길까지 참살한 지 19년이 되었다. 이제 이세민의 나이 47세, 제위에 오른 지 19년, 대륙의 절반을 차지하고 있는 고구려와 백제를 정복하지 않고서는 천하를 지배한다고 말할 수 없다.

"이봐라, 그럼 너는 고구려, 백제가 천하를 통일하는 것이 낫다고 생각하느냐?"

이세민이 묻자 저수량은 당황해서 엎드렸다.

"폐하, 천부당만부당한 말씀이오. 어찌 그 야만국이 대당(大唐)을 대적할 수 있겠습니까?"

"고구려는 대륙의 3할을 차지한 데다 백제의 담로는 대륙 동부에 22개나 영역을 뻗쳐놓았다. 당(唐)은 그 가운데 낀 소국(小國)이다. 그렇지 않으냐?"

"아니옵니다."

저수량이 이마를 땅바닥에 붙였다가 떼었다.

"당치도 않습니다. 대당(大唐)은 390만 호에 4천만 가까운 인구를 가진 대국(大國)으로서……."

"고구려, 백제는 합하면 150만 호에 1500만 가깝게 된다. 더구나 같은 말을 쓰는 같은 뿌리의 민족이야. 우리처럼 10여 개 영역에다 수십 개 민족으로 만들어진 혼성국이 아니란 말이다."

이세민의 목소리가 진막을 울렸고 제장, 대신들은 숨을 죽였다.

"고구려, 백제가 연합했다. 놈들의 연합이 더 굳어지기 전에 깨뜨려야 되지 않겠는가? 그놈들이 신라까지 병합한다면 당(唐)은 중원을 잃고 서쪽으로 밀려나야 되지 않겠는가?"

저수량이 마침내 입을 다물었고 이세민이 머리를 들었다.

"충심(忠心)은 알겠다. 그러나 내 나이가 5년을 더 기다리도록 허락하지 않는다."

이세민이 마지막으로 나이를 내세웠기 때문에 더 말하는 자는 참형을 당할 것이었다. 황제 생전의 숙원을 무시한 역적으로 몰릴 것이기 때문이다.

고구려, 여제(麗濟) 동맹군이 요동을 향해 서진(西進)하고 있다. 평양성을 떠난 지 15일, 이제 동맹군은 기마군 7만으로 늘어났다. 중군(中軍)에 위치한 고구려 대막리지 연개소문과 백제군 사령단 계백이 말 머리를 나란히 하고 속보로 말을 걸린다.

"이보게, 은솔."

연개소문이 계백을 불렀다.

"우리 대(代)에는 기필코 우리가 대륙의 중심이 되어야 하네."

계백의 시선을 받은 연개소문이 빙그레 웃었다.

"백제의 동성대왕이 대륙에 진출하여 담로를 건설한 지 170년이 되어 가는가?"

"그렇습니다."

계백이 머리를 끄덕였다.

"제가 태어난 연남군도 그때 백제령이 되었습니다."

"담로가 없어지면 대륙 왕조의 역사에는 기록되지 않을 거네."

연개소문이 번들거리는 눈으로 계백을 보았다.

"역사는 승자의 기록이라네. 이긴 자가 역사를 차지하고 패자는 흔적도 없이 기록에서 지워진다네."

그리고 전설이나 야사로 남다가 그것도 지워질 것이다. 계백이 숨을 들이켰다. 문득 김춘추의 얼굴이 떠올랐다.

요하를 건넌 당(唐)의 대군은 요동성을 함락시켰다. 수양제가 함락시키지 못했던 요동성이다. 이번에는 당군의 기세가 맹렬하기 때문이기도 했지만 요동성 수비군이 방심했던 것이 함락의 원인이었다. 수양제는 1백만이 넘는 대군을 지휘하여 요동성을 석 달 이상 공략하다가 결국 패퇴했던 것이다. 요동성은 성벽 높이가 30자(9미터)에 단단한 화강암으로 만들어져서 포차의 돌에 맞아도 부서지지 않았고 구름사다리인 '운제'가 소용이 없는 난공불락의 성이다. 요동성주는 당군의 기만술에 속아 성 밖으로 공격해 나왔다가 성문이 닫히기도 전에 당군이 밀고 들어가는 바람에 어이없이 함락당했다. 요동성 옆의 백암성까지 함락됐을 때 당군의 사기는 충천했고 고구려군은 당황했다.

"적을 가볍게 본 결과가 이것이다."

연개소문이 진막 안에서 말했다.

저녁 술시(오후 8시) 무렵, 요동성에서 1백여 리 떨어진 황무지에 여·제(麗濟)의 기마군 10만이 주둔하고 있는 터라 황무지는 불야성을 이루고 있다. 연개소문이 모여 앉은 1백여 명의 장수들을 둘러보았다.

"요동성주가 수성(守城)만 했다면 1년도 버틸 수 있었을 것이다."

모두 말이 없다. 맞는 말이다. 요동성 안에는 7만 가까운 병사가 있었던 것이다. 7만으로 1백만의 공격도 막아낼 수 있다. 이세민은 10만의 병력으로 요동성을 공격했다가 사흘 안에 함락시켰다. 난공불락의 성이 아니더라도 성을 함락시키려면 최소한 수비군의 3배 이상의 병력을 가져야 가능한 것이다. 이세민이 30만을 다 풀었어도 요동성은 견딜 수 있었다. 그때 이번에 부장군(副將軍)으로 참전한 남부대인이며 막리지인 양성덕이 말했다.

"안시성(安市城)이 당군의 진로(進路)에 있습니다. 안시성에서 당군을 저지시키면 됩니다."

연개소문이 머리를 들었다.

"그렇다. 이세민을 그곳에서 막고 우리는 우회해서 장안성을 친다."

"안시성의 성주 양만춘이 건무의 처단에 불만을 품고 있습니다."

그렇게 말한 사내는 연개소문의 동생 연정토다. 막리지인 연정토가 말을 이었다.

"지난번 왕의 부름을 받고도 오지 않았습니다, 대막리지 전하."

"그놈이 건무의 측근이었지."

쓴웃음을 지은 연개소문의 시선이 계백을 스치고 지났다가 돌아왔다.

"은솔, 그대가 가 주겠는가?"

"어디로 말씀입니까?"

"안시성으로 가주게."

"가지요."

대번에 승낙한 계백이 말을 이었다.

"지원군으로 가서 싸우겠습니다."

"그대는 백제군 사령관이야. 양만춘의 휘하에서 지원군 역할은 맞지 않는다."

연개소문이 엄격한 표정으로 말을 이었다.

"그대를 독전군(督戰軍) 사령으로 임명할 테니 백제군을 이끌고 가서 양만춘을 지원하는 한편으로 감독하라."

"예, 대막리지."

기막힌 용인술이다. 양만춘은 고구려군 장수가 독전군으로 온다면 반발할지도 모른다. 그러나 동맹군인 백제군 장수가 기마군 5천을 이끌고 독전군 역할로 와서 독전을 한다면 부담이 없을 것이다. 연개소문이 말을 이었다.

"내가 양만춘을 알아. 그놈은 고구려를 배신할 놈은 아니야. 그대와 손발이 맞을 것이다."

"내일 일찍 떠나지요."

"당군을 격파하면 백제군을 이끌고 내게로 오게. 내가 장안성의 미녀를 다 모아 놓겠네."

연개소문이 떠들썩한 목소리로 말했다.

그때 이세민은 어쩌고 있었는가? 요동성에 이어서 백암성까지 함락시킨 이세민은 그야말로 사기가 충천했다. 백암성 옆쪽 황무지에 세워놓은 황제의 진막 안이다. 백암성도 길이가 20여 리나 되는 대성(大城)이지만 장안성의 황궁에 비하면 오두막이라 이세민은 원정 기간 동안 진막을 치고 기거했다. 그 진막의 길이가 2백 자(60미터)요, 넓이도 그만하고 높이는 20자(6미터)로 1백 명이 들어가도 빈자리가 많은 임시 궁전이다. 진막은 겉을 양가죽과 비단을 이중으로 대었고 침상은 원정용으

39

로 특별 제작했다. 황제의 진막을 운반하는 데만 마차 1백 대가 필요했고 거기에 시중드는 시녀가 10여 인이다.

"이제 안시성만 거치면 평양성까지는 골짜기에서 물 쏟아지듯이 진군하게 된다."

이세민이 술잔을 들고 말했다. 술기운이 오른 이세민의 얼굴빛이 붉다.

"연개소문이 백제의 지원군과 함께 요동성으로 가려다가 안시성으로 방향을 돌리겠구나."

"예, 폐하. 지금 요동성 동쪽 1백여 리 지점에 있습니다."

그곳에서 안시성까지는 2백여 리, 이곳에서도 그 정도의 거리다. 이세민이 앞쪽에 앉은 대장군 우성문에게 말했다. 우성문은 현무문의 난 때 공을 세운 이세민의 측근이다.

"대장군, 그대가 10만 군사를 끌고 가서 안시성으로 오는 연개소문의 지원군을 격멸해라."

"예, 폐하."

"연개소문의 군사가 10만에서 15만이라고 하니 5만쯤을 안시성으로 보냈을 것이다."

"예, 내일 아침 일찍 출발하겠습니다, 폐하."

"네가 안시성의 지원군을 차단하면 이번 전쟁의 일등 공이 될 것이다."

"목숨을 걸고 차단하겠습니다."

"백제의 지원군 규모가 기마군 5천이라고 했으니 시늉만 낸 것이야."

이세민이 원정군의 부장(副將) 격인 요동총독 서위에게 물었다. 서위는 65세로 수양제의 장수로 고구려 원정에 나갔다가 요동성에서 패퇴한 전력이 있다. 33년 전이다.

"총독, 그대는 백제군 담로와의 전쟁도 겪어 보았을 것이다. 백제군의 전력이 어떠냐?"

"소장이 백제군의 지원군 대장 계백의 이름을 들었습니다."

서위가 말하자 이세민이 술잔을 내려놓았다. 눈이 가늘어져 있다. 곧 서위의 말이 이어졌다.

"백제령 담로 연남군의 기마대장을 지내다가 본국으로 간 놈인데 임기응변이 능하고 용맹합니다."

"그대의 칭찬을 받을 만한가?"

"예, 소장하고는 접전이 없었지만 그자를 겪은 여러 무장한테서 들었습니다."

"기마군 5천을 이끈다니 선봉으로 쓰기는 적당하겠다."

혼잣말을 한 이세민이 손짓을 하자 곧 옆쪽 장막이 젖혀지더니 휘황한 옷차림의 귀인(貴人)이 나타났다. 둘러앉은 장수들이 모두 머리를 숙였고 시녀 둘의 부축을 받은 귀인이 하늘거리며 다가와 이세민의 옆자리에 앉는다. 불빛을 받은 얼굴이 요염했다. 전장이었기 때문인지 더욱 눈이 부시도록 아름다운 미녀다. 이세민의 얼굴에 흐뭇한 웃음이 떠올랐다. 이 여자는 이세민이 19년 전 현무문의 난 때 죽인 동생 원길의 처 양씨(楊氏)다. 이세민은 동생의 처를 빈으로 삼고 있는 것이다. 전처인 문덕황후가 죽은 후로 양씨를 황후로 삼으려고 했지만 중신들이 반대해서 성사되지 않았다. 형제를 죽이고 그 처를 차지한 이세민이다.

"안시성이오!"

척후장이 달려와 소리쳤을 때는 해시(오후 10시)가 되어 갈 무렵이다.

기마군은 아침에 본대에서 떨어져 2백여 리를 주파한 후에 안시성에 가까워진 것이다.

"10리 거리입니다!"

다가온 척후장이 말고삐를 채어 계백과 나란히 걸으면서 말을 이었다.

"성안으로 전령을 보냈으니 곧 마중을 나올 것입니다."

머리를 끄덕인 계백이 뒤를 따르는 전령장에게 말했다.

"대오를 정비하고 평보(平步)로!"

곧 전령이 앞뒤로 뛰면서 외침이 울렸고 기마군은 속보에서 평보로 걸음을 늦췄다. 잘 훈련된 기마군이다. 선봉, 중군, 후위, 3개 대(隊)로 나뉘어 행군을 하면서도 계백은 수시로 진용을 바꾸었다. 선봉을 기마군 1500, 중군을 2000, 후미 1500으로 나누었다가 1000, 3000, 1000으로 또는 500, 3500, 1000으로 달리면서 변형을 시키는 것이다. 아침에 출발하여 이곳까지 오는 동안 수십 번 진용을 바꾸고 수십 번 공격 연습을 했다. 이제는 진군(進軍) 자체가 공격이며 방어가 된다. 북소리, 날카롭게 부는 호적 소리 몇 번으로 대군이 움직이는 것이다. 기마군이 짙게 어둠이 덮인 산기슭을 돌아갔을 때다. 다시 앞에서 대열이 흐트러지더니 다가오는 수십 기의 말굽 소리가 울렸다. 그때 먼저 달려온 전령이 소리쳤다.

"안시성주께서 오시오!"

"성주가?"

성주가 성 밖까지 마중을 나오리라고는 예상하지 못했기 때문에 계백이 말고삐를 고쳐 쥐었다. 곧 앞쪽에 불빛이 보이더니 횃불을 든 기마군 셋이 달려왔고 그 뒤를 일대의 기마대가 따라왔다. 그 중심에 선 장수가 안시성주인 것 같다. 계백이 말을 멈췄을 때 그쪽도 다가와 마신(馬身)의 거리를 두고 멈췄다.

"안시성주 양만춘이오!"

턱수염이 짙은 장수가 소리쳐 인사를 했다. 어둠 속에서 두 눈이 번들거리고 있다.

"백제국 은솔 계백이오! 대막리지 전하의 명으로 지원군으로 왔습니다."

계백도 소리쳐 말하자 장수가 웃음 띤 얼굴로 다가와 말고삐를 틀었다.

"잘 오셨소."

"이렇게 나와 주셔서 반갑습니다."

이제 두 장수는 말 머리를 나란히 하고 안시성으로 다가간다. 곧 눈앞에 안시성의 위용이 드러났다. 성벽에 횃불을 켜 놓아서 윤곽이 다드러났다. 깃발이 정연하게 꽂혀 있고 군사들도 보인다. 그때 양만춘이 말했다.

"대막리지께서 은솔이 떠나신 후에 지원군 5만을 더 보내셨다고 합니다."

"안시성의 수비군은 얼마나 됩니까?"

계백이 묻자 양만춘이 얼굴을 펴고 웃었다.

"기마군 5천에 보군 3만입니다. 이제 기마군 1만이 되었으니 공수(攻守)를 함께 운용할 수 있겠소."

안시성은 평지에 세워진 평성(平城)이다. 그러나 화강암으로 기반을 굳힌 성벽의 높이는 30자(9m미터), 성벽 위의 넓이가 15자(4.5미터)나 되어서 성벽 위로 마차가 다닐 수 있고 군사의 이동이 가능했다. 그날 밤, 안시성주 양만춘 이하 장수들과 백제군 장수들이 둘러앉아 주연이 벌어졌다. 성안의 넓은 청에는 1백 명 가까운 장수들이 모였다. 양만춘은 미리 소, 돼지, 양을 수백 마리 잡아서 군사들에게 나눠주었기 때문에 성안은 축제 분위기가 되었다. 요동성, 백암성이 함락되었다는 소문에 위축되었던 고구려군에게 활기가 일어났다. 장수들끼리 인사를 마쳤을 때 술잔을 든 양만춘이 계백에게 말했다.

"중원(中原)에 수많은 왕조가 일어났다가 수십 년 만에 멸망을 했소."

양만춘의 말이 이어졌다.

"근래의 3백 년 동안 사마씨(氏)의 동진(東晉)이 겨우 1백 년간 왕조를 이었고 비슷한 시기에 북방의 5개 이민족은 130년간에 걸쳐 16개 왕조를 세웠으니 매년 전쟁이 일어난 것과 같습니다."

양만춘의 목소리에 열기가 띠었다.

"허나 고구려, 백제는 이미 대국(大國)으로 600년이 넘는 역사를 기록하고 있소. 대륙 북방과 동방을 차지한 고구려, 백제가 천하를 통일할 기반이 갖춰진 것과 같습니다."

"과연."

감동한 계백이 머리를 끄덕였다. 왕국의 역사는 연륜(年輪)과 같다. 나이든 고목처럼 뿌리가 깊게 번지고 가지가 넓게 퍼지며 잎이 번성한다. 중원의 역사는 어떤가. 천하를 통일했다는 수(隋)는 대륙의 중부와 남부만 소유했는데도 겨우 3대 37년에 멸망했고 그 뒤를 이은 당(唐)은 이제 30년도 안 된다. 백제, 고구려는 단일민족으로 1천만이 넘는 인구를 보유하고 있다. 수십 개 이민족과 왕국을 조합한 당은 인구가 4천만 남짓이다. 지금이 절호의 기회가 아니겠는가? 그날 밤 백제, 고구려 양국의 장수들은 대취했다. 사기가 충천한 것은 말할 것도 없다.

다음 날 오전, 안시성 동북방 50리 지점의 황무지를 통과하던 안시성의 지원군 5만이 매복하고 있던 당군(唐軍)의 기습을 받았다. 고구려군을 이끌던 고성군, 고영모 두 대장군이 필사적으로 응전했지만 대패하고 군사는 사분오열되었다. 안시성의 지원군은 먼저 달려온 백제군 5천뿐이었다. 패잔병의 전갈을 들은 양만춘이 비장한 표정으로 계백에게 말했다.

"장군, 당군이 요동성, 백암성을 함락시키고 이제 지원군까지 패퇴시켰으니 사기가 충천해 있을 것이오. 묘책이 없겠습니까?"

계백의 얼굴에 웃음이 떠올랐다.

"제가 백제군을 이끌고 당군을 기습하고 돌아오지요."

성루에 서서 앞쪽을 응시하는 장졸들은 곧 자욱하게 일어나는 먼지구름을 보았다. 계백이 말을 이었다.

"곧 당의 주력군이 오기 전에 기습하는 것이 낫겠습니다. 남쪽 성문으로 나가서 북쪽으로 돌아오겠습니다."

이미 성 밖 지리는 눈에 익혀둔 계백이다. 양만춘이 머리를 끄덕이며 물었다.

"기마군 얼마를 끌고 가실 겁니까?"

"5천을 다 끌고 갑니다."

계백이 손을 눈 위에 붙이고 태양을 보았다. 미시(오후 2시) 무렵이다. 주위에 둘러선 장수들이 모두 숨을 죽였다. 아직 당군의 전력은 알 수 없다.

"밤에 야습을 하겠습니다."

계백이 머리를 돌려 양만춘을 보았다.

"전장에 도착한 날은 진지가 허술한 법입니다. 그 첫날밤에 적진을 흔들어 놓지요."

"담로에서 여러 번 당군과 접전해 보셨을 테니 맡기겠습니다."

"당군은 이세민이 서북방 이민족의 전술을 자주 쓰는 바람에 이제는 밤에 기동하는 적이 드뭅니다."

"허어."

감탄한 양만춘이 계백을 보았다.

"이세민이 동생의 처를 빼앗아서 황후로 삼으려고 하는 것이 선비족 풍습이 그렇기 때문이라고 하더니 전쟁도 선비족 전술을 쓰는군요."

만난 지 이틀밖에 되지 않았지만, 양만춘이 아직 20대인 계백에게 점점 진심으로 감동하는 기색을 내보였다. 계백이 얼굴을 펴고 웃었다.

"대륙의 한족도 곧 백제, 고구려족(族)의 지배하에 들 것입니다."

"경비를 배로 늘려라."

우성문이 부장에게 지시했다.

"사방에 목책을 쌓고 통로는 한 면에 한 곳만 만들어라. 적진 앞에 도착한 첫날에 대부분 야습을 당한다."

우성문은 수십 번 전쟁을 치른 용장이다. 세월이 지나면 살아남은 용장(勇將)이 지장(智將)이 된다고 한다. 이른바 지용을 겸비한 장수가 되는 것이다. 우성문이 바로 그 예다. 19년 전, 현무문의 변을 일으켜 이세민이 태자인 형 건성과 동생 원길을 죽였을 때 우성문은 원길을 베어 죽였다. 이세민에게는 피보다 진한 심복이다. 그때는 하루 종일 싸워도 지치지 않았던 20대의 장수였지만 지금은 경륜까지 쌓은 대장군이다. 밤 해시(오후 10시) 무렵, 술과 고기를 좋아하는 우성문이 술에 취해 막 잠이 들 무렵에 수선거리는 인기척에 눈을 떴다.

"무슨 일이냐?"

소리쳐 물었더니 곧 위사장이 진막 안으로 들어서서 보고했다.

"적 정탐병들이 목책 밖을 지나고 있습니다."

"당연한 일이지. 그놈들이 귀머거리에 장님이 아니다."

그러나 우성문이 침상에서 일어나 비스듬히 앉았다. 진막의 불은 켜 놓아서 위사장의 긴장한 얼굴이 드러났다.

"대장군, 사방의 목책 주위에 정탐병이 있습니다."

"사방에?"

우성문의 이맛살이 찌푸려졌다. 초저녁, 유시(오후 6시)경에 이곳 황무지에 도착해서 해시(오후 10시)까지 진(陣)의 목책 공사를 한 후에 막 전군이 쉬고 있는 참이다. 10만 군사의 진은 사방 20여 리에 걸쳐서 수십 개의 진(陣)으로 나뉘어져 있는 것이다. 우성문이 곧 쓴웃음을 짓고 말했다.

"안시성의 전 군사가 나와도 우리 진을 포위 못 한다. 목책을 굳게 지키고 기마군을 보내 쫓아라."

그때다. 밖에서 함성과 북소리가 울렸기 때문에 우성문이 자리를 박차고 일어났다. 그만큼 소음이 컸기 때문이다.

"무엇이냐!"

우성문이 소리쳤을 때 진막 안으로 당직 사령이 들어섰다.

"대장군! 화공이오!"

소리친 사령의 얼굴이 상기되었다.

"놈들이 사방에서 불화살을 쏩니다!"

"쏘아라!"

화청이 소리치고는 달리는 말에서 시위를 힘껏 당겼다가 놓았다. 화살촉에 기름뭉치를 낀 불화살이 어둠 속을 날아갔다. 밤하늘에 수백 대의 불화살이 마치 별똥별이 떨어지는 것처럼 당군 진지로 쏟아졌다. 목책 밖을 내달리면서 쏘는 불화살이다. 벌써 진막 10여 개는 불이 붙어 화광이 치솟고 있다. 화청이 이끄는 5백 기의 기마군이 당군 진지 하나를 지나 옆쪽 진지로 다가간다. 옆쪽 진지도 불길이 솟고 있었는데 이미 일대(一隊)의 백제 기마군이 불화살을 쏘고 지나갔기 때문이다. 백제 기마군은 각각 5백 기씩 10대(隊)로 나뉘어져 당군의 진지를 밖에서 휩쓸고 지나간다. 한 곳에 멈추지 않는 것이다. 당군 진지는 사방으로 목책이 둘러쳐져 있어서 들어가기가 힘들 뿐만 아니라 나오기도 어렵다. 겨우 서너 명이 드나들 수 있도록 출구가 좁은 데다 사방에 각각 하나씩만 출구를 만들어 놓았기 때문이다.

"기마군이 나온다!"

외침 소리가 들렸을 때는 진지 10여 곳에서 화광이 충천했을 때였다. 중군(中軍) 진영에서 일대의 기마군이 쏟아져 나와 백제군을 쫓기 시작했다. 기세가 사납고 끊임없이 쏟아져 나온다.

밤하늘에 솟은 불화살 2개, 그리고 날카로운 호각 소리가 4번 울렸다. 황무지 끝 쪽의 당군 목책을 돌아가던 계백의 얼굴에 웃음이 떠올랐다.

"가자! 적 기마군이 나왔다!"

계백이 말에 박차를 넣으면서 소리쳤다.

"기마군의 방향은 북쪽이다!"

불화살은 기마군이 나왔다는 표시고 호각 소리 4번은 북쪽이다. 그것을 10개 기마부대가 들었을 테니 모두 북쪽으로 방향을 틀었을 것이다. 이것이 백제군의 전략이다. 5백 기씩 10개 부대로 나뉘어 사방의 진지를 어지럽게 밖에서 화공(火攻)을 퍼부은 후에 적이 나오면 순식간에 모이는 것이다.

"불을 꺼라!"

목책 밖에서 스쳐 지나면서 불화살을 쏜 터라 이쪽은 진막이 불에 탔다. 불화살은 날아오는 불덩이다. 소경이 아닌 이상 불덩이에 맞는 군사는 없다. 진막과 쌓아 놓은 군량, 모아 놓은 말떼를 겨냥하고 쏘아서 어떤 부대는 말떼가 목책 밖으로 달아났다. 당군의 진영은 혼란에 휩싸였지만 인명 피해는 적다.

"기마군 7천이 나갔습니다!"

부장 하나가 달려와 보고했을 때는 화공이 시작된 지 한식경쯤이 지난 후다.

"장군 석범이 중랑장 유충, 빈우장을 데리고 나갔습니다!"

우성문이 머리만 끄덕였다. 물자 피해는 예상보다 적다. 목책 안의 진막 3할 정도가 불에 탔고 군량은 거의 잃지 않았다. 말떼도 5백여 필이 도망쳤지만 소란에 비하면 약소하다. 그때 우성문이 호각 소리를 또 들었다. 이번에는 3번이 계속 울린다.

"저 호각 소리가 귀에 익다."

우성문이 눈을 가늘게 뜨고 말했다.

"남쪽에서 들은 것 같은데……."

머리를 기울였던 우성문이 혀를 찼다.

나이가 들면 약해지는 부분이 있다, 기억력이다.

호각 소리 4번이 물에 만 밥을 삼키는 간격으로 세 번째 울렸을 때 백제군 3천이 사방에서 당군을 압박했다. 사방에 퍼져 있던 5백 기씩의 백제 기동군이 호각 소리를 듣고 모여든 것이다. 마치 피 냄새를 맡고 달려든 상어 떼와 같다. 피 냄새는 호각이다. 네 번째 울렸을 때는 8개 대(隊) 4천 기마군이 달려들었고 다섯 번째 울렸을 때의 광경은 장관이다. 처음에 당군 중심부에 설치된 중군(中軍)의 거대한 진지에서 목책 밖으로 뛰어나온 기마군 7천은 우선 앞에서 불화살을 쏴대고 도망치던 백제 기마군 제4대(隊)를 쫓았다. 장덕 백용문이 이끄는 5백 기다. 백용문의 기마대가 즉시 북쪽으로 도망치면서 밤하늘에 불화살을 쏘았고 호각을 불어 재낀 것이다. 그러나 제4대는 미끼다. 뒤에서 물려고 달려오는 대어(大魚)를 끌고 가는 미끼다. 그래서 꼬리 부분이 다 뜯겼고 몸통까지 손상을 입었다. 5백 기마군 중 2백여 기가 희생되었다. 그 사이에 백용문은 당군을 굴곡이 많은 북쪽 황무지로 유인했고 그 사이에 백제 기마군 10개 대에 둘러싸이게 된 것이다.

"쳐라!"

적이 눈앞에 펼쳐지자 장졸의 눈이 뒤집혔다.

"와앗!"

외침과 탄성이 함께 일어났고 사방에서 백제군이 달려들었다. 당군은 기마군 7천의 대군이다. 7천이 한 개의 목표로 돌입하면 10만도 깨뜨릴 수 있다. 그러나 지금은 다른 양상이다. 7천 기마군은 목표를 잃었고 사방 열 군데에서 물어뜯기기 시작했다. 시력을 잃은 고래가 10마리의 상어에게 물어뜯기는 것과 같다. 대륙에서 피바람이 불고 있다.

난전(亂戰), 7천의 당군을 5천의 백제군이 어지럽게 물어뜯었다.

"백제군 대덕 윤창이 당의 장수를 베어 죽였노라!"

가끔 소리쳐서 무공을 뽐내는 장수가 있다.

"군사 막태가 은투구를 쓴 장수의 목을 베고 머리통을 차지했다!"

그때마다 함성이 울렸다. 당군 측에서도 외침이 울렸지만 이미 백제군에 밀려 사분오열이 된 상태, 백제군은 소규모 기마대로 나뉘어 일사불란하게 움직이지만 당군은 이리 몰리고 저리 기는 상황이다.

"당군 중심의 장수를 베었다!"

외침이 일어났을 때는 한식경쯤이 지난 후다. 그 이후부터 당군은 더욱 혼란에 휩싸여 흩어졌다. 다시 한식경이 지났을 때 계백이 소리쳤다.

"회군!"

호각 소리가 계속해서 울리면서 백제군이 대별(隊別)로 물러가기 시작했다. 진퇴가 재빠르고 일사불란하게 움직인다.

"무엇이? 석범이 죽었어? 유충도?"

버럭 소리친 우성문이 들고 있던 술잔을 내던졌다. 술잔이 날아가 부장의 가슴에 맞고 떨어졌다. 깊은 밤 인시(오전 4시) 무렵이다. 목책 밖으로 나간 기마군 7천은 하나둘씩 귀환했는데 모두 2천여 기밖에 안 되었다. 5천 기가 죽거나 황무지에 버려져 있는 것이다. 말도 1천여 기밖에 돌아오지 못했으니 참담한 패전이다. 더구나 장군 셋이 나가서 부장하나만 살아 돌아온 것이다. 그때 옆에 서 있던 감군 곽영탁이 말했다.

"대장군, 기마군 3만 5천에서 5천을 잃었으나 3만 기가 아직 남아 있습니다. 사기에 영향이 있으니 오늘 밤의 전황은 드러내지 않는 것이 낫겠습니다."

"과연."

우성문의 안색이 조금 밝아졌다.

"감군은 현명하시오."

"모두 폐하께 승전보를 바치려는 일념을 품고 있지 않습니까?"

곽영탁은 우성문이 이세민의 최측근인 줄 아는 것이다. 감군으로 우성문을 감독하는 입장이었지만 아부를 한다. 군사 5천쯤은 안중에 없는 것이다.

안시성으로 돌아온 계백이 마당에서 내리지 않은 채 기마군을 점검했다. 백제군의 부사령 역할인 나솔 화청이 점검을 마치고 계백에게 다가와 보고했다.

"고덕 하용과 문독 용비, 좌군 연신, 사현이 죽고 덕품(德品) 3명, 12품 이하 4명이 부상을 당했습니다. 212명이 전사했거나 귀환하지 못했고 248명이 부상을 입었습니다."

계백이 듣기만 했고 화청의 말이 이어졌다.

"은솔, 쉬게 하겠소."

"잘 싸웠어."

"힘껏 싸웠습니다."

사방에 횃불을 켜 놓아서 피와 땀으로 범벅이 된 얼굴을 펴고 화청이 말을 이었다.

"잘 싸웠으니 사기가 일어날 것이오."

화청이 어둠 속으로 사라졌을 때 계백 옆에 말없이 서 있던 양만춘이 입을 열었다.

"강군(强軍)이오."

계백의 시선을 받은 양만춘의 두 눈이 번들거렸다.

"용장 밑에 약졸이 없다는 말을 실감하였소."

"과찬의 말씀이오."

"당군의 말 1천여 필까지 끌고 오다니 백제군의 기동은 놀랍습니다."

백제군은 성으로 돌아오면서 주인을 잃고 떠도는 당군의 말 1천여 필을 전리품으로 끌고 온 것이다. 양만춘이 길게 숨을 뿜으면서 말했다.

"지원군이 패퇴해서 사기가 떨어진 상황에 백제군의 대승은 가뭄에 내린 소낙비 같소. 대륙에 백제군의 용명을 떨치셨습니다."

동맹군에게도 가볍게 보이지 말아야 한다.

8장 안시성

고구려는 대국(大國)이다. 그래서 수양제가 수천 리 원정길에 요동성을 함락시키지 못하고 결국 패퇴했다. 이번에는 안시성이다. 요동성까지 함락시켰지만 당군은 안시성에 막혔다. 고구려 중심에 위치한 요동성, 안시성을 함락시키지 않고 대군을 진입시켰다가 퇴로가 막히면 전멸이다. 그래서 대국인 것이다. 하루 이틀에 고구려 도성까지 닿을 수 없기 때문이다. 수양제의 군량미 수송마차가 수천 리에 뻗쳤기 때문에 수만 명의 병사가 굶어 죽었다. 그 긴 수송로를 고구려군이 토막을 내었기 때문이다. 안시성, 이제 당 황제 이세민이 안시성 앞에 와 있다.

"백제군 대장이 누구라고 했느냐?"

진막 안에서 이세민이 묻자 우성문이 대답했다.

"예, 은솔 벼슬의 계백이라고 들었습니다."

"그놈이 동쪽의 백제령 출신이라고 했던가?"

"예, 연남군 출신입니다."

"으음, 거머리 같은 족속들."

둘러앉은 장수들은 입을 다물고 있다. 우성문에 이어서 당 황제 이세민이 주력군을 이끌고 온 지 열흘째, 어제는 30만 대군이 성을 둘러싸고 하루 종일 공성전(功城戰)을 펼쳤지만 사상자만 수천을 내고 물러났다. 안시성 안의 고구려 백제 연합군은 4만이 안 되고 주민은 3만여 명, 군민(軍民)이 힘을 합쳤다고 하지만 하루 이틀에 함락시킬 작정이었는데 만만치가 않다. 이세민이 머리를 돌려 요동총독 서위를 보았다.

"그놈의 용병술이 대단한가?"

"백제왕의 총애를 받는 무장(武將)이라고 합니다."

"백제왕이 충신을 연개소문한테 보낸 것이군."

"예, 연개소문과 백제왕 의자가 뜻이 맞은 것입니다."

"두 놈이 동맹을 맺고 천하를 차지하겠다는 말인가?"

서위가 숨만 삼켰고 둘러선 장수들은 숨소리도 내지 않는다. 당(唐)도 고구려와 백제에 첩자를 보내거나 심어놓은 간자(間者)를 통해 양국 사정을 속속들이 파악하고 있는 것이다. 그때 이세민이 물었다.

"서위, 그대는 양광시대에도 장군을 지냈으니 잘 알 것이다. 양광이 고구려에 친정(親征)한 것과 내가 친정한 것이 무엇이 다르냐?"

서위가 머리를 들었다. 양광(楊廣)은 수(隋)의 양제(煬帝)를 말한다. 서위는 이때 65세, 노신(老臣)이다.

"폐하, 양광은 말년에 황음무도하여 백성의 고혈을 짜내었지만 폐하는 성군으로 백성들의 칭송을 받고 있습니다. 그것이 첫 번째 다른 점입니다."

"두 번째 다른 점도 있는가?"

"예, 당군(唐軍)은 수군(隋軍)에 비하여 기동력이 강하고 전의(戰意)가

투철하며 용병입니다. 수군은 농민을 끌어 모아 숫자만 채운 잡군이었습니다."

"또 있는가?"

"예, 그 당시의 고구려는 영양왕이 을지문덕과 함께 수군을 맞았으나 지금은 연개소문이 정권을 탈취하여 허수아비 왕을 세우고 대당(大唐)과 대적하고 있는 것이 다릅니다. 고구려 민심은 연개소문을 떠나 있습니다."

"그런가? 그렇다면 안시성주 양만춘을 회유할 수는 없느냐?"

그때 서위의 눈동자가 흔들렸고 이세민이 말을 이었다.

"고구려는 대국(大國)이다. 당과 맞설 대국이 있다면 천하에 고구려와 백제 두 왕국뿐이다. 수의 양광은 오만했기 때문에 멸망했다. 나는 양광과 다른 방법을 쓰겠다."

이세민이 신하들을 둘러보았다.

"양만춘에게 밀사를 보내라. 계백에게도 밀사를 보내 회유해 보도록 하라. 연개소문에게 불만을 품고 있을지도 모른다. 계백에게는 담로의 왕으로 봉해준다고 해라."

"사신이 왔어?"

되물은 양만춘이 옆에 앉은 계백을 보았다. 당 황제 이세민이 보낸 사신이 성 밖에 있다는 것이다. 서문(西門)의 수문장이 이마의 땀을 손바닥으로 닦으며 말했다.

"예, 성주께 황제의 전갈을 가져왔다고 합니다. 이부상서라고 했습니다."

"들여보내라."

양만춘이 웃으면서 지시했다.

"이세민이 어떤 조건을 내놓는지 그것으로 그자의 용인술을 보겠다."

잠시 후에 안시성의 청에는 당의 사신으로 온 이부상서 유춘관이 중랑장 둘을 대동하고 들어섰다. 금박을 입힌 붉은색 비단 예복을 입고 머리에 관모를 썼는데 풍채가 좋았다. 뒤를 따르는 중랑장 둘도 장군이어서 늠름하고 전혀 위축되지 않았다. 한 걸음씩 갈지자로 걸어 들어온 유춘관이 양만춘과 계백의 열 걸음쯤 앞에서 멈춰 섰다. 청 안은 숨소리도 나지 않았다. 1백 평쯤 되는 청에는 아름드리 기둥 좌우에 고구려, 백제 장수들이 갈라서 있었는데 가운데 선 왕의 사신 옆모습을 보는 자세다. 잠깐 정적이 덮였다. 이부상서 유춘관은 언변이 좋고 지모가 뛰어난 인물이다. 이세민이 현무문의 변을 일으켰을 때 계략을 짠 인물이기도 하다. 그때 유춘관이 먼저 입을 열었다.

"대당(大唐)의 사신 이부상서 유춘관이 안시성주를 뵙소."

양만춘과 계백은 앞쪽의 의자에 앉아 있다. 사신 유춘관과 장수 둘은 서 있는 상황이다. 마치 상국(上國)에 문안 인사차 온 조공국의 사신 같은 꼴이다. 양만춘이 대답했다.

"말하라."

양만춘은 고구려 서부(西部)의 성주다. 당의 이부상서는 6조의 우두머리 상서이니 최고위층 관리인 것이다. 순간 유춘관이 호흡을 고르더니 말을 이었다.

"황제께서 안시성주 양만춘이 투항하면 고구려 서부를 식읍으로 하사하시고 대장군 겸 요동왕으로 봉하신다고 했소."

"나를 요동왕으로?"

되물은 양만춘이 눈을 크게 떴다.

"상서, 그 말이 사실인가?"

"황제의 임명장을 드리겠소. 임명장까지 써주고 실행하지 않는다면 어찌 천하 백성의 황제가 될 수 있겠소? 고구려를 정벌하지 않더라도 임명하신다고 말씀하셨소."

"여기 백제군 장수도 와 계시는데 어떻게 한단 말인가?"

"백제군 장수 계백은 백제 담로왕으로 임명하신다고 했소. 그 휘하 장수들도 합당한 직위를 하사하실 것이오."

"굉장한 포상이다."

양만춘이 감동한 표정을 짓고 말했다.

"내가 요동왕이 되다니 조상의 은덕이 이제야 나한테 쏟아졌구나."

유춘관의 눈동자가 흔들렸다. 양만춘의 말이 진심인지 헷갈린 것이다. 그때 계백이 유춘관에게 물었다.

"상서, 백제의 담로는 아직 정벌하지도 못했는데 어떻게 나를 담로왕으로 봉할 수 있단 말이오?"

"물론 그렇지만 고구려가 멸망하면 백제 담로도 무너지지 않겠습니까?"

"담로가 22개니 그중 몇 개 군을 주시겠소? 난 10개는 받고 싶은데."

"그것은……."

그때 양만춘이 나섰다.

"내 수하 장수들에게도 왕을 시켜주면 안시성을 드리지. 적어도 왕 5명은 더 있어야겠는데."

그때 참다못한 고구려 장수 하나가 웃음을 터뜨렸고 청 안은 웃음으로 덮였다.

"성안 군기가 엄정하면서도 장졸의 사기가 높았습니다."

유춘관이 말을 잇는다.

"오가는 주민들의 얼굴에는 활기가 띠었고 전혀 위축되지 않았습니다."

지금 유춘관은 이세민에게 안시성 분위기를 전하는 중이다. 안시성에 들어갔다가 나온 유춘관의 말을 들으려고 진막에 모인 장수들은 귀를 세우고 있다. 이세민이 쓴웃음을 짓고 물었다.

"내 제의를 비웃더냐?"

"아니올시다, 폐하."

정색한 유춘관이 이세민을 보았다.

"요동왕에 임명한다고 했더니 놀란 기색이 역력했습니다. 하지만 주위에 장수들이 많아서 속에 있는 말을 내놓지는 못했을 것입니다."

"백제 장수는 어떻더냐?"

"담로왕으로 봉한다고 했더니 담로 10군을 달라고 했습니다."

"그놈이 욕심이 과한 놈이군."

이세민이 머리를 끄덕이며 말했다.

"내일부터 맹공을 하면 놈들이 다급해져서 내 제의를 심각하게 받아들일 것이다."

"예, 폐하."

"시간이 지나 기력이 떨어지면 요구 조건이 더 내려가게 된다, 흥."

이세민의 얼굴에 쓴웃음이 번졌다.

"요동왕? 담로왕? 어림없다."

양만춘과 계백, 그리고 양국의 지휘부가 둘러앉아 다녀간 당 사신이야기를 한다.

"성안 동정을 살피러 온 것이야."

양만춘이 말하자 장수들이 머리를 끄덕였다. 아무리 숨기려고 해도 성안에 오면 분위기를 알 수 있는 것이다. 장수 하나가 대답했다.

"성안 분위기를 보고 오히려 사기가 꺾였을 것입니다."

"며칠 공격을 하고 나서 또 사신을 보낼 것입니다."

다른 장수가 말했다.

"지난 전쟁 때 수(隋)와 요동성 싸움에서 수양제는 사신을 여덟 번이나 보냈습니다. 그때 성안 동향을 잘못 전했다고 사신으로 갔던 장수를 양제가 베어 죽인 일도 있었습니다."

"당 황제의 후의에 감격했다고 했는지도 모르겠군."

양만춘의 말에 장수들이 소리 내어 웃었다. 그때 계백이 말했다.

"이때 우리도 사신을 보내는 것이 어떻겠습니까?"

순간 좌중이 조용해졌고 모두의 시선이 모였다. 양만춘이 계백을 보았다.

"우리가 말씀이오?"

"예, 우리는 성안 장졸과 주민을 설득시키겠다면서 그러기 위해서는 당군(唐軍)이 20리쯤 물러나 주었으면 좋겠다고 하는 것입니다."

"옳지."

양만춘이 손바닥으로 무릎을 쳤다.

"그러면 우리는 시간도 벌고 당군이 진영을 옮기는 실리까지 얻을 수 있겠습니다."

"두 번째는 속지 않겠지만 지금은 설마 하고 사신을 받아들일 것입니다."

"묘안이오."

고구려 장수들도 대부분 머리를 끄덕이거나 웃었다. 그때 고구려군 부장(副將) 한성위가 계백에게 물었다.

"그런데 누가 사신으로 갑니까?"

"내가 가지요."

계백이 바로 대답했다.

"제가 모시고 가겠습니다."

고구려군 장수 우보성이 나섰다. 기마군대장으로 5품 조의두대형 장군이다. 양만춘이 정색하고 계백을 보았다.

"백제군 수장(首將)이 가셔도 되겠소?"

"뭐라고? 사신이?"

이세민이 앞에 선 대장군 우성문을 보았다. 사시(오전 10시) 무렵, 우성문은 어깨를 부풀리며 거친 숨을 뱉는다.

"예, 그런데 사신이 백제군 수장인 계백이란 놈입니다."

"오오."

이세민의 눈이 좁혀졌다. 황제의 진막 안이다. 백여 명이 넘는 장군들이 긴장한 채 이세민과 우성문을 번갈아 보고 있다.

그때 우성문이 말을 이었다.

"폐하, 그놈이 아군의 허실을 염탐하려고 온 것입니다. 바로 참수해서 머리를 창끝에 꽂고 위세를 보여야만⋯⋯."

"가만."

이세민이 우성문의 말을 막았다.

"말이 많구나."

"황공하옵니다, 폐하."

"넌 몸보다 말이 빠른 놈이다."

"황공무지로소이다."

이세민이 주위를 둘러보는 시늉을 했다.

"우성문의 감군으로 나갔던 곽영탁이 어디 있느냐?"

"예, 폐하."

말석에 서 있던 곽영탁이 한 걸음 앞으로 나섰다. 진막 안은 숨소리도 나지 않았다. 이세민의 대장군이며 태수, 도독 등 여러 직임을 보유하고 있는 우성문을 개 부르듯이 이름을 부르고 있는 것이다. 그러니 곽영탁 따위는 말할 것도 없다. 이세민의 눈이 다시 좁혀졌다.

"너는 감군으로 우성문의 패퇴를 속인 놈이다. 네 죄를 알렸다?"

기가 질린 곽영탁이 숨도 쉬지 못하고 땅바닥에 이마를 붙인 채 엎드려 버렸다.

이세민의 시선이 우성문에게 옮겨졌다.

"호가호위(狐假虎威)는 너를 두고 한 말이겠다. 그렇지 않으냐?"

이제는 우성문이 땅바닥에 엎드렸고 이세민의 말이 이어졌다.

"그렇다면 쥐새끼가 여우의 위세를 빌어서 나대는 것을 뭐라고 하느냐?"

이세민의 시선이 요동총독 서위에게로 옮겨졌다.

"총독이 말해보라."

"예, 서가호위(鼠假狐威)가 되겠습니다."

"이놈, 우성문."

이세민이 엎드린 우성문을 꾸짖었다.

"백제군 계백에게 대패를 하고 감군과 함께 그 사실을 숨기고는 계백이 사신으로 오니까 탄로날까 봐 겁이 났느냐?"

우성문은 엎드려 떨기만 했다. 이세민과 긴 인연이 있었으니 성격을 더 잘 아는 것이다. 냉혹하고 잔인해서 형제도 눈 깜박 하지 않고 살육하는 이세민이다. 부친인 태조 이연도 이세민이 겁이 나서 현무문의 변이 일어난 지 두 달 만에 황제 자리를 이세민에게 넘겨주고 물러났다. 그때 이세민이 엎드린 둘을 향해 말을 이었다.

"이놈들, 내가 모르고 있었던 줄 아느냐?"

이세민이 아래쪽에 선 위사장에게 지시했다.

"감군 곽영탁의 머리를 떼어서 창끝에 꽂아 계백이 들어오는 입구에 세워 놓아라."

"예, 폐하."

"우성문은 사지를 결박해서 그 머리통 옆에 꿇려놓아라."

"예, 폐하."

"계백을 극진히 영접하여 나한테 데리고 오라."

이세민이 지시하자 장수들이 서둘렀다.

일사불란하게 움직였는데 질서가 엄정한 한편으로 빈틈이 없다. 이윽고 안시성에서 보낸 사신 계백 일행이 황제의 진막 앞에 도착했다. 그때 진막 앞에는 창끝에 꿰인 곽영탁의 머리가 먼 하늘을 바라보며 세워져 있었고 그 밑에는 우성문이 사지가 결박된 채 꿇려져 있다.

"어서오너라."

이세민이 떠들썩한 목소리로 계백을 맞았다. 계백이 20보쯤 떨어진 거리로 다가왔을 때 소리친 것이다. 파격이다. 계백도 놀라 주춤거렸을 정도였으니 둘러선 당의 장수들은 숨까지 죽였다. 이세민이 다시 소리쳤다.

"가까이 오라, 가까이."

계백이 두 손을 모으고 다가갔다. 뒤를 우보성과 윤진, 하도리가 따른다.

진막 안이 조용해졌다. 계백과 사신들의 발자국 소리만 난다. 10보 거리에서 계백이 발을 멈추고 이세민을 보았다. 이세민의 속눈썹까지 보인다. 당태종 정관19년, 제위에 오른 지 19년째다. 47세, 계백을 내려다보는 눈빛이 강하다. 진막 앞에 걸린 곽영탁의 머리통과 우성문의 결박된 모습은 계백에 대한 압력이다. 계백에게 참패한 무장들인 것이다. 그때 계백이 허리를 굽혀 절을 했다.

"백제 은솔 계백이 황제 폐하를 뵙습니다."

"어떠냐?"

이세민이 대뜸 물었다.

"대당(大唐)의 분위기가 어떻다고 돌아가서 말할 테냐?"

"폐하의 기세에 눌려 제대로 보지 못 했다고 말할 것 같습니다."

"앗하하."

소리 내어 웃은 이세민이 지그시 계백을 보았다.

"너희들 왕, 의자와 비교하면 어떠냐?"

"감히 어찌 비교를 하겠습니까? 말씀을 거두어 주옵소서."

"그래야지."

선선히 머리를 끄덕인 이세민이 정색하고 말했다.

"네가 오기 전에 말이 많았지만 살려서 보내주마. 다만 이 말 한마디는 명심하고 돌아가거라."

"예, 폐하."

"내가 대륙을 평정하지 못하고 저승에 갈지도 모른다."

이세민의 목소리가 진막을 울렸다.

"인생 50년, 피었다가 순식간에 지는 꽃처럼 세월이 흐르지만 사는 동안만이라도 보람을 느껴야 하느니라."

계백도 숨을 죽였고 이세민의 말이 이어졌다.

"죽어서 이름을 남긴다는 말도 다 부질없다. 귀신이 되어서 뭘 듣고 자랑으로 여기겠느냐."

"……."

"순간의 영화를 위하여 나는 비열하게 살지 않는다. 이것이 군주의 마음가짐이다."

이세민은 결국 자신의 입장을 피력한 것이다. 계백이 허리를 굽혔다.

"폐하, 명심하겠습니다."

"돌아가서 내 말만 전해라."

"예, 폐하."

"고구려왕, 백제왕의 자질이 나보다 나을지 모르지만 하늘은 준비한 자에게 기회를 줄 것이다."

계백이 다시 허리를 숙였을 때 이세민이 문득 물었다.

"너는 다음 신라왕이 누가 적합하다고 생각하느냐?"

난데없는 질문이어서 계백은 쳐다만 보았고 뒤에 선 우보성과 윤진 등은 몸을 굳혔다. 이세민의 얼굴에 웃음이 번졌다.

"백제왕도 신라왕을 겸할 수가 있겠지. 하지만 신라인으로 누가 여왕의 뒤를 잇는 것이 나을 것 같으냐?"

"김춘추가 낫겠지요."

계백이 똑바로 이세민을 보았다.

"김춘추는 왕이 되면 백제와 통합한다고 각서를 썼습니다."

"앗핫핫!"

다시 소리 내어 웃은 이세민이 말했다.

"그런가? 김춘추가 뛰어난 놈이다."

당 황제 이세민을 만나고 왔다고 벼슬이 오른 것도 아니고 당군(唐軍)의 공격이 수그러진 것도 아니다. 당군은 안시성의 고구려, 백제군 수뇌부를 투항시키려면 심하게 공격하여 위세를 보여야 한다고 결정한 것 같았다. 연일 맹공을 퍼부어서 성벽이 하루에도 몇 번씩 허물어졌다. 그러나 고구려 백제군은 즉각 보수하고 반격했다. 당군은 안시성 사면을 포위, 공격하는 것이 아니다. 동쪽은 터놓아서 퇴로를 만들어놓았다. 지원군이 오지 못하도록만 할 뿐이지 언제든지 동문을 통해 물러나도록 한 것이다. 일진일퇴의 공방전이 사흘, 닷새, 열흘이 되더니 한 달이 금방 지났다. 두 달이 지나 석 달째가 되었을 때 공격하는 당군은 지친 기색이 드러났다. 반대로 수비하는 고구려 주민들의 사기는 그만큼 높아졌다. 더구나 겨울이 닥쳐오고 있다. 북방의 안시성은 겨울 추위가 매서운 곳이다. 안시성은 창고에 1년 이상 먹을 양곡이 쌓였고 성안에 마르지 않는 우물이 수십 군데가 있어서 내년 겨울까지도 버틸 수가 있다. 그러나 성 밖에 포진한 30만 가까운 당군은 겨울 준비가 제대로 되어 있지 않았다.

"또 반복되는 것이냐!"

마침내 당 황제 이세민이 눈을 치켜뜨고 말했다. 목소리가 신음을 뱉는 것 같다. 둘러선 장수들은 머리를 숙였고 이세민의 목소리가 바위처럼 굴러 떨어졌다.

"이 성 하나를 함락시키지 못하고 회군해야 한단 말인가!"

그동안 수많은 전략이 나왔지만 모두 채택되지 못했다. 안시성을 놔두고 뒤를 쫓지 못하도록 5만 군사를 배치시킨 후에 곧장 고구려 심장부로 진군하자는 의견이다. 그러나 황제의 친정(親征)이다. 장수들을 내보내어 싸우는 것처럼 위험하게 만들 수는 없다는 말에 아무도 더 주장하지 않았다. 시간이 지날수록 당군은 초조해졌고 사기가 떨어졌으며, 반대로 안시성의 사기는 높아졌다. 그래도 당군은 쉽게 철군하지 않았다. 황제의 친정인 것이다. 이세민의 탄식처럼 '또' 패주했다가는 수(隋) 양제의 전철을 밟을지도 모른다. 고구려가 바로 천하의 중심(中心)이라는 증거일 것이다. 그러던 어느 날 계백에게 위사장인 하도리가 달려왔다. 저녁 무렵, 성안 사택을 숙소로 쓰고 있는 계백이 막 저녁상을 물렸을 때다.

"은솔, 백제에서 손님이 오셨습니다."

"손님이? 백제에서?"

놀란 계백이 자리에서 일어섰다. 그때 대문 안으로 들어서는 일행이 보였다. 앞장선 사내는 덕조다. 깜짝 놀란 계백이 눈만 크게 떴을 때 덕조가 소리쳤다.

"주인! 다시 뵙습니다!"

"웬일이냐!"

"아씨가 보내셨소!"

다가온 덕조가 땅바닥에 엎드려 절을 했다. 마루에서 내려간 계백이 덕조의 어깨를 잡아 일으키다가 숨을 들이켰다. 덕조의 뒤에 서 있는 사내가 낯이 익었기 때문이다. 희고 깨끗한 얼굴, 두건을 썼지만 소녀 같다.

"아니, 네가……."

그때 소년이 머리를 숙여 인사를 했다. 옆으로 다가온 덕조가 말했다.

"아씨가 시중을 들라고 보내셨습니다."

그때서야 계백의 시선이 미소년에게서 떨어졌다. 바로 서진이다. 태왕비의 시녀, 신라의 첩자 취급을 당하고 계백의 사저에 갇혀 지내던 서진이다. 사비도성으로 옮겨 왔을 때 궁으로 돌아가지 않았는데 고화가 보낸 것이다. 몸을 돌린 계백이 덕조와 서진을 데리고 방으로 들어왔다. 그때 서진이 처음으로 입을 열었다.

"나리, 전장에서라도 모시고 싶습니다."

백제를 떠난 지 반년이다.

밤, 남장을 벗고 여자 옷으로 갈아입은 서진은 아름답다. 삭막한 바위산에서 솟아난 꽃 같다. 안시성주 양만춘은 정부인에 소실까지 거느렸고 장수, 군관들까지 부인을 두고 있었지만 백제군 장졸들은 홀아비다. 그래서 여자 좋아하는 화청은 이미 과부 하나를 숙소에 데려다 놓고 임시 부인 노릇을 시켰고 장수들에다 12품 이하 관직의 무장들까지 요령껏 여자를 두었다. 고구려나 백제 모두 혼인한 남녀 간의 정절은 중하게 여겼으나 교제는 자유롭고 여자가 위축되어 살지는 않는다. 신라는 여왕이 다스리는 나라이다. 계백도 양만춘이 여러 번 숙소로 여자를 보내 시중을 들게 했지만 다음 날에는 내보냈다. 서진이 술상을 들고 방으로 들어섰을 때가 자시(밤 12시)쯤 되었다.

"밤늦게 술이냐?"

술상을 본 계백의 얼굴에 웃음이 떠올랐다. 술상머리에 앉은 서진이 술병을 들면서 따라 웃었다.

"한산성에 잡혀 있을 때부터 이날을 기다리고 있었죠."

"요망한 년, 이곳에서는 신라 첩자 노릇은 못 하겠구나."

술잔을 든 계백이 지긋이 서진을 보았다.

"제가 도성의 나리 사택에 있을 때도 태왕비께 여러 번 다녀왔습니다."

서진이 웃음 띤 얼굴로 말을 잇는다.

"그것을 아씨는 아시지요."

"같은 신라 출신이라 그런가?"

"예, 저도 가야 출신인 데다 고향이 아씨 마을에서 30리밖에 떨어지지 않았습니다."

계백이 술잔을 비우고는 긴 숨을 뱉었다. 술맛이 달다. 전장(戰場) 한복판에 있는 것 같지 않다. 서진의 목소리도 꿈속에서 울리는 것 같다.

"그래서 한산성에 있을 때부터 아씨를 언니로 불렀습니다. 아씨가 저보다 한 살 위시거든요."

"잘 한다. 그래서 아씨도 첩자로 만들었느냐?"

"아씨께서는 아이 때문에 움직일 수 없으니 제가 나리를 모시라고 하셨습니다."

계백의 잔에 술을 채운 서진이 옆으로 붙어 앉았다. 서진한테서 향내가 맡아졌다. 체취가 섞인 색향(色香)이다.

"나리, 전 아직 남자의 몸을 받은 적이 없습니다."

서진이 반짝이는 눈으로 계백을 보았다. 그러나 얼굴은 붉어져 있다.

"하지만 몸은 뜨겁고 얼마든지 받아들일 수가 있어요."

"허, 과연 요물이구나."

"나리를 그리면서 여러 번 몸이 뜨거워졌습니다."

계백은 어느덧 자신의 몸도 뜨거워진 것을 깨달았다. 그때 서진이 계백의 바지 허리끈을 쥐면서 몸을 붙였다.

"나리, 술상을 치울까요?"

"놔둬라. 술이 반병이나 남았다."

"술에 취하시면 방사가 금방 끝난다고 합니다. 그만 하시지요."

"이런 색녀(色女) 같으니, 넌 긴 방사를 좋아하느냐?"

"오래 안기고 싶은 거죠."

마침내 참을 수 없어진 계백이 술잔을 내려놓았을 때 서진이 허리띠를 풀었다.

"나리, 불을 놔둘까요?"

이미 새빨갛게 달아오른 서진이 가쁜 숨을 몰아쉬면서 물었다. 계백의 바지를 벗기던 서진의 손이 뜨거운 몸에 닿는 순간 놀라 움츠렸다. 첫 경험일 것이다. 그때 계백이 서진의 치마를 젖히고는 속바지를 찢듯이 벗겼다. 그러고는 서진을 번쩍 안아서 침상에 눕혔다. 서진이 가쁜 숨을 몰아쉬면서 눈을 감았다. 계백이 서진의 알몸이 된 하반신을 보았다.

계백이 함성에 눈을 떴다. 먼 쪽에서 울리는 함성이다. 벌떡 상반신을 일으켰을 때 서진이 이불을 끌어 가슴을 가리면서 따라 일어났다. 갑자기 터진 함성에 문밖은 소란해졌다. 옷을 걸친 계백이 밖으로 나왔을 때 위사장 하도리가 마당에서 소리치듯 말했다.

"당군의 공격이오!"

"이 시간에?"

계백이 동녘 하늘을 보았다. 아직 날도 밝지 않았다. 석 달이 되는 동안 당군이 새벽부터 공격하는 것은 처음이다.

"당군이 서문을 공격하고 있습니다!"

하도리의 두 눈이 불빛을 받아 번들거리고 있다.

"서문을?"

계백이 갑옷 허리끈을 여미면서 마당으로 내려왔다. 서문은 백제군이 맡은 것이다. 당군이 그것을 모를 리 없다. 공방전을 치르면서 서로 부르고 답하며 욕설은 욕설로 상대하다가 자연스럽게 알게 되었다. 계백이 서문으로 달려갔을 때 하늘은 부옇게 밝기 시작했지만 공격은 절정에 올라 있었다. 당군(唐軍)은 이번 안시성 공격에 모든 기구를 다 동원했는데 현장에서 만든 것도 많았다. 구름사다리인 운제는 말할 것도 없고 포차로 돌을 쏘아 성벽과 성안 가옥을 부쉈고 당차, 충차, 누차 등을 동원하여 성벽과 성문을 깨뜨렸고 불화살을 쏘았다. 그때 마침 2대의 운제가 위쪽에 당군을 가득 싣고 다가왔는데 평상시와는 다르다. 계백이 그것을 보고는 소리쳤다.

"준비해라!"

오늘 밤 서문을 맡은 장수는 나솔 윤진, 목청이 터질 것처럼 소리쳐 독전을 하고 있다. 그때 어둠을 뚫는 것처럼 운제(雲梯) 2대가 다가왔다. 그런데 이번 운제는 2대를 연결시켜 통로를 만들어 놓고 그 통로에 가득 당군을 태우고 있다. 운제 2대와 통로에 태운 당군은 수백 명이다. 이 수백 명이 성벽 위로 쏟아지면 당해내기 어렵다.

"쏘아라!"

장수들이 목이 터져라 외쳤지만 운제는 괴물처럼 다가왔다. 이쪽에서 쏜 불화살에 운제 곳곳이 불에 타고 있었지만 워낙 튼튼하게 만들어서 부서지지는 않는다. 오히려 불덩이가 다가오는 터라 더 위협적이다. 운제의 밑쪽에는 거대한 나무바퀴가 10여 개나 달려 있었는데 당군 수천 명이 뒤쪽과 아래쪽에서 밀고 있다. 계백이 마침내 허리에 찬 장검을 빼 들었다. 윤진이 다시 소리쳤다.

"기다려라!"

아래쪽 당군이 내지르는 함성과 백제군이 맞받아 지르는 외침이 천지를 진동하고 있다. 오늘 당군은 결판을 내려는 것 같다. 운제 2대를 묶은 괴물의 크기는 길이가 250자(75미터), 높이가 1백 자(30미터)였고 각 운제의 두께는 50자(15미터)가 넘는다. 당군은 그동안 이 괴물 덩어리를 만든 것이다. 계백이 칼을 휘두르며 소리쳤다.

"기다려라! 놈들이 쏟아질 때까지!"

이제 운제가 20자(6미터) 거리로 다가왔다. 운제 위에 탄 당군의 눈도 보인다. 그때다. 운제가 앞쪽으로 기우는 것 같더니 엄청난 굉음을 내면서 성벽 위로 넘어졌다.

"우와앗!"

당군의 함성이 진동했고 그 순간 운제와 통로에 가득 타고 있던 당군이 성벽 위로 쏟아졌다. 수백 명이다. 그때 계백과 윤진, 화청까지 소리쳤다.

"그물을!"

그 순간 좌우에서 대기하고 있던 수십 명의 백제군이 일제히 그물을 당겼다.

"우왓!"

보라. 성벽 위로 그물이 펼쳐지면서 쏟아진 당군을 물고기처럼 덮어버렸다. 거대한 그물이다. 그물에 걸린 고기나 마찬가지다. 당군은 그물 속에서 꿈틀거렸고 성벽 아래쪽으로 물러선 백제군은 일제히 활을 쏘았다. 투석기로 던진 돌은 하나도 빗나가지 않고 그물에 덮인 당군에 맞았다. 함성이 진동하고 있다. 이제 성벽 위로 올라온 백제군이 그물 속의 당군을 찔러 잡는다. 성 밖의 당군이 넘어진 운제를 기어올라 왔다가 기겁을 하고 물러가다가 굴러 떨어졌다. 성벽 위의 그물 덩어리와 그물에 덮여 죽는 당군의 참상을 본 때문이다. 그리고 그물에 걸려 성벽 위로 올라설 수도 없다.

"와앗!"

성벽 위의 백제군이 당군의 시체를 성 밖으로 던지면서 함성을 질렀다. 성벽에 걸쳐진 거대한 운제 2개는 불타오르고 있다. 해가 한 뼘쯤 솟아올랐을 때 당군은 물러가기 시작했다. 전에는 시체를 수습하고 갔지만 지금은 버려두었다. 그만큼 혼란에 빠져 있었기 때문이다.

"대승이오."

지원군을 이끌고 달려온 양만춘이 계백의 옆에 서서 패퇴하는 당군을 내려다보면서 말했다. 성 밖의 들판에 깔린 당군의 시체는 5백여 구나 된다.

"운제에서 쏟아진 당군을 그물로 덮을 묘수를 썼다니, 우리도 그물을 만들어야겠소."

양만춘이 옆에 늘어진 그물을 뜯었다. 질긴 삼줄과 쇠줄을 섞어 만든 그물이다. 칼로 끊기 어렵게 가는 쇠줄을 안에 심어 놓았다. 성벽 뒤쪽에 늘어뜨려 놓았다가 좌우에서 당기면 그물이 펼쳐지는 단순한 구조다.

"이세민이 운제를 묶어 새로운 공성 기구를 만들었지만 우리한테 당했구려."

"당군은 또 다른 공성 기구를 만들어낼 것입니다."

양만춘의 얼굴에 쓴웃음이 번졌다. 당군은 땅을 파서 성안으로 들어

오려고 세 군데에서 땅굴을 팠다. 하루에 1백 자(30미터)씩 무서운 속도로 파 들어오다가 그것을 탐지한 고구려군에게 몰살당했다. 고구려군이 위에서 땅굴을 허물어버린 것이다. 땅굴 안에 있던 당군 수백 명이 생매장을 당했다. 이제 당군은 투석기로 돌을 날리지 않는다. 성안의 고구려, 백제군은 이미 지하에 엄폐물을 만들어 놓았을 뿐 아니라 날아온 돌을 모아 무기로 사용했기 때문이다. 성안에는 1년을 지탱할 양식이 저장된 데다 수십 군데의 마르지 않는 식수가 있어 시간이 지날수록 고구려, 백제 연합군의 사기가 높아지고 있다. 계백이 사처로 돌아왔을 때는 신시(오후 4시)가 되어갈 무렵이다. 이제는 사처 집사가 된 덕조가 계백을 따라 마루방에 들어서면서 물었다.

"주인, 당군이 동쪽도 막았다는 게 정말입니까?"

머리를 끄덕인 계백이 덕조를 보았다.

"왜? 넌 도망갈 생각이었느냐?"

당군은 터놓았던 동쪽까지 막아버린 것이다. 이것은 안시성의 군민(軍民)을 몰살하겠다는 결의다. 지금까지는 성을 비우고 후퇴하도록 해준 것이다. 그래서 경비가 허술한 동쪽을 통해 덕조와 서진이 성으로 들어올 수 있었다.

"아니올시다. 주인께선 서운한 말씀을 하시오."

얼굴을 찌푸린 덕조가 말을 이었다.

"주인, 낮에 시장에 나갔다가 상인들이 하는 말을 듣고 왔습니다."

그때 방으로 서진이 들어와 계백의 갑옷을 뒤에서 벗겼다. 자연스러운 행동이어서 덕조는 뒤로 물러섰다. 벽에 등을 붙인 덕조가 서두르듯 말을 잇는다.

"그런데 성안에 당군 첩자들이 많이 들어와 있다고 합니다."

의자왕이 계백의 서신을 받았을 때는 안시성 공방이 3개월이 넘었을 때다. 계백의 서신을 품고 온 장덕 백용문은 안시성에서 빠져나와 남쪽 바닷가로 내려온 후에 백제 무역선을 타고 왔다. 대륙의 동쪽은 백제령 담로가 이어져 있어서 백제 무역선을 쉽게 만난다. 의자가 백용문이 올린 계백의 서신을 읽고 나서 얼굴을 펴고 웃었다.

"백제군이 안시성의 주력군으로 기틀을 잡았구나. 장하다."

그때 아래쪽에 서 있던 병관좌평 성충이 말했다.

"대왕, 당왕 이세민이 겨울이 되기 전에 안시성을 함락시키지 못하면 철군해야만 살길이 열릴 것입니다."

"이세민이 수양제보다 나을 게 없지."

의자가 바로 말을 받았다.

"군사력이나 장비 면에서 수양제가 이세민보다 몇 배는 나았다."

그러나 수양제 양광은 요동성에서 막혀 1백만 대군이 곤욕을 치르다가 회군했다. 당시 요동성을 우회하여 고구려 내륙으로 진입했다. 수의 30만 대군은 살수에서 고구려 을지문덕에게 대패하여 살아 돌아간 군사는 2천여 명뿐이었다. 그것이 수(隋) 멸망의 원인이 된 것이다. 단 아래쪽에 있던 내신좌평 흥수가 한 걸음 나섰다.

"대왕, 안시성으로 돌아갈 장덕 백용문에게 고구려 대막리지께 가는 밀서를 줘 보내면 되겠습니다. 따로 사신을 보낼 필요가 없겠습니다."

"옳지."

의자가 머리를 끄덕였다.

"네가 잘 왔다. 연개소문 공에게 가는 밀서와 내 말까지 전하거라."

"예, 대왕."

"밀서는 곧 써주겠지만 전할 말은 이렇다. 잘 들어라."

의자가 헛기침했다. 글로 적어 보내는 밀서와는 달리 전할 말은 사담(私談)에 가깝다. 개인적인 말이니 친숙한 사이에서의 전갈이다.

"내가 신라 김유신이 끌고 올라가려던 수레 3천 대를 포획했다고 전해라. 이건 밀서에 적을 만한 일도 아니다."

긴장한 백용문에게 의자가 웃어 보였다.

"양곡이 6만 석 실려 있었으니 당군 30만이 넉 달간 먹을 양식이었다."

"예, 대왕."

"우리 백제군이 신라의 양곡 수송로를 차단하고 있을 테니 이세민을 꼭 잡아서 구경시켜 주기 바란다고 전해라."

"예, 대왕."

둘러선 백관들 사이에서 낮은 웃음소리가 들렸다. 백제 조정 분위기는 밝고 자유스럽다. 왕좌에 앉은 대왕 앞에 문무백관이 늘어서 있지만 가끔 자색 관복과 비색(緋色) 관복의 신하들이 뒤섞일 때도 있다. 그러다가 제자리로 돌아간다. 자색 띠와 관복을 입은 것은 1품 좌평(佐平)에서부터 6품 나솔까지이며 7품 장덕에서 11품 대덕까지는 비색 관복, 12품 문독에서 16품 극우까지는 청색 관복인 것이다. 그때 성충이 입을 열었다.

"지난달에 신라 국경에서 가야족 6천 호 3만여 명이 백제령으로 넘어왔다고 은솔에게 전해주게."

"예, 좌평."

성충의 얼굴에 웃음이 떠올랐다.

"남방 방령이 가야족 이주민이 넘쳐나는 바람에 아예 국경에 대군을 대기시켜 놓고 있다네."

이 말을 들은 안시성의 백제군 사기는 충천할 것이다, 먼 이국땅에서 고국 백제가 번성하고 있다는 것을 듣게 되면 적의 목을 몇 개 벤 것보다 더 기운이 날 테니까. 그것을 모두가 안다.

그 시간에 연개소문은 안시성 동쪽 1백여 리 지점에 있는 오골성(烏骨城)에서 장수들과 주연을 벌이는 중이다. 아직 해가 지지도 않았는데 장수들 앞에는 술상이 놓였고 연개소문의 얼굴에는 취기가 있다.

"이세민은 안시성에 발이 묶인 셈이야. 시간이 지날수록 떠나기가 더 힘들어진다."

술잔을 든 연개소문의 얼굴에 웃음이 떠올랐다.

"권위에 집착하게 되면 제 위신과 타인의 평가에 신경을 쓰는 법이지. 이세민은 안시성을 함락시키지 않고서는 움직이지 않는다."

"대막리지 전하."

막리지 요영춘이 연개소문을 보았다.

"신라가 백제군에게 군량을 빼앗긴 후에 이세민의 질책이 두려워서 사신을 다시 파견한다고 합니다."

"그래야겠지. 이번 전쟁에 신라의 충동질이 일조했으니까."

연개소문이 장수들을 둘러보았다.

"사신으로 또 김춘추가 갈 것인가?"

"김춘추밖에 인물이 없습니다."

막리지이며 연개소문의 동생 연정토가 대답했다.

"더구나 김춘추의 아들 김법민이 이세민의 시동으로 전쟁에 나와 있습니다. 이세민의 기색을 제 아비한테 알려줄 테니까요."

"과연."

연개소문이 머리를 끄덕였다. 어느덧 얼굴에서 웃음기가 지워졌다.

"신라에서 다음 왕위(王位)는 김춘추가 차지하겠다."

모두 입을 다물었고 연개소문의 말이 이어졌다.

"그렇지 않으냐? 고구려, 백제, 신라, 당, 대륙의 4국 중에서 김춘추만큼 제 왕국을 위해 목숨을 내던지고 뛰는 인물이 어디 있느냐?"

"……."

"김춘추는 왜국에도 들어가 청병을 했다가 수모를 당하고 쫓겨났다."

"……."

"그 후로 나한테도 단신으로 찾아와 백제를 견제해달라고 하지 않았느냐? 그러다가 잡혀 죽을 것 같으니까 도망쳤다."

"……."

"그 후에는 백제 수군(水軍)에 잡혀 의자왕 앞에까지 끌려갔다가 놓여나지 않았느냐? 4국(國)에서 이런 위인이 있는지 찾아봐라."

술잔을 내려놓은 연개소문이 길게 숨을 뱉었다.

"온갖 수모를 견디면서 대륙의 왕국을 종횡무진 움직이고 있다. 이자는 영웅이다."

그러더니 연개소문이 얼굴을 일그러뜨리면서 웃었다.

"다음에 이자를 보면 불문곡직하고 죽여라. 말 한마디도 들을 필요 없다. 무조건 죽여라. 알았느냐?"

"예엣."

둘러앉은 고관 장수들이 일제히 대답했을 때 연개소문이 다시 술잔을 들었다.

"난세일수록 운이 강해야 영웅이 되는 법, 역사는 결국 승자의 편에서 쓰이게 마련이다."

모두 술잔을 들었지만 아무도 감히 말대답하지 않는다. 주연이 끝나고 청을 나왔을 때는 술시(오후 8시) 무렵, 막리지 요영춘의 옆으로 태대형 고준이 다가왔다. 고준은 연개소문의 측근으로 이번 전쟁에서 주력군의 선봉장을 맡았다. 연개소문은 오골성에 12만 대군을 주둔시키고 있다. 요영춘이 멈춰 섰을 때 고준이 웃음 띤 얼굴로 말했다.

　　"우리 대막리지 전하와 의자왕, 이세민과 김춘추가 영웅이란 말씀일까요?"

　　신라군은 당군의 군량을 지원하려고 3천 량의 마차에 군량 6만 석을 싣고 바닷가로 나가다가 백제군의 기습을 받아 군량을 다 빼앗겼다. 고구려군의 방비가 허술한 틈을 타서 영토를 횡단, 바닷가로 나갔던 것이다. 신라의 도성인 금성의 대왕전 안, 선덕여왕이 근심에 덮인 얼굴로 신하들을 보았다.

　　"이를 어찌하면 좋꼬? 황제께서 질타하실 텐데 무슨 방법이 없겠는가?"

　　"전하."

　　상대등 비담이 나섰다. 여왕 앞에 선 비담의 시선이 옆쪽의 김춘추, 김유신의 얼굴을 스치고 지나갔다. 군량을 실은 마차를 빼앗긴 장수는 김유신의 부장(副將) 양천이다. 양천은 분전 끝에 전사하고 기마군 3천 중 2천이 전사했다. 군량을 실은 마차는 모두 백제군에게 탈취되어 불태워졌다.

　　"당에 보낼 군량이 탈취되었으니 황제의 추궁이 있을 것은 당연합니다. 사신을 보내어 사죄하는 것이 순서라고 생각되옵니다."

　　"사신을 보내란 말이오?"

"예, 전하."

"누가 갈 것인가?"

"이찬 김춘추 공이 가야만 합니다."

비담의 말투가 강경해졌다.

"기마군 지원을 바랐던 당 황제께 군량이 더 도움이 될 것이라고 설득시켰지 않습니까? 그러니 당연히 이찬이 가서 해명을 해야 될 것입니다."

여왕의 시선이 김춘추에게 옮겨졌다.

"이찬, 또 가겠소?"

"전하, 가겠습니다."

김춘추가 허리를 굽혔다가 폈다.

"가서 우리가 최선을 다했다는 것을 황제께 말씀을 올려야 합니다. 그래야 죽은 장병들에게도 위로가 될 것입니다."

"그렇소."

머리를 끄덕인 여왕이 다시 물었다.

"언제 떠나시겠소?"

"이틀 후에 떠나겠습니다."

그때 여왕이 소리 죽여 한숨을 쉬더니 머리를 끄덕이며 일어섰다. 대왕전을 나온 김춘추가 복도로 들어섰을 때 김유신이 다가와 옆에 붙어 걷는다.

"대감, 또 가시겠소?"

김유신이 묻자 김춘추가 희미하게 웃었다.

"이번에도 당군은 패퇴할 것이오."

"전갈이 왔습니까?"

"법민이가 지금 황제와 함께 안시성에 있소. 그곳에서 밀사를 보냈소."

"어허."

"곧 겨울이 올 텐데 안시성은 함락될 기색이 보이지 않는다는 거요. 한 달 안에 당군은 퇴각할 것 같다고 합니다."

"저런."

어느덧 둘은 마당으로 나와 걷는다. 김춘추가 말을 이었다.

"당군이 퇴각하기 전에 사죄사가 가야지 황제가 장안성에 입성하고 나서 논공행상을 할 때 들어가면 큰 화가 미칠 것이오."

"그렇지요."

김유신이 머리를 끄덕이면서 길게 숨을 뱉었다.

"그것을 비담은 아는지 모르겠소. 오직 대감을 위험한 곳으로 보내려고 혈안이 되어 있구려."

"대장군께 전하와 사직을 맡기겠소."

"염려하지 마시오. 내가 목숨을 걸고 전하를 지키겠소."

"이번에 황제께서 또 여왕 교체를 들먹일지 모르겠소."

걸음을 늦춘 김춘추가 주위를 둘러보더니 목소리를 낮췄다.

"비담이 전하를 해치고 왕위에 오를 가능성도 있소. 대장군께서 지켜주시오."

신라의 운명도 첩첩산중처럼 험하다.

계백이 사처로 돌아왔을 때는 술시(오후 8시) 무렵이다. 마루방으로 들어선 계백을 서진이 맞았는데 웃음 띤 얼굴이다.

"나리, 성안에 소문이 다 났습니다."

계백의 뒤에 선 서진이 갑옷을 벗기면서 말했다.

"당군이 곧 철군한다고 합니다."

"허, 우리보다 성안 주민들이 더 빨리 아는구나."

계백의 얼굴에도 웃음이 떠올랐다. 이제 서진과는 밤에 잠자리를 같이 하는 터라 서로 부담 없는 사이가 되었다. 남녀의 정분은 자연스럽게 몸이 부딪치면서 쌓이는 것이다. 말이 없어도 서먹하지가 않다. 옷을 갈아입은 계백이 저녁상 앞에 앉았을 때 서진이 술잔에 술을 따르며 물었다.

"나리, 당군이 철군하면 귀국하시겠지요?"

"물론이지."

술잔을 든 계백이 서진을 보았다.

"당연한 일을 왜 묻느냐?"

"아닙니다."

서진이 몸을 비틀며 웃었다. 옷자락이 스치면서 향내가 맡아졌다. 색향(色香)이다. 한 모금에 술을 삼킨 계백이 지그시 서진을 보았다. 그렇다, 육정(肉情)이 들었다. 남녀가 잠자리를 같이 하면 서로의 몸에 정을 느끼는 법이다. 이것은 떼기 힘들 뿐만 아니라 오래 지속된다.

"왜? 백제로 돌아가기 싫으냐?"

"아닙니다."

계백의 빈 잔에 술을 채운 서진이 눈을 흘기는 시늉을 했다.

"돌아가셔야지요."

"아직 전쟁이 끝나지 않았어. 당군은 필사적이야."

한 모금 술을 삼킨 계백이 말을 이었다.

"당군은 총공격을 해올 거다, 그것도 여러 번. 그 공격을 견뎌내야 돼."

서진이 머리만 끄덕였기 때문에 계백이 손을 뻗어 허리를 감아 안았다.

"아직 돌아갈 날을 세기는 이르다."

"나리, 저는 지금이 좋아요."

계백의 가슴에 얼굴을 묻은 서진이 낮게 말했다.

"전쟁이 끝나지 않으면 좋겠습니다."

"허어."

쓴웃음을 지은 계백이 서진의 몸을 당겨 안았다.

"너는 요물이다."

"나리 앞에서는 아이가 됩니다."

"백제에 돌아가기 싫다는 말이구나."

"백제로 돌아가면 궁으로 들어가겠습니다."

순간 계백이 서진을 보았지만 시선을 내려서 속눈썹만 보였다. 숨을 들이켠 계백이 술상을 물렸다. 서진의 마음을 읽은 것이다. 술상을 치우고 계백이 침상에 올랐을 때 방의 불을 끈 서진이 옆에 누웠다.

"나리, 언니하고 나리를 나눠 모실 수는 없습니다."

계백의 품에 안긴 서진이 낮게 말했다.

"언니는 함께 모시자고 했지만 저는 그렇게 못 합니다."

"……."

"다시 태왕비 마마를 모시겠습니다."

계백이 잠자코 서진의 옷을 벗겼다. 서진도 계백의 바지 끈을 푼다. 방 안에 갑자기 더운 열기가 덮였다. 오늘 밤 계백은 거칠었고 서진도 적극적이다. 밖에서 가끔 기마군의 말굽 소리, 군사들의 묻고 답하는 소리가 들려왔다. 이곳은 전장 한복판인 것이다. 그러나 방 안은 두 남녀의 몸부림이 이어지고 있다. 이윽고 열풍이 그쳤을 때 서진이 가쁜 숨을 뱉으며 말했다.

"나리, 오늘도 군사들이 죽겠지요?"

계백은 서진의 알몸을 잠자코 끌어당겨 안았다. 그렇다, 수백 명이 죽을 것이다.

"네 이놈들!"

성 아래쪽에서 천둥이 치는 것 같은 고함소리가 울렸다.

"퇴로가 끊겼으니 이제 너희들은 몰살당한다! 성안의 쥐새끼 한 마리도 살아남지 못할 것이다!"

목소리가 커서 성벽 아래쪽에서도 다 들렸다. 당의 장수다. 목청 큰 장수여서 성안의 고구려, 백제군은 목소리에 익숙해졌다. 매일 같은 시간에 소리를 지르기 때문이다.

"저놈과의 거리는 180보요."

화청이 눈을 가늘게 뜨고 장수를 내려다보면서 말했다.

"여우같은 놈이 한 발자국도 더 가깝게 다가오지 않습니다."

백제군이 소유한 각궁의 사정거리는 150보. 뿔을 덧대고 길이를 한 뼘쯤 넓힌 계백의 각궁은 170보가 유효 사거리다. 그 이상이 되면 활 힘이 떨어져 맞아도 깊게 박히지 않는다. 당의 장수는 그것을 알고 사정거리 밖에서 소리치는 것이다. 화청이 손으로 장수 뒤쪽을 가리켰다. 뒤쪽은 갑옷을 번쩍이는 친위군단이 늘어서 있다. 철갑을 입었기 때문에 철벽같다.

"저 뒤에 이세민이 있지요. 보이시오?"

"보이는군."

84

계백이 머리를 끄덕였다. 소리치는 당 장수 뒤쪽 30보쯤 거리에 당 황제 이세민이 서 있는 것이다. 말에 올라 이쪽을 응시하고 있지만 주위에 벽처럼 늘어선 친위군에 가려 상반신만 겨우 드러났다. 사시(오전 10시) 무렵, 이 시간의 안시성 서문 풍경이다. 이세민과의 거리는 210보. 계백의 눈대중은 1, 2보 차이밖에 나지 않는다.

"이놈들! 항복하면 목숨을 살려주는 것은 물론 후한 상금을 준다."

장수가 외치고 한 걸음 비켜섰을 때 고구려 병사 차림의 사내가 나타났다.

"이보게들! 내가 동문을 지키던 유강이네! 오늘 밤에라도 성벽을 내려오면 금 10냥을 받네!"

사내가 악을 쓰듯이 소리쳤다. 그때 계백이 화청에게 말했다.

"저쪽 좌측 성벽에서는 거리가 160보 정도나 될까?"

계백이 눈으로 가리킨 곳은 서문 좌측의 성벽이다. 그쪽은 급한 경사지 위에 성벽이 세워졌는데 앞쪽으로 돌출되었지만 당군이 덤벼오지 않는 곳이다. 따라서 성벽 위에는 10여 명의 백제군이 지켜 서 있을 뿐이다. 그때 성벽에서 시선을 뗀 화청이 계백을 보았다.

"과연 그렇습니다."

화청의 두 눈이 번들거리고 있다.

"160보가 조금 넘을 것 같소."

이세민과의 거리다. 계백이 말을 이었다.

"내일 이 시간에도 이세민이 나오겠지."

"지난번 그물로 운제에 탄 당군이 몰살당한 후부터 이세민이 이 시간에는 꼭 서문에서 남문으로 내려갑니다."

이세민이 독전을 하고 있는 것이다. 이제 곧 고함이 그치고 나면 당군의 대대적인 공격이 시작된다. 그때 이세민이 다음 독전지로 떠나는 것이다. 성안의 고구려, 백제군도 이제는 이세민의 동정을 다 꿰뚫고 있다. 나타나지 않는 날은 병이 걸렸나 궁금해질 정도다. 곧 외침이 그치더니 운제 2대가 굴러오기 시작했다. 포차에서 머리통만 한 바위가 날아왔고 철갑을 씌운 충차가 굴러왔다. 앞으로 한 시진 정도는 격렬하게 공격을 퍼붓다가 상황이 변하지 않으면 물러갈 것이다. 날아온 바위가 앞쪽 성벽을 부수며 떨어졌다. 머리만 틀어 바위 조각을 피하면서 계백이 화청에게 말했다.

"당군이 부서지기 쉬운 바위를 던지는군."

성안의 군사들이 다시 쓰지 못하게 하려는 것이다.

진막으로 돌아온 이세민의 갑옷을 시종들이 벗기기 시작했다. 가죽에 금박을 입힌 데다 장식 대부분은 금이다. 갑옷을 벗기자 이세민의 땀에 젖은 비단옷이 드러났다. 시종 둘이 좌우에서 땀을 닦아준다. 그때 이세민이 시종 하나에게 물었다.

"네 아비가 언제 온다더냐?"

"예?"

놀란 시종의 얼굴이 금방 하얗게 굳어졌다. 시종은 바로 김춘추의 아들 김법민이다. 이세민의 얼굴에 웃음이 떠올랐다.

"이번에 군량을 백제군에게 탈취당해 나한테 약속을 지키지 못하게 되었지 않느냐?"

김법민이 숨을 죽였고 이세민의 말이 이어졌다.

"신라에서 그에 대한 사죄사가 올 텐데 올 인물은 김춘추뿐이다."

그러는 동안 다른 시종들이 이세민의 겉옷을 입혀주었다. 곧 용상에 앉은 이세민이 김법민에게 다시 묻는다.

"어떠냐? 연락받았느냐?"

"아니옵니다."

"짐 앞에서 거짓말을 하면 9족을 몰살시킨다는 것을 아느냐?"

말투는 부드러웠지만 내용은 칼로 내려치는 것 같다.

"예, 폐하."

허리를 굽힌 김법민의 얼굴은 땀범벅이 되었다. 김법민은 아직 17세다. 그때 이세민의 말이 이어졌다.

"네가 시종으로 내 옆에 붙어 있으면서 사흘에 한 번씩 성안에 사는 신라 놈들에게 내 근황과 정세를 알려준다는 것을 알고 있다."

"……."

"그걸 알면서도 짐은 놔두었다. 신라는 당의 신하(臣下)국으로 소식이 빨리 전해지는 것도 나쁘지 않다고 생각했기 때문이다."

이세민의 얼굴에 쓴웃음이 번졌다.

"이곳 전장에까지 네 심부름을 하는 밀정 놈들이 따라왔더구나. 치중대의 내의복 관리하는 놈들이지?"

그 말을 옆에서 듣던 친위대장 왕양춘이 어깨를 부풀렸다. 눈을 치켜뜨고 있어서 당장에 김법민을 도륙할 기세다. 그때 김법민이 입을 열었다.

"예, 폐하. 죽여주시옵소서."

"내 말에 대답해라. 네 아비는 언제 오느냐?"

"곧 오실 것입니다."

김법민의 목소리가 떨렸다.

"군량을 빼앗긴 사죄사로 올 것 같다고 지난번 인편으로 전해왔습

니다."

"그렇다면 밀정 놈을 신라로 보내서 네 애비가 올 필요 없다고 전해라."

"예, 폐하."

"그리고 또 있다."

용상에 등을 붙인 이세민이 지그시 김법민을 보았다. 눈빛이 깊고 차갑다. 당(唐)을 개국한 것이나 마찬가지인 이세민이다. 태원유수였던 아버지 이연을 부추겨 수(隋)를 멸망시키고 당을 세운 것이 이세민이었던 것이다. 그 이세민의 시선을 받은 김법민은 마치 독사 앞의 생쥐나 같다. 이세민이 입을 열었다.

"신라에서 네 아비만 밀정을 보내고 내 주위를 맴도는 것이 아니다."

김법민을 노려본 채 이세민이 말을 이었다.

"상대등 비담도 마찬가지다. 그놈도 여왕 이후의 왕위를 노리고 나를 아버지라고 부른다. 난 늙은 자식을 두었다."

이세민의 얼굴에 쓴웃음이 떠올랐다.

"네 아비한테 내 말을 전해라. 비담이 다음 달 그믐밤에 여왕을 죽이고 왕위에 오를 예정이다. 이미 나한테 보고를 했으니 그날은 틀림없을 것이다."

김법민이 숨을 들이켰다. 큰일 났다.

서문 좌측 성벽에 선 계백이 아래쪽 당군을 내려다보았다. 눈을 가늘게 뜨고 거리를 재는 것이다. 노련한 궁사는 표적과의 거리를 거의 정확하게 잴 수 있다. 많아야 2자(60센티) 정도 차이가 날 뿐이다. 지금 이곳에서 이세민과의 거리는 162보, 쏘면 닿는 거리다. 이세민은 방패를 든 철기군의 철통같은 방어막 안에 앉아 있지만 여기서는 측면이 노출되었다. 가슴 위쪽이 보이는 것이다. 그러나 상반신은 황금 갑옷을 입은 데다 목에는 쇠사슬 보호대를 둘렀다. 머리에 투구를 썼지만 무거워서 가끔 벗고 황금 관을 쓰기도 한다. 계백이 손에 들고 있는 각궁을 내려다보았다. 소뿔을 대어 만든 각궁은 손에 익었다. 이 거리에서 이세민을 맞힐 수는 있다. 이 활은 마상에서 달리면서 쏘기에 적당하다. 1백 보 거리라면 달리는 사슴, 범이라도 연달아 속사를 해서 10발 8중까지는 맞힌다. 그때 옆에 선 화청이 말했다.

"은솔, 거리가 좀 멉니다."

화청은 군사 차림이었고 계백도 그렇다. 오늘도 이곳 좌측 성벽의 돌출 구역에는 군사가 대여섯밖에 없다. 계백과 화청이 군사 차림으로 이곳에 와 있는 것이다. 오시(낮 12시)가 되어갈 무렵이다. 한바탕 활과 포차로 공방전이 벌어지고 난 후에 양군은 잠깐 소강상태로 들어선 상황이다. 화청이 성벽 사이로 밖을 내다보며 말을 이었다.

"은솔, 이 거리에서는 맞아도 깊게 박히지 않습니다. 갑옷에 맞으면 튕겨 나갈 뿐이오."

"내가 대장장이한테 철궁을 만들라고 했어."

계백이 말하자 화청이 눈을 크게 떴다.

"잘 휘어질까요?"

"마침 좋은 철이 있더구먼. 오늘 밤까지 만들어 준다니 봐야겠지."

철궁은 시위를 대여섯 번 쓰고 나서 갈아줘야 하지만 이런 경우에는 상관이 없겠지요."

"손에 익지 않아서 맞히기 힘들 거야."

그리고 당기는 힘이 배가 들기 때문에 한두 번 쏘고는 쉬어야 한다.

야전용으로는 부적합한 것이다. 기마군이 달리면서 쏘는 화살은 위력적이지만 1백 보 안이어야 한다. 보군 궁사가 쏘는 화살은 150보까지는 정확도가 뛰어나지만 먼 거리에는 무용지물인 것이다. 지금 계백과 화청은 이세민의 저격을 상의하는 중이다. 계백은 명궁이다. 추위가 닥쳐오면서 필사적인 당군에 치명타를 한 발 날리면 퇴군할 명분이 생길 것이다.

그날 밤 대장장이를 찾아간 계백과 화청은 만들어진 철궁을 보았다. 각궁보다 조금 크고 가늘었지만 시위는 두 배쯤 굵었다. 고구려인 대장장이가 만족한 얼굴로 철궁을 건네주며 말했다.

"오랜만에 만들었습니다. 쇠가 좋아서 잘 굽혀지지만 힘은 배가 들 것입니다."

"고생했네."

약속한 금화 석 냥을 주었더니 대장장이가 활짝 웃었다. 철궁을 쥔 계백이 화청과 함께 곧장 성안 사대(射臺)로 나갔다. 밤이어서 사대가 다 비어 있었기 때문에 계백도 군사에게 횃불을 들려 2백 보 밖에 꽂아두라고 지시했다. 군사들이 2백 보 거리에 세워둔 횃불은 7개다.

계백은 철궁에 살을 세우고는 힘껏 당겼다. 과연 각궁보다 두 배의 힘이 들어가야 시위가 당겨졌다. 힘껏 당기고 나서 과녁을 겨눴더니 곧 활 끝을 쥔 손가락이 떨렸다. 시위를 놓자 살은 번개처럼 날아갔는데 횃불 위쪽으로 날아갔다. 뒤쪽에 선 화청이 한숨을 뱉었다. 계백은 다시 시위에 살을 먹였다. 오늘 밤 50사는 할 예정이다.

"폐하, 요동총병 한문광이 투석에 맞아 전사했습니다."

친위대장 왕양춘이 말하자 이세민이 코웃음을 쳤다.

"바보 같은 놈, 장수가 돌덩이에 맞아 죽다니."

진막 안에는 숨소리도 들리지 않았다. 황제의 심기(心氣)가 극히 나쁜 상태인 것이다. 오전에는 독전을 하다가 화살을 피해 뒤로 물러나는 중랑장 하나를 잡아 목을 베었다. 그 머리통을 창끝에 꽂아 포차 옆에 세워 두었으니 군사는 물론이고 장수들도 화살이나 투석을 피해 뒤로 물러나지 못했다. 요동총병 한문광도 뒤로 못 피하고 죽었을 것이다. 미시(오후 2시)쯤 되었다. 오늘도 아침부터 격렬한 공격을 퍼부었지만 동문 옆쪽 성벽만 조금 허물었을 뿐 수천 명의 사상자만 내놓고 일진일퇴 중이다. 그때 이세민이 자리에서 일어섰다.

"오후에도 총공격이다!"

장수들이 일제히 대답하더니 진막 안이 분주해졌다. 출동 준비를 하려고 장수들이 뛰어나갔고 전령들이 들어왔다.

"폐하, 오후에는 쉬시지요."

친위대장 왕양춘이 말했을 때 이세민은 버럭 소리쳤다.

"짐도 출전한다! 준비하라!"

"예엣."

"서문으로 간다. 서문을 집중적으로 공격하라고 해라!"

왕양춘이 명(命)을 전하려고 뛰어나갔을 때 이세민이 머리를 돌려 뒤에 선 시동을 보았다. 김법민이다.

"김춘추가 신라왕이 된다면 네가 그 뒤를 잇겠구나."

"황공합니다. 소인은……."

"소인이 어째?"

"그런 자질이……."

"닥쳐라!"

이세민이 버럭 소리치자 김법민이 몸을 웅크렸다. 눈을 부릅뜬 이세민이 김법민을 노려보았다. 거대한 진막 안이 다시 조용해졌다. 이세민이 이 사이로 말했다.

"난세에 드러내도 모자랄 판인데 움츠리고 숨다니, 겁쟁이 놈들."

"황공합니다."

"네 애비한테 밀사는 보냈느냐?"

"예, 폐하."

그때 왕양춘이 들어와 보고했다.

"폐하, 출동 준비가 되었습니다."

밖에서 북이 울리고 있다. 황제의 출동을 알리는 북이다.

"이세민이 또 나오는 모양입니다."

오늘도 서문 성루에 서 있던 계백에게 장덕 백용문이 말했다.

"이제는 하루에 두 번씩 총공격을 하는군요."

오전에는 당군 주력이 동문을 공격했던 것이다. 지금 무너진 동문 옆쪽 성벽의 보수작업이 한창이다.

"동문 성벽 보수작업이 덜 끝났을 텐데 그곳을 포차가 돌을 퍼부으면 위험할 텐데요."

그때 옆에서 군사들이 소리쳤다.

"운제들이 이쪽으로 옵니다."

머리를 든 계백이 구름 같은 먼지 속에서 이쪽으로 향해 있는 운제 3대를 보았다. 당군이 오후에는 서문을 공격할 것 같다. 머리를 든 계백이 백용문을 보았다.

"전원 성벽으로 대기시키도록."

"예, 은솔."

곧 백용문의 지시로 북소리가 울리더니 군사들이 모이기 시작했다. 그때 백용문이 성벽을 내려가고 있는 계백에게 소리쳐 물었다.

"은솔, 어디 가십니까?"

"나는 왼쪽 성벽에 있을 테니 장수들은 성문을 지켜라."

계백이 서둘러 내려가면서 지시했다.

군사 복장을 한 계백이 역시 군사 차림의 화청과 함께 왼쪽 성벽에 올랐다. 지키던 군사들이 계백을 알아보고는 놀라 눈을 크게 떴지만 화청이 나무랐다.

"잘 지켜라. 놈들이 이곳을 겨냥해 올 수도 있다."

성문과 2백 보쯤의 거리였지만 이곳에는 당군이 관심을 두지 않는다. 아래쪽이 급경사여서 성벽 높이가 배나 더 높아진 데다 구덩이처럼 파였기 때문에 무덤 속이나 같은 곳이었다. 실제로 성벽 아래쪽 구덩이에는 개전 초기에 멋모르고 몰려왔다가 빠져나가지 못한 당군 시체가 지금도 20여 구나 쌓여 있다.

철궁을 손에 쥔 계백이 성벽의 틈 사이로 당군의 본진을 내려다보았다. 그 순간 계백의 심장 박동이 빨라졌다. 왼쪽이 노출된 이세민의 상반신이 보이는 것이다, 거리는 150보 남짓. 이세민의 앞쪽은 쇠 방패로 무장한 친위대로 겹겹이 둘러싸여 있지만 이쪽에 상반신이 노출되었다.

"은솔, 보입니다."

옆에 선 화청의 두 눈이 번들거렸고 목소리가 떨렸다. 무성한 수염은 반백이다.

"마침 뒤바람이 부는군요. 3보쯤 더 나가겠소."

화청의 말을 흘려들으면서 계백이 철궁에 화살을 먹였다. 단 한 발이다. 한 발로 맞춰야 한다. 화살이 근처에 떨어지면 친위대는 순식간에 이세민을 철통 안에 모실 것이었다. 햇살이 비스듬히 비치고 있다. 함성과 호각, 북소리가 천지를 울리고 있었지만 이쪽 성벽 위는 모두 긴장으로 굳어져 있다. 30명쯤의 군사는 제각기 성벽 틈 사이로 붙어서서 창칼을 번쩍이고 있었지만 입을 다물었다. 성벽 틈 사이에 세워놓은 깃발들이 바람에 날리고 있다. 계백은 숨을 들이켜고 나서 화살 끝을 쥐고 힘껏 당겼다. 화살은 싸리나무 대에 가는 쇠심을 박았고 화살촉은 삼각으로 길이는 한 치(3센티), 끝은 바늘처럼 날카롭다. 계백은 어금니를 물고 어깨를 힘껏 젖혔다. 그 순간 철궁이 만월처럼 휘어지면서 화살촉이 철궁을 쥔 왼손 검지 위에 얹혔다.

그때 계백이 화살촉 위에 이세민의 얼굴을 올려놓고는 그대로 겨냥을 한 치쯤 올렸다. 한 치 위쪽의 허공을 겨냥한 것이다. 철궁을 쥔 왼손이 나무토막처럼 굳어졌고 화살 끝을 쥔 손가락의 감각이 없어졌다. 잠깐 후면 손가락이 떨리게 된다. 그 순간 계백이 화살 끝을 쥔 손가락을 놓았다.

"팅!"

시위에 끊어질 것 같은 소음이 울리더니 화살이 날았다. 계백은 눈을 부릅떴다. 철궁에서 발사된 화살 속도는 빠르다. 다음 순간 계백이 숨을 들이켰다가 뱉으면서 소리쳤다.

"맞았다!"

"맞았다!"

거의 동시에, 그러나 계백보다 배나 더 큰 목청으로 화청이 외쳤다.

그 뒤에 서 있던 하도리가 따라 소리쳤고 성벽에 있던 군사들이 일제히 고함을 쳤다.

"당왕 이세민이 살에 맞았다!"

계백은 이세민이 얼굴을 두 손으로 감싸 안는 것을 보았다. 화살이 얼굴에 박혔다. 다음 순간 대경실색을 한 친위군이 방패로 이세민을 감쌌기 때문에 보이지 않았다. 그러나 친위군은 당황했다. 정연했던 대오가 뒤죽박죽이 되었다. 곧 뒤로 물러서면서 황제의 깃발이 비스듬히 눕혀지기까지 했다. 그러더니 뒤쪽의 중군까지 허겁지겁 물러간다.

"이세민이 화살에 맞았다!"

성벽 위의 고함은 더 높아졌고 어리둥절했던 이쪽 군사들이 따라서 외치기 시작했다. 어느덧 운제가 멈춰 서 있다.

"으악!"

이세민이 이를 악물었지만 마침내 참지 못한 비명이 터졌다.

"폐하."

옆에서 지켜 서 있던 대신(大臣), 장수들이 일제히 외치면서 허리를 굽혔다. 이세민의 눈알 하나가 화살과 함께 빠져나온 것이다. 보라, 어의 육전의 손에 쥔 화살 끝에 이세민의 눈알이 박혀 있다. 육전이 서둘러 눈알에 이어진 살점을 베어내더니 텅 빈 왼쪽 눈구멍에서 흘러내리는 피를 닦았다.

"폐하."

끔찍한 장면을 바라보면서 다시 대신들이 울부짖었다.

"폐하, 소신을 죽여주시옵소서."

친위대장 왕양춘이 소리쳤다. 제대로 보호를 하지 못한 친위대장의 책임이 큰 것이다. 어의 육전이 눈구멍에 약초를 넣고 지혈을 시키는 동안 주위의 백관들은 아우성을 치며 울부짖었다. 그러나 잠시도 이세민의 몸에서 시선을 떼지 않는다. 그때 허리를 편 육전에게 대장군 하돈수가 물었다.

"폐하의 옥체는 이상이 없겠는가?"

하돈수는 중군 15만을 이끌고 있는 대장군 겸 병부상서다. 현무문의 변이 일어났을 때 태자 건성의 측근이었다가 이세민에게 호응한 공으로 승승장구한 인물이다. 육전이 어깨를 늘어뜨렸다.

"폐하께서는 안정을 취하셔야 합니다."

"아니, 그러면 위험하다는 말인가?"

그때 신음을 뱉고 있던 이세민이 오른쪽 눈을 떴다.

"여봐라! 친위대장 있느냐!"

이세민의 외침이 진막 안을 울렸다.

"예엣, 폐하!"

놀란 왕양춘이 소리쳐 대답했다.

"폐하, 소신 왕양춘이 여기 있사옵니다."

"방금 말한 놈이 대장군 하돈수 아니냐?"

"예, 폐하."

"지금 즉시 저놈 목을 베어라."

"예, 폐하."

벌떡 일어선 왕양춘이 허리에 찬 칼을 빼 들고 하돈수에게 다가섰다.

"목을 대라!"

왕양춘이 고함을 치자 놀란 하돈수가 털썩 무릎을 꿇었다.

"폐하, 소신 하돈수가······."

하돈수가 떨리는 목소리로 말했을 때 이세민이 소리쳤다.

"이놈! 내가 죽기를 바란 말투였다."

"폐하!"

"무얼 하느냐! 베어라!"

"예엣!"

다음 순간 왕양춘이 내려친 장검이 하돈수의 목에 떨어졌다. 엄청난 기세로 내려쳐진 장검이어서 하돈수의 머리통이 떨어지더니 데굴데굴 굴러 이세민이 누운 침상 다리에 걸려 멈췄다. 피비린내가 풍겨오면서 진막 안에 모인 1백여 명의 장군, 대신들도 숨을 죽였다. 그때 이세민이 누운 채 다시 소리쳤다.

"철군 준비를 해라!"

"예엣!"

모두 입을 모아 소리쳐 대답했다.

"요동총독 서위의 지휘하에 철군한다. 서둘러라!"

"예엣!"

그때 이세민이 옆에 서 있는 육전에게 손을 내밀었다.

"짐을 일으켜라."

육전이 서둘러 이세민의 상반신을 일으켰다. 진막 안은 부산해졌다. 친위군이 하돈수의 시체를 치우고 피를 닦았고 장군들은 진막을 빠져나간다. 그때 철군 지휘를 맡은 서위가 다가오더니 허리를 굽히면서 말했다.

"폐하, 내일부터 철군을 시키겠습니다."

철군이 이렇게 결정되었다.

"당군이 돌아간다!"

함성이 울렸다. 그러더니 사방에서 북소리가 울리기 시작했다. 계백은 성주 양만춘과 함께 남문의 성벽에 서 있었기 때문에 당군의 부대들이 움직이는 것을 볼 수가 있다. 퇴각이다. 사시(오전 10시) 무렵, 새벽 인시(오전 4시) 무렵부터 꿈틀거리던 당군이 이쪽에 등을 보인 채 멀어지고 있다. 새벽부터 당군을 주시하고 있었던 터라 거대한 짐승이 꿈틀거린 이유가 퇴군하기 위해서였다는 것이 드러났다.

"만세! 이겼다!"

이제는 고구려, 백제군이 만세를 부르기 시작했다. 북소리도 요란해졌다. 여자 목소리도 들리는 것이 주민들도 함께 소리치는 것 같다. 바람이 불어와 성벽에 꽂힌 깃발들이 펄럭였다. 아래쪽에 개미 떼처럼 덮여 있는 당군의 깃발은 평소의 1할도 안 된다. 부대별로 구분한 깃발뿐이기 때문이다.

"만세! 만세!"

군사들의 만세 소리를 들으면서 양만춘이 머리를 돌려 계백을 보았다.

"장군, 이세민이 살에 맞아 죽었는지 살았는지는 몇 달이 지나야 알 것 같소."

양만춘의 얼굴에 웃음이 떠올라 있다.

"어쨌든 당군이 화살 한 발로 물러나게 되었구려."

"철군하지 않는다면 아마 저곳에서 얼어 죽게 될 것입니다."

계백이 아래쪽 벌판을 가리켰다. 벌판에는 먼지가 가득 덮여 있다. 양만춘은 퇴군하는 당군을 쫓을 생각이 없다. 당군이 퇴군하는 마당에 고구려 군사 한 명이라도 상하게 할 필요가 없다는 것이다. 장수 몇 명이 기마군으로 당군을 치자고 건의했지만 양만춘은 거절했다.

계백은 말할 것도 없다. 그때 양만춘이 웃음 띤 얼굴로 계백을 보았다.

"장군, 먼 훗날 역사에 이 전쟁이 어떻게 기록될 것 같소?"

"당과 고구려가 그때도 존속하고 있다면 각각 다르게 기록되겠지요."

"그렇지요."

머리를 끄덕인 양만춘이 말을 이었다.

"당의 역사에는 승리한 전쟁이지만 겨울이 되어서 물러갔다고 적겠지요. 이세민이 죽지 않았다면 병사(病死)로 기록될 것이오."

먼지에 덮인 당군의 뒷모습을 내려다보면서 계백이 말을 이었다.

"아마 황제가 물러가면서 성주께 잘 싸웠다면서 비단이나 금붙이 등 선물을 주고 갔다고 기록해 놓을지도 모릅니다."

"고구려나 백제의 역사에는 사실대로 기록이 되겠지요."

눈을 가늘게 뜨고 당군을 보던 양만춘이 몸을 돌리면서 말했다.

"오늘 밤 소를 잡고 남아 있는 술동이를 모두 내놓아서 군민(軍民)을 위로하겠소. 오늘이 승리의 날이오."

양만춘의 목소리가 떨렸다.

"장군이 일등 공을 세웠지만 내가 보답해 드릴 방법이 없구려."

그날 밤 안시성 위쪽 하늘은 붉게 달아올라 있었고 다음 날 아침 해가 뜰 때까지 소음이 가라앉지 않았다. 수양제의 대군에 이어서 당(唐)의 대군까지 물리친 고구려는 진정한 대륙의 패자(覇者)였다.

계백은 백제국 지원군으로 안시성주 양만춘을 도와 철궁을 쏘았지만 공을 내세우지 않았다. 양만춘도 계백이 이세민을 쏘았다는 사실을 직접 들은 것도 아니지만 믿었다. 계백 같은 명궁이 없었기 때문이다. 당군이 철군한 이틀 후에 계백은 백제군을 이끌고 안시성을 나왔다. 이

제는 귀국이다. 이세민과 반대 방향으로 나아가는 백제군의 깃발은 당
군보다 많았다. 초겨울이었다.

9장 신라의 위기

"당(唐)과 고구려가 전쟁을 하는 지금이 절호의 기회다."

비담이 눈을 가늘게 뜨고 앞에 선 화랑 유재와 석기수를 보았다.

"신라의 사직을 지키려면 여왕과 여왕 일파를 몰살해야만 한다. 명심하고 가라."

이제 비담은 거침없이 말을 뱉는다. 깊은 밤, 자시(밤 12시)가 넘었지만 비담의 저택은 열기로 덮여 있다. 넓은 앞뒤 마당은 소리 죽여 움직이는 군사들로 가득 차 있는 것이다. 밖에 모인 군사는 2천여 명, 비담의 호위군에서 골라 뽑은 용사들이다. 비담은 그들을 지휘할 장수들로 화랑 유재와 석기수를 임명한 것이다. 주위에 둘러선 장수, 대신들의 얼굴은 상기되어 있다. 비담이 말을 이었다.

"유재, 네가 궁성의 서문으로 진입해서 곧장 여왕의 침전으로 돌입해라."

"예, 대감."

유재는 25세, 왕족이기도 하다. 상대등 비담과 먼 친척이 된다. 거구에 팔이 긴 유재가 어깨를 부풀리며 말했다.

"반드시 여왕의 목을 베어 신라를 다시 세우겠소."

"장하다."

비담의 시선이 옆에 선 석기수에게로 옮겨졌다.

"석기수, 네 역할도 크다. 너는 궁성 북문으로 진입해서 여왕이 도망치지 못하도록 해야 한다."

"예, 대감."

이미 여왕의 퇴로까지 예상하고 있는 데다 궁성에는 첩자들이 나가서 기다리고 있는 것이다. 비담이 머리를 끄덕였다.

"자, 너희들 뒤를 우리가 따를 테니 어서 떠나라."

"예, 대감."

소리쳐 대답한 둘이 몸을 돌리더니 청을 나갔다. 그때 잡찬 박명이 한 걸음 나서서 말했다.

"대감, 김유신이 호곡성에서 닷새째 나오지 않고 있지만 군사를 보내는 것이 낫지 않겠습니까?"

"여왕부터 죽이고 나서."

비담이 웃음 띤 얼굴로 말을 잘랐다.

"김유신 그놈을 지금 잡을 필요가 없어. 내가 왕위에 오르면 바로 내 발밑에 무릎을 꿇을 놈이야."

"김춘추와 매부 처남 사이가 된 연유를 알지 않는가?"

그때 옆쪽 장군들 사이에서 웃음소리가 들리더니 하나가 물었다.

"대감께서 김유신과 격구를 하시겠습니까?

"해야지."

비담이 웃음 띤 얼굴로 말을 이었다.

"내가 내 손으로 옷고름을 뜯고 김유신의 누이한테 갈 수가 있네."

"대감, 김유신은 이제 미혼인 누이가 없습니다."

"이 사람아, 김춘추에게 준 누이를 데려오면 되지 않겠는가?"

웃음소리가 더 커졌고 비담이 자리에서 일어섰다. 어느덧 얼굴에서 웃음이 지워졌다. 오늘 밤이 거사일인 것이다. 그동안 철저하게 준비를 해 놓았기 때문에 내일 아침이면 새 왕이 즉위할 것이다. 다만 경쟁 세력인 김춘추와 그의 심복인 김유신이 걸렸지만 김춘추는 지금 북쪽 신주(新州)에 있고 김유신도 40여 리 떨어진 호곡성에 들어가 있다. 그리고 비담은 김춘추하고 떨어진 김유신을 두려워하지 않았다. 왕족인 김춘추와 인연을 맺기 위해서 격구를 하다가 일부러 김춘추의 옷고름을 밟아 떼고는 제 여동생한테 데려간 김유신이다. 그래서 김춘추와 인척이 된 김유신의 속성을 비담이 알고 있는 것이다. 청을 나오는 비담의 뒤를 장군, 대신들이 따른다. 신라 고관의 대부분이 모여 있다.

"저택에서 군사들이 나왔습니다."

달려온 군사가 숨을 몰아쉬며 말했다.

"모두 보군으로 2천 명이 넘습니다."

"기마군을 쓰지 않군요."

부장(副將) 형달이 김유신 옆으로 바짝 다가섰다. 어둠 속에서 두 눈이 번들거리고 있다. 이곳은 왕궁 서쪽의 군사 조련장이다. 짙은 밤이어서 황야는 어둠에 덮여 있지만 소음이 들려왔다. 김유신이 모은 군사 1500명이다. 이쪽도 보군으로 구성된 군단이어서 은밀하게 움직이려는 의도다. 김유신이 바람에 날리는 수염을 움켜쥐었다. 바람이 센 흐린 날이다. 그래서 하늘에는 별 한 점 보이지 않는다.

"그놈들이 왕궁으로 오려면 두 갈래 길이 있다. 아직 움직이지 말고

기다리도록 하자.”

김유신이 말을 이었다.

“내가 지금도 호곡성에 박혀 있는 줄 알고 있겠지?”

“이렇게 나오신 줄 알았다면 비담이 움직였을 리가 없지요.”

옆에 선 장군 김용무가 말했다.

“비담 주위에 고관의 6할이 모여 있습니다, 대장군.”

“많을수록 좋지 않겠느냐?”

김유신의 목소리에 웃음기가 섞였다.

“그 반역의 무리를 소탕하면 신라는 새로운 기운으로 덮일 것이다.”

그러나 그것은 말장난이다. 고관의 6할이 모였을 뿐만 아니라 비담 일당은 신라군(軍) 전력의 8할을 확보하고 있는 것이다. 삼천당 등 주요 부대 지휘관 대부분은 비담에게 충성을 맹세한 무리로 채워졌고 여왕과 김춘추 무리로 분류된 장군, 관리는 변방으로 쫓겨났다. 지금 김춘추가 가 있는 신주(新州)만이 김춘추, 김유신에게 우호적이다. 그때 어둠 속에 잠깐 동요가 있는 것 같더니 김유신 앞으로 한 무리의 사내가 나타났다. 그 중심에 선 사내가 김춘추다.

“대감.”

김유신이 다가가 김춘추의 손을 쥐었다.

“무사히 오셨군요.”

“이틀 동안 달려왔습니다.”

김춘추의 지친 얼굴에 웃음이 떠올랐다.

“성벽을 넘어오면서 도둑 무리 같은 내 신세가 한심했소.”

“이 난관만 지나면 신라는 다시 일어날 것입니다.”

그러자 김춘추가 김유신의 손을 움켜쥐고 흔들었다.

"내가 가야 출신 대장군의 도움으로 신라 사직을 구하는군요."

김춘추는 김유신보다 6살 연하의 44세. 작년에 세력의 기반이었던 가야주 42개 성을 잃고 잔뜩 위축된 상태다. 가야주는 본래 가야왕족인 김유신의 세력 기반이기도 했던 것이다. 그때 김유신이 정색하고 말했다.

"대감, 비담이 조금 전에 왕성을 향해 군사를 출발시켰소. 이제 우리가 그놈들을 급습할 차례요."

"승산이 있겠습니까?"

"우리가 군사 수는 적지만 기습을 하면 가능성이 있습니다."

"비담이 직접 옵니까?"

"왕궁을 습격해서 여왕 전하를 벨 테니 비담이 있어야 할 것입니다."

"그렇군."

머리를 든 김춘추의 눈동자가 흐려졌다.

"이번 당의 고구려 침공은 실패할 거요. 그래서 당 황제는 신라왕이 누가 되든 신경도 쓰지 못할 겁니다."

목소리를 낮춘 김춘추가 말을 이었다.

"비담은 그것을 노리고 있지요."

"그놈 뜻대로 되지 않을 것입니다."

김유신이 말했을 때 다시 전령 하나가 달려오더니 소리쳤다.

"비담군(軍)이 장계신 길로 꺾어졌습니다!"

"쳐라!"

김유신의 외침이 울리자 군사들이 일제히 함성을 지르며 뛰어나갔다. 이곳은 외길, 비담의 1천 보군이 내성의 왕궁을 향해 소리 없이 다가가고 있던 참이다. 깊은 밤, 쌍방이 횃불도 들고 있지 않아서 함성만 일어났다.

"와앗!"

기습한 김유신군이 먼저 승기를 잡았다. 양쪽에서 뛰어나왔는데 비담군(軍)은 허리가 잘린 뱀처럼 꿈틀거리며 흩어졌다. 그러나 도망치는 것은 아니다. 모두 용사들이어서 금방 내성 앞 도로는 쌍방의 살육장으로 변했다.

"와앗!"

그때 뒤쪽에서 함성이 울렸기 때문에 김유신이 놀라 부장(副將)을 소리쳐 불렀다.

"비담군이 2개 대로 나뉘어졌느냐?"

"모릅니다!"

부장이 정신없이 소리치더니 어둠 속으로 달려갔다. 함성은 더 커졌다. 뒤쪽이다.

"와앗!"

김유신이 소리쳤다.

"형달은 5백을 이끌고 내 뒤를 따르라! 서둘러라!"

"예엣!"

"뒤쪽으로 돌아간다!"

이제는 김유신이 장검을 빼들고 앞장을 섰다. 궁성의 문은 4개, 그중 서문으로 공격해 온 비담의 주력군을 기습했던 것이다. 비담이 1개 군(軍)을 나누어 북문 쪽으로 진입시켰는지는 몰랐던 상황이다. 앞장서서 수염을 흩날리며 달리던 김유신이 소리쳤다.

"놈들을 북문으로 진입시키면 안 된다!"

"대장군! 나는 이곳을 맡겠소!"

김유신의 등에 대고 김춘추가 소리쳤지만 곧 함성에 묻혔다. 같은 시각, 왕궁의 침전에 있던 여왕 선덕이 놀라 침상에서 일어났다. 왕궁 안에서 함성이 일어나고 있다. 선덕은 대번에 사태를 짐작했다. 반란군이 침입한 것이다. 반란군 수괴는 상대등 비담, 마침내 거사를 일으킨 것이다.

"마마!"

침전 밖에서 위사장 박무가 소리쳤다.

"마마! 반란군이 북문으로 진입했습니다. 어서……."

그때 밖으로 뛰쳐나온 여왕이 낮게 소리쳤다.

"내가 시동 차림을 하고 나올 테니 잠깐 기다려라!"

그러더니 잠시 후에 침전에서 시동 하나가 뛰어나왔다. 여왕이 시동으로 변장을 한 것이다. 머리에는 두건을 썼고 시동 복색을 했으니 위사장 박무조차 지척에서도 알아보기 어렵다.

"마마."

박무가 더듬거렸을 때 여왕이 앞장서 달리면서 말했다.

"멀리서 따르라! 바짝 붙으면 눈치챌 것이다!"

선덕은 반란군의 침입에 당황해서 이쪽저쪽으로 내달리는 시녀 시동 사이에 끼어 동문으로 나아갔다. 북문으로 침입한 비담의 수하 화랑 석기수는 여왕의 침전까지 돌입했지만 허탕을 쳤다. 동문을 빠져나온 선덕이 달려온 김유신과 만났을 때는 왕궁이 완전히 비담에게 장악된 후다.

"마마."

선덕 앞에서 눈물을 떨군 김유신이 이를 악물고 말했다.

"비담 일당을 기어코 소탕하여 신라 사직을 구하겠습니다."

"대장군에게 맡기겠소."

시동 복색의 선덕이 흐려진 눈으로 김유신을 보았다. 북문 밖 거리에 여왕과 대장군이 서 있다. 여전히 함성이 울린다.

신라의 도성은 반으로 쪼개졌다. 외성 아래쪽과 내성인 왕성은 상대등 비담이 점령했고 북쪽은 김유신, 김춘추가 점령한 것이다. 물론 여왕 선덕은 김춘추가 보호하고 있다. 그날 밤이 지난 후에 김춘추와 비담은 동조 세력을 모으기 시작했다. 당장은 군사력과 도성의 대부분을 장악한 비담이 우세했지만 김춘추는 여왕을 모시고 있다는 이점이 있다. 양대 세력은 도성 안에 성벽을 세우기 시작했고 주민들도 양쪽으로 갈라졌다. 신라의 정변은 사흘 만에 백제 의자왕에게 보고가 되었는데 도성 안에 있던 첩자가 사흘 밤낮을 달려왔기 때문이다.

"선덕이 시동 차림으로 빠져 나왔단 말이냐?"

첩자의 보고를 들은 의자가 웃는 대신 한숨을 쉬었다.

"비담의 손에 선덕이 죽었다면 신라와의 병합이 더 어려워질 뻔했다."

"그러나 아직 비담의 세력이 강합니다."

병관좌평 성충이 나섰다. 사비도성의 대왕청 안에는 백여 명의 문무백관이 모여 있었는데 의자가 긴급 소집을 했기 때문이다. 성충이 말을 이었다.

"대왕, 아직 비담의 세력이 막강합니다. 김춘추는 세력 기반인 대야주를 잃고 대야군주 김품석과 42개 성, 5만여 명의 병력을 잃은 터라 비담에게 전력이 훨씬 뒤집니다."

머리를 끄덕인 의자의 얼굴에 쓴웃음이 번졌다.

"우리가 대야주를 차지하지 않았다면 비담이 이렇게 나서지도 못했겠지."

그때 내신좌평 홍수가 입을 열었다.

"이제는 비담의 세력을 약화시켜야 할 때입니다, 대왕."

"약화시키는 것보다 아예 말살하는 것이 어떨까?"

"그러면 김춘추 세력이 급부상하게 됩니다."

홍수가 말을 이었다.

"여왕과 김춘추가 신라를 완전히 장악하면 백제와의 병합 약속을 헌신발처럼 버릴 것입니다."

"흥, 당장 병합을 압박하면 두 세력이 연합해서 대들겠지."

"그렇습니다. 김춘추도 어쩔 수 없이 백제에 대항해 올 것입니다."

"그렇다면."

의자가 용상에 등을 묻으면서 말했다.

"비담의 세력을 어떻게 약화시킬 것인가? 시급히 대책을 내놓아라."

신라와의 합병은 의자가 태자 시절에서부터 머릿속에 심어 놓은 목표다. 그것은 부친 무왕(武王)이 신라의 선화공주를 왕비로 데려왔을 때부터 내려온 소망이기도 하다. 의자왕은 그 선화공주의 아들인 것이다. 부친으로부터 합병의 대업을 물려받은 입장이다. 그때 동방 방령 의직이 나섰다.

"대왕, 동방의 상안성에서 비담의 주력군이 모인 신라 서부 오금성까지는 3백 리 거리입니다. 동방의 기마군으로 오금성을 기습 격파하면 비담이 놀라 도성에서 빠져나오지 않겠습니까?"

"그렇지."

"비담 대신으로 김춘추를 견제할 대역을 은밀히 양성해야 될 것입니다."

"옳지."

머리를 끄덕인 의자가 성충과 홍수, 의직을 번갈아 보았다.

"동방과 친위군의 기마군 3만을 떼어가도록 하고 즉시 시행하라."

"예, 대왕."

"출전 장수는 대장군 협려가 낫겠다."

"부장으로 덕솔 연자신과 백준이 따르도록 하라."

모두 허리를 굽혀 명을 받든다는 표시를 했다. 일사불란한 체제다.

"대감, 육기전이 어젯밤에 비담 측에 가담했습니다."

장군 김정복이 김춘추에게 보고했다. 사시(오전 10시) 무렵, 도성 밖 본진에 머물고 있던 김춘추는 시선만 준다. 김정복이 말을 이었다.

"육기전은 기마군 5천을 이끌고 왔는데 보군 1만 7천은 사흘 후에 도착할 것이라고 합니다."

"역적."

김춘추가 낮게 말했지만 진막 안의 장수들은 다 들었다. 육기전은 김춘추의 심복으로 대장군에까지 오른 무장이다. 백제와의 전쟁에서 여러 번 공을 세웠지만 김춘추의 지원이 없었다면 3품 잡찬 벼슬에 대장군으로 보기당 당주가 될 수는 없었을 것이다. 김춘추의 옆에 서 있던 김유신이 쓴웃음을 짓고 말했다.

"대감, 육기전이 비담에 가담했지만 전력화(戰力化)는 못할 겁니다."

"왜 그렇소?"

"비담은 의심이 많아서 육기전을 측근에 두지 않을 것입니다. 육기전이 대감과 내통하고 있을지 모른다고 생각할 겁니다."

"옳지."

김춘추의 눈빛이 강해졌다.

"군사들에게 소문을 퍼뜨리도록 합시다."

"육기전과 연합해서 밤에 비담을 야습한다는 소문이 어떻소?"

"그러지요. 세밀한 계획까지 꾸며서 퍼뜨리지요."

김유신이 말했을 때 진막 안으로 위사가 들어섰다.

"대감, 경산성주가 왔습니다."

"오, 들여보내라."

김춘추가 반겼다. 경산성주는 서쪽 백제와의 국경에 위치한 성주로 김춘추의 친척이다. 곧 경산성주 김대영이 들어섰는데 군관 복색의 사내와 동행이다.

"대감, 무사하셔서 다행입니다."

김대영이 절을 하더니 김유신과 눈인사를 했다.

"먼 길을 달려와 주었구나. 고맙다."

감동한 김춘추가 치하했다.

"예, 기마군 5백을 끌고 왔습니다."

"잘 왔다."

"대감, 주위를 물리쳐 주십시오."

김대영이 정색하고 말했기 때문에 김춘추가 머리를 끄덕였다.

"대장군만 남고 모두 밖으로 나가라."

잠시 후에 진막 안에는 김춘추와 김유신, 김대영과 군관 복장의 사내까지 넷만 남았다. 그때 김대영이 군관을 눈으로 가리키며 말했다.

"백제대왕께서 보내신 밀사입니다."

머리를 끄덕인 김춘추가 군관을 보았다. 30대쯤의 사내는 김춘추의 시선을 받더니 입을 열었다.

"곧 백제 기마군 3만이 대감을 지원하려고 올 것입니다."

"기마군 3만이라고 했소?"

김춘추의 눈빛이 강해졌다.

"그렇다면 내가 살았소. 이곳까지는 언제 도착할 것 같소?"

"엿새 후쯤 될 것이오."

"엿새라, 엿새를 버텨야겠구나."

혼잣말을 한 김춘추가 김유신을 보았다.

"대장군, 가능하겠소?"

"여왕을 모시고 서쪽으로 물러나 있는 것이 낫겠습니다. 그러면 비담은 우리가 도성을 포기한 줄 알고 마음을 놓을 것 아니겠습니까?"

"옳지, 그 계략이 신통하오."

그때 밀사가 말했다.

"대왕께서는 비담 일당이 제거되고 신라와 백제가 우호국으로 서로 공존해야 된다고 말씀하셨소."

"당연한 일이오."

김춘추가 커다랗게 머리를 끄덕였고 김유신의 얼굴에도 웃음이 떠올랐다.

그날 저녁, 여왕 선덕을 모시고 도성 위쪽의 황룡사로 왕궁을 옮긴 김춘추와 김유신이 선덕과 함께 모여 앉았다. 이곳은 여왕의 침전이 된 황룡사의 안쪽 객방 안이다. 거대한 황룡사는 9층탑을 중심으로 사방에 1백여 칸의 승방이 있는 데다 사찰 둘레가 10리 가깝게 되어서 여왕의 임시 왕궁으로 적당했다. 선덕이 며칠 사이에 핼쑥해진 얼굴을 들고 김춘추에게 물었다.

"백제군이 오면 승산이 있겠소?"

"예, 마마."

김춘추가 웃음 띤 얼굴로 선덕을 보았다.

"그리고 아직 비담은 백제군의 응원을 모르고 있습니다. 백제 기마군 3만과 합하면 전력이 비슷해집니다. 따라서 기습을 하면 승산이 있습니다."

선덕의 시선이 김유신에게 옮겨졌다.

"대장군을 믿겠소."

"예, 마마."

김유신이 머리를 숙였다. 김춘추는 여왕의 보호자가 된 것처럼 기세를 올렸지만 아직도 비담군(軍)에 비교해서 전력이 열세. 상대등 비담은 여왕 다음의 위치인 데다가 왕족으로 구성된 화백회의의 수장인 것이다. 김춘추와 비교해서 월등한 지위와 권력을 장악하고 있다. 김춘추는 오직 김유신에게 의지하고 있었는데 백제군의 지원이 없다면 며칠도 견디기 힘든 상황인 것이다. 선덕이 물었다.

"아군의 전력은 얼마나 되오?"

"기마군 1만에 보군 1만 5천입니다."

"비담군(軍)은?"

"기마군 2만 5천에 보군 4만입니다."

선덕이 입을 다물었다. 비담군이 압도적인 것이다. 그때 김춘추가 말했다.

"백제 기마군 3만이 오면 아군의 기마군이 우세합니다, 마마."

"그렇소?"

선덕이 다시 김유신에게 물었기 때문에 김춘추의 이맛살이 찌푸려졌다. 자신을 무시하는 것처럼 느낀 것이다.

"마마, 신(臣)을 믿으시옵소서."

김춘추가 굳어진 얼굴로 말하자 선덕의 얼굴에 희미하게 웃음이 떠올랐다. 그러고는 머리를 끄덕였다.

"경을 믿소."

"황공합니다."

"이 난리가 수습되면 선화를 부를 예정이오."

순간 김춘추가 숨을 들이켰다. 얼굴도 순식간에 굳어져 있다. 선화가 누구인가? 바로 백제 의자왕의 어머니인 선화공주다. 선덕의 동생인 것이다. 진평왕의 딸 중 장녀는 신라 여왕이며 둘째는 백제 의자왕의 어머니다. 선덕이 말을 이었다.

"선화를 내 후계자로 선포하고 백제와의 국경을 개방하겠소."

"……."

"선화가 내 후계자가 되면 이어서 제 아들에게 왕위를 넘기겠지. 그러면 의자가 신라, 백제를 함께 다스리게 될 것 아닌가?"

선덕이 상기된 얼굴로 김춘추와 김유신을 번갈아 보았다. 두 눈이 반짝이고 있다. 다시 선덕의 말이 이어졌다.

"이번 백제군의 지원이 그 계기가 되었어. 비담의 난이 신라와 백제의 합병을 당겨준 셈이 되겠구려."

"마마, 피곤하실 텐데 쉬시지요."

김춘추가 부드럽게 말하더니 몸을 세웠다. 김유신도 따라서 허리를 굽혔기 때문에 선덕이 머리를 끄덕였다. 김춘추, 김유신의 본진은 황룡사 앞쪽 반월성에 자리 잡았고 비담은 10여 리 떨어진 명활산성이다. 가까워서 상대방의 북소리 호각 소리가 이곳까지 울린다. 선덕의 침전을 나왔을 때 김춘추가 김유신을 불렀다.

"대장군, 상의드릴 일이 있소."

김춘추가 앞장서서 마당 끝 쪽의 나무 밑에 섰다. 주위는 어둠에 덮였고 10여 보 떨어진 담장 밑에서 위사들이 대기하고 있다. 김춘추가 웃음 띤 얼굴로 김유신을 보았다.

"전하께서 마음이 흔들리시는구려."

"무슨 말씀이십니까?"

조심스럽게 김유신이 묻자 김춘추는 한숨부터 뱉었다.

"전에는 우리한테 하대를 하시던 전하께서 이제는 존대를 하시는구려."

"그렇습니까?"

"자신감이 떨어지셨소."

"어쩔 수 없는 일 아닙니까?"

"대장군은 어떻게 생각하시오?"

김춘추가 묻자 김유신은 한동안 침묵했다. 묵묵히 김춘추를 응시한 채 입을 열지 않는다. 답답해진 김춘추가 다시 말을 이었다.

"대장군, 전하께선 진즉부터 신라와 백제의 합병을 염두에 두고 계셨소. 그것이 신라 주도의 합병이건 백제 주도건 간에 말이오."

"압니다. 그것이 전하의 부친이신 진평왕의 염원 아니었습니까? 그래서 선화공주를 백제 무왕에게 보낸 것이지요."

"이제 비담의 난으로 진평대왕의 꿈이 이루어진단 말인가?"

"전하께서 백제군을 맞으시면 합병이 일사천리로 진행될 것 같습니다."

그렇다. 백제 기마군 3만은 비담군을 깨뜨린 후에 신라에 계속 주둔하면서 합병의 지원세력이 될 것이다. 그때 김춘추가 머리를 들었다.

두 눈이 번들거리고 있다.

"대장군, 그렇게 될 바에는 차라리 비담이 신라왕이 되는 것이 낫소."

김유신이 시선만 주었고 김춘추가 말을 이었다.

"신라는 백제의 속국이 될 수 없소. 말이 합병이지 신라의 왕족은 백제 치하에서는 7품 이상으로 오르지 못할 것이오."

그때 김유신의 얼굴에 일그러진 웃음이 떠올랐다.

"대감, 우리 가야 왕족의 경우를 말씀하시는 것 같습니다."

"그렇소."

김춘추도 입술 끝을 비틀며 웃었다. 가야국이 신라와 합병하면서 가야 왕족도 같은 시련을 겪은 것이다. 시련이 아니라 수모다. 가야 왕족인 김유신은 그것을 극복하려고 온갖 수모를 겪고 마침내 대장군에 올랐기 때문이다. 만일 신라가 백제에게 합병된다면 김유신의 피눈물 나는 성취는 허사가 된다. 김유신이 지그시 김춘추를 보았다.

"대감, 백제 기마군 3만이 달려오고 있습니다. 어찌 하시겠습니까?"

"대장군, 먼저 약조를 해주시오. 나하고 생사를 같이 하시겠소?"

"이미 대감께 내 가문의 운명을 맡긴 사람입니다. 알고 계시지 않습니까?"

"고맙소."

김춘추가 두 손으로 김유신의 손을 감싸 쥐었다.

"대장군, 방법이 있소."

"말씀을 해주시오. 따르겠습니다."

"백제군은 사흘 후에 도착하겠지요?"

"그렇습니다."

"비담은 아직 백제군이 온다는 것을 모르고 있겠지요?"

116

"그렇습니다. 알았다면 전력을 다해서 이곳을 공격하겠지요."

김춘추가 숨만 쉬었고 김유신이 말을 이었다.

"백제군이 오는 이유를 뻔히 아는 터라 비담은 대왕 전하를 가만 두지 않을 것입니다."

김춘추가 천천히 머리를 끄덕였다.

"아씨, 손님이 오셨습니다."

밖에서 부르는 소리에 승만(勝曼)이 숨을 들이켰다. 깊은 밤, 자시(밤 12시)가 넘었다. 그러나 승만은 침상에 오르지 않고 수를 놓는 중이었다. 이곳은 도성에서 북쪽으로 10리쯤 떨어진 저택, 그러나 담장이 높은 데다 저택 안에 1백 명 가까운 사병(私兵)을 고용하고 있어서 작은 성(城) 같다. 승만이 문도 열지 않고 묻는다.

"깊은 밤에 누가 왔단 말이냐?"

왕국이 둘로 쪼개져서 전쟁을 하는 상황이다. 여왕파와 비담파로 나뉜 신라는 왕조의 운명이 그야말로 바람 앞의 촛불이다. 여왕파에는 김춘추, 김유신 등 신진세력이 가담했고 상대등이며 왕족으로 구성된 화백회의의 수장 비담 일파에는 염종 등 왕족들이 뭉쳐 있다. 그때 밖에서 집사가 대답했다.

"예, 이찬 김춘추 대감과 김유신 대장군이 오셨습니다."

"무엇이?"

놀란 승만이 벌떡 일어서자 수를 놓던 수틀이 방바닥에 떨어졌다. 일어선 승만은 거인(巨人)이다. 거녀(巨女)라고 해야 맞다. 6척이 넘는 키에 팔이 길어서 늘어뜨리면 무릎까지 손이 내려왔다. 그러나 미인이다. 승만이 다시 물었다.

"무슨 일이라더냐?"

"바깥채 앞에서 뵙자고만 하십니다."

집사의 목소리가 떨리고 있다. 숨을 고른 승만이 마침내 마음을 굳혔다.

"내가 청으로 나갈 테니 청으로 모셔라."

"예, 아씨."

집사의 발자국 소리가 멀어졌고 승만이 옷매무새를 가다듬고 문을 열었다. 승만은 현(現) 여왕인 김덕만(金德曼)의 사촌 여동생이니 곧 진평왕의 친동생 갈문왕의 딸이다. 김덕만도 진평왕의 맏딸인 것이다. 승만이 청으로 들어서자 기다리고 있던 김춘추와 김유신이 자리에서 일어나 예를 드렸다.

"공주께서 놀라셨겠습니다."

김춘추가 허리를 굽히면서 말했다.

"밤늦게 찾아와 죄송스럽습니다."

"아니오, 그런데 웬일이십니까?"

자리를 권한 승만이 앞쪽에 앉으면서 묻자 김춘추가 다시 허리를 굽혔다.

"역적 비담의 무리는 곧 소탕될 것입니다."

승만이 머리만 끄덕였다. 비담이 신라왕이 된다면 승만도 현(現) 여왕인 덕만 일당으로 몰려 무사하지 못할 것이었다. 그때 김춘추가 불빛에 번들거리는 눈으로 승만을 보았다.

"공주께 여왕 전하의 말씀을 전합니다."

"전하의 말씀을 듣겠소."

"전하께서는 만일 불상사가 생기면 공주께서 신라국 왕위를 이어야

118

된다고 말씀하셨습니다."

"그건 당치 않소."

놀란 승만의 목소리가 떨렸다.

"여왕 마마께 무슨 일이 일어난단 말이오? 그리고 나는 그런 생각은 꿈에도 해본 적이 없습니다."

"공주."

김춘추가 두 손을 청 바닥에 짚고 승만을 보았다. 부릅뜬 눈에 흰자위가 더 커졌다.

"신라 사직을 위한 여왕 마마의 명령이십니다. 공주께서 여왕 마마의 명을 어기시렵니까?"

"아니, 나는……."

"여왕 마마께서는 만일의 경우에 대비하시는 것입니다. 받아들인다는 약조를 해주시지요."

"이찬, 나는……."

"약조를 받고 여왕 마마께 전해드려야 합니다."

그러자 한동안 정적이 흐른 후에 승만이 입을 열었다.

"알겠소. 여왕 마마의 명을 받겠습니다."

김춘추와 김유신이 머리를 숙였다.

달솔 협려가 이끈 백제군 3만이 신라 도성 50여 리 근처에 육박했을 때는 그로부터 사흘 후다. 전령이 기를 쓰고 달려왔지만 백제군과는 반나절 거리밖에 안 되어서 그야말로 비담 일당은 아연실색했다. 그만큼 백제 기마군의 기동력이 빨랐던 것이다.

"5만이라고?"

되묻는 비담의 얼굴은 굳어져 있다.

"예, 5만도 넘는 것 같소."

땀과 먼지로 뒤집어 쓴 전령이 비담을 보았다. 전령은 기를 쓰고 말을 달려왔지만 백제 기마군과의 거리를 떼어놓지 못했다. 더구나 왕국이 두 개로 쪼개져서 비담에게 전령을 보내지 않은 성주도 있는 터라 뒤죽박죽이다. 전령이 말을 이었다.

"백제군은 도중의 성을 치지 않고 곧장 이곳으로 직진했습니다. 여왕께로 간 것입니다."

"신라 6백 년 사직을 여왕이 백제에게 넘기는구나."

비담이 이를 갈아 붙이며 말했다.

"이년, 기어코 김춘추하고 공모해서 신라를 백제로 넘기는구나."

"대감."

이찬 염종이 비담을 불렀다. 진막 안은 전령의 급보를 듣고 나서 갑자기 물벼락을 맞은 분위기다. 모여 있던 20여 명의 장군들은 할 말을 잃고 눈치만 보는 상황이 되었다. 김춘추와 김유신이 여왕을 옹위하고 도망친 후에 세력은 이쪽이 우세했지만 명분으로는 밀렸던 비담이다. 그런데 백제 기마군 5만이 순식간에 닥쳐왔으니 혼비백산할 만했다.

"여왕이 백제군 5만의 지원을 받는다면 우리의 전력(戰力)이 밀립니다. 일단 뒤로 물러나 군사를 더 모아야 될 것 같습니다."

염종이 말하자 장군 서너 명이 동의했다. 현재 비담군의 전력은 그동안 더 불어나 기마군 3만에 보군 3만 5천 가량이다. 여왕을 업고 있는 김춘추 세력이 기마군 1만 5천, 보군 3만 정도였는데 졸지에 백제 기마군 5만이 증원되었으니 이제는 이쪽이 열세다. 더구나 백제 기마군은 대륙을 석권한 최강의 기마군이다. 그때 비담이 눈을 치켜뜨고 염종에게 물었다.

"이찬, 그대는 이번 전쟁에 명분이 없다고 보는가?"

"아니오."

당황한 염종의 얼굴이 붉어졌다.

"명분은 대감이 품고 계시오. 여왕과 김춘추, 김유신 일파는 진즉부터 백제와 내통한 데다 자력으로 왕국을 존속시킬 역량과 의지가 없었소이다. 김덕만을 여왕으로 옹립한 것부터 잘못된 처사요."

"기회는 지금뿐이야."

비담의 목소리가 진막을 울렸다.

"신라의 자립을 위해서는 우리가 여기서 물러서면 안 된다. 화백회의에서 결정된 대로 우리는 여왕을 폐위시키고 새로운 왕조를 세워야 한다."

"옳습니다!"

이번에는 10여 명의 장군들이 소리쳤다.

"김춘추는 이 기회에 가야를 신라에 바치고 신라에서 출신한 김유신의 전철을 밟을 예정이다. 그놈들의 행태를 누가 모르겠는가?"

비담의 열띤 목소리에 대부분이 왕족들인 장군들이 일제히 소리쳤다.

"군사를 더 모을 수가 있소! 여기서 싸웁시다! 김춘추 좋은 일만 시킬 수는 없소!"

"백제군이 왔다고 해도 대적할 만합니다!"

비담이 숨을 가누었다. 그렇다. 김춘추의 조부는 진지왕이었다. 그러나 그 진지왕은 화백회의에서 황음무도하다는 비판을 받고 즉위 4년 만에 폐위되고 진평왕이 즉위했다. 그 후로 김춘추 가문은 진골로 격하

121

되어 왕권과는 멀어졌던 것이다.

　백제 대장군 협려는 40대 중반으로 거구다. 그동안 수많은 전쟁을 치른 터라 김유신과 휘하 장수들도 협려를 안다. 직접 협려와 전쟁을 치른 장수도 있다. 그런데 지금은 우군(友軍)으로 만났다. 진막 안으로 들어선 협려가 김유신을 보았다. 김유신은 이때 50대가 되었으니 협려보다 연상인 데다 신라에서의 품위도 높았지만 두 손을 모으고 허리를 굽혀 인사를 했다.

　"어서 오십시오, 대장군."

　"반갑습니다, 대장군."

　협려의 수염투성이 얼굴에도 웃음이 떠올랐다.

　"오늘에야 대장군의 존안을 뵙게 되었습니다."

　"저야말로 뵙게 되어서 영광입니다."

　서로 추켜올렸지만 어색하지는 않다. 그만큼 둘 다 명성이 높은 용장이었기 때문이다. 협려는 부장 연자신과 백준, 그리고 휘하 장수 10여 명을 대동했고 김유신 또한 10여 명의 장수를 모아놓고 기다렸기 때문에 진막 안은 장수들로 가득 찼다. 그때 협려가 주위를 두리번거리면서 물었다.

　"김춘추 대감은 어디 가셨습니까?"

　"여왕 전하의 명을 받고 왜국으로 가셨습니다."

　김유신이 말을 이었다.

　"백제군이 왔으니 여왕께서 마음을 놓으시고 사신으로 보내신 것이지요."

　"아아, 그렇습니까?"

"비담이 백제군의 위용을 보고 잔뜩 위축되었을 것입니다."

김유신이 진막 바닥에 펼쳐놓은 지도를 손으로 가리켰다. 소가죽 위에 붉은색 염료로 정교하게 그려놓은 적과 아군의 배치도다. 비담의 진은 명활산성을 중심으로 10리 넓이로 펼쳐져 있었는데 김유신의 진에서 10리 거리였다.

김유신이 말을 이었다.

"비담군(軍)의 전력은 아직도 막강합니다. 더구나 산성에 박혀 있어서 기마군을 활용하려면 끌어내야 합니다."

"시간을 끌려는 것이군요."

"물러나지 않고 결전을 하려는 것이오."

쓴웃음을 짓고 말한 김유신이 협려를 보았다.

"저녁때 여왕 전하를 만나 보시지요. 백제군을 위해 여왕께서 주연을 베푸신다고 하셨습니다."

김유신과 상견례를 마친 협려가 진막을 나와 백제군 진영으로 돌아갈 때 부장(副將)으로 수행한 덕솔 백준이 말을 몰아 옆으로 다가왔다.

"대장군, 김춘추가 여왕을 구해냈다고 들었는데 이 상황에서도 여왕의 심부름이나 다니고 있군요."

"왜국에 가면 백제방부터 들를 거야."

쓴웃음을 지은 협려가 말을 이었다.

"이번에 우리가 신라 도성까지 진입해 왔으니 백제방의 충왕자께 부탁을 하면 왜왕을 움직여 왜병을 끌어올 수 있을 거야."

"그렇군요."

"그러면 신라는 백제와 완전한 합병을 하게 되는 거지. 왜병은 백제의 동맹군이니까 말이네."

"김춘추는 백제는 물론 고구려, 당, 왜국까지 가지 않는 곳이 없습니다."

백준의 얼굴에 감탄하는 기색이 덮였다.

"신라에 김춘추만 한 인재가 없습니다. 여왕의 충신 아닙니까?"

"글쎄."

협려가 말고삐를 채어 말을 천천히 걸리면서 말을 잇는다.

"뛰어난 인재지. 하지만 가슴에 무엇을 품고 있는지 아직 알 수 없어."

웃음 띤 얼굴로 협려가 백준을 보았다.

"대왕께서 나한테 하신 말씀이 있어. 김춘추를 가장 조심하라고 하셨는데 지금은 내 눈앞에 없군.

"잘 오셨소."

신라 여왕 덕만(德曼)이 웃음 띤 얼굴로 협려를 보았다. 50여 명의 장수가 들어찬 진막 안은 열기로 덮여 있다.

"감사합니다, 전하."

협려가 앉은 채로 허리를 꺾어 절을 했다. 앞쪽에 놓인 상에는 술과 안주가 가득 놓였는데 신라와 백제 장수들이 마주 보고 앉도록 배치되었다. 여왕 좌우에는 대장군 김유신과 이찬 김석필이 앉았고 이쪽은 협려 좌우에 덕솔 연자신과 백준이 자리 잡았다. 나머지 장수들이 서열순으로 늘어앉아서 불빛을 받은 갑옷이 번쩍이고 있다. 여왕이 지그시 협려를 보았다.

"태왕비께서는 건녕하시오?"

선화공주, 의자왕의 모친을 묻는 것이다.

"예, 전하."

협려가 공손하게 대답했다. 선화공주는 여왕의 동생이다.

"지금도 말을 타시고 도성 남쪽 수렵장에 다니십니다."

"그런가?"

여왕의 얼굴에 웃음이 떠올랐다.

"내가 선화를 못 본 지 40년이 넘었어. 지금 그대의 대왕 연세가 어떻게 되오?"

"예, 마흔넷이십니다."

"그럼 45년이 되었네, 못 본 지가."

"긴 세월입니다, 전하."

"그렇소."

이제는 여왕이 한숨을 쉬었지만 진막의 분위기는 밝다. 여왕이 술잔을 들고 협려를 보았다.

"당왕(唐王)이 짐이 여자라고 왕위를 유지하지 못할 것이라고 한다는 거요. 그대도 들었소?"

"예, 주제넘은 놈입니다."

어깨를 편 협려가 여왕을 보았다.

"그자는 제 형, 동생을 죽이고 아비를 유폐시킨 후에 동생의 처를 데리고 사는 놈이 여자라는 이유만으로 차별을 하다니요? 무시하십시오, 전하."

"비담이 당왕의 사주를 받고 반란을 일으킨 것이오."

"당왕은 안시성에서 눈 한쪽을 잃고 지금 장안성으로 도주하고 있습니다. 이제 비담만 죽이면 백제와 신라는 선왕(先王)들께서 염원하신 합병을 이룰 것입니다."

"고맙소."

여왕의 얼굴도 상기되었다. 그때 협려가 고개를 돌려 김유신을 보았다.

"장군, 건배하십시다."

"좋소."

김유신이 웃음 띤 얼굴로 술잔을 들었다.

"양국의 합병을 위하여 건배합시다."

"만세!"

모두 일제히 술잔을 들고 만세를 외치자 협려가 다시 선창했다.

"백제와 신라의 번영을 위하여!"

"만세!"

여왕도 술잔을 들고 웃는다.

주연을 마치고 진막으로 돌아가는 협려에게 연자신이 말했다.

"대장군, 김유신의 안색이 별로 좋지 않았소. 나이가 들어서 지친 것 아닐까요?"

"아직도 정정하다고 들었어."

말 걸음을 늦춘 협려가 연자신과 말 배를 붙여 걸으면서 물었다.

"조금 찜찜하긴 하네. 백제군이 온다는 말을 듣고 여왕이 김춘추를 왜국에 사신으로 보냈으니 말이야."

"안심을 했기 때문이 아니겠습니까?"

"그래도 며칠 기다렸다가 백제군을 맞아야 도리 아니겠나? 김춘추가 말이야."

"여왕이 보냈다지 않습니까?"

"김춘추가 며칠 기다린다면 여왕이 잡지는 못했을 거야."

"대장군은 생각도 많으시오."

126

연자신이 웃으면서 말했다. 협려는 지장(智將)이다.

여왕의 거처인 황룡사 입구가 보였다. 대문 좌우에 모닥불을 펴 놓아서 웅장한 대문이 드러났다. 자시(밤 12시)가 되어가고 있다. 김유신의 진막에서 나온 여왕 덕만(德曼)도 숙소인 황룡사로 돌아가는 중이다. 가마가 속도를 늦췄기 때문에 여왕이 휘장을 걷고 옆을 따르는 이찬 김석필에게 물었다.

"이찬, 김춘추 공은 언제쯤 왜국에 도착할 것 같은가?"

"모르겠습니다."

김석필이 가마 옆으로 바짝 다가왔다. 김석필은 말을 부하에게 끌게 하고는 여왕의 가마 옆을 걷고 있다. 김석필이 말을 이었다.

"백제군이 오니까 안심하고 간 것이지요."

"나한테 기별도 없이 가다니. 무엇이 그리 급하단 말인가?"

여왕이 혼잣소리처럼 말했을 때 뒤쪽에서 웅성거리는 소리가 났다. 동요한 가마꾼들이 주춤거리는 바람에 가마가 흔들렸다. 휘장이 펄럭이면서 여왕이 가마 끝을 쥐자 김석필이 호통을 쳤다.

"이놈들! 가마가 흔들린다!"

여왕의 가마는 앞뒤에 시위 네 명씩 여덟이 어깨에 멘다. 1인용 가마지만 규격이 컸고 장식이 무거워서 먼 거리는 말을 탄다. 황룡사에서 김유신의 본진까지는 2리(1킬로) 정도였기 때문에 여왕이 가마로 행차했던 것이다. 그때다.

"아앗!"

뒤쪽에서 신음 소리가 들리더니 이제는 가마가 왼쪽으로 기울어졌다.

"이놈들! 무슨 일이냐!"

어둠 속이어서 김석필이 다시 소리친 순간이다.

"아악!"

가마꾼 하나가 비명을 지르면서 엎어졌고 그 옆쪽 가마꾼은 털썩 주저앉았다. 그 바람에 무게를 이기지 못한 나머지 가마꾼이 넘어졌고 가마가 뒤로 기울면서 땅바닥에 모로 쓰러졌다.

"아앗! 전하!"

놀란 김석필이 달려가 휘장을 걷은 순간이다.

"이놈! 역적들의 습격이다!"

갑자기 위사 하나가 소리치더니 칼날 부딪치는 소리가 났다.

"습격이다! 역적들이다!"

"비담 무리의 기습이다!"

이쪽저쪽에서 외침이 울리면서 함성과 비명이 어지럽게 일어났다. 김석필이 휘장 안으로 손을 뻗어 여왕의 팔을 쥐었다.

"전하, 밖으로 나오시지요!"

김석필이 소리쳤다. 급박한 상황이니 여왕을 가마 안에만 둘 수 없는 것이다. 여왕이 김석필의 부축을 받아 모로 쓰러진 가마에서 나왔을 때다.

"이놈!"

뒤쪽에서 외침 소리가 울리면서 김석필 옆으로 달려들었던 사내 하나가 쓰러졌다. 습격자다. 어둠 속에서 김석필은 습격자의 정체를 처음 보았다. 검은 천으로 얼굴을 덮고 눈만 내놓았다. 갑옷은 신라군 갑옷이다. 그때 습격자를 벤 위사장 요찬이 달려왔다.

"전하! 습격자가 많습니다! 저를 따라 오십시오!"

"누구냐! 비담이 보낸 암살대인가?"

김석필이 소리쳤다. 그러나 앞장선 요찬은 습격자 또 하나를 맞아 칼을 부딪는 중이다. 사방은 칼 부딪는 소리, 비명과 외침으로 가득 찼다. 여왕을 20여 명의 위사밖에 수행하지 않았기 때문에 사방이 습격자로 둘러싸인 것 같다. 그때 여왕이 날카롭게 소리쳤다.

"이놈들! 비담이 보낸 놈들이냐!"

여왕의 목소리가 밤하늘로 울려 퍼졌다.

"이놈들! 신라 장수라면 떳떳하게 나서라! 내가 여왕이다!"

여왕이 다시 소리쳤을 때 주위의 소음이 줄어들었다. 습격자들이 주춤한 것이다. 그때 김석필이 소리쳤다.

"이놈들! 역적으로 몰려 9족이 몰살당하고 싶으냐! 칼을 버리고 귀순하면 오히려 충신으로 대우하겠다! 여왕 전하께서 윤허하실 것이다!"

그때였다. 어둠 속에서 나타난 괴한 하나가 김석필에게 칼을 후려쳤다. 김석필이 칼을 들어 막았지만 힘에 밀렸다.

"찰캉!"

다시 한 번 칼날 부딪치는 소리가 나면서 김석필이 비틀거렸을 때 사내의 칼날이 날았다.

"으악!"

어깨에서 옆구리까지 비스듬히 베어진 김석필이 처절한 비명을 질렀을 때 다시 함성이 울렸다. 이제는 살육이다.

"전하! 막혔습니다!"

칼을 쥔 위사장 요찬이 이 사이로 말했다. 가마를 등지고 선 여왕의 앞에 서서 요찬이 울부짖듯 말했다.

"마마, 이놈들은 비담의 무리가 아닌 것 같습니다!"

함성과 칼날 부딪치는 소리가 지척에서 울렸고 어둠 속에 습격자의 움직임도 선명하게 드러났다. 이쪽도 여왕의 친위 위사들이다. 20여 명밖에 안 되었지만 그 몇 배나 되는 습격자를 맞아 분전하고 있다. 가마 주위를 둘러싸고 다가오는 습격자들을 막는 것이다.

"에익!"

마침 빈틈을 파고 들어온 습격자의 가슴을 장검으로 깊게 쑤신 요찬이 발로 몸통을 밀면서 칼을 뽑았다. 가슴을 찔린 습격자가 낮은 신음만 뱉은 채 발 밑으로 쓰러졌다. 그때 요찬이 쓰러진 습격자가 덮어 쓴 복면을 뜯어내듯이 벗겼다. 얼굴을 보려는 것이다. 깊은 밤, 불은 없었지만 별빛이 선명했다.

"아앗!"

사내의 얼굴이 드러난 순간 요찬이 외침을 뱉었다.

"전하! 이놈이……."

요찬이 목이 메어 말을 잇지 못했고 여왕이 머리를 돌려 죽은 사내의 얼굴을 보았다. 별빛을 받은 사내의 얼굴이 희다. 그리고 낯이 익다. 그때 요찬이 소리쳤다.

"이찬 김춘추의 측근인 장군 김정복이오!"

"으음, 이놈들."

여왕이 가마에 등을 붙이고는 신음했다.

"에익!"

요찬이 다시 덮쳐온 습격자 둘을 맞아 맹렬한 기세로 칼을 후려쳤다. 여왕이 눈을 치켜뜨고 밤하늘을 보았다.

"이제 알았다! 이놈! 김춘추!"

여왕 덕만(德曼)의 목소리가 밤하늘에 날카롭게 솟아올랐다.

"역적 김춘추! 네 짓이었구나!"

"에익!"

습격자 하나를 벤 요찬이 칼을 치켜들기 전에 다른 습격자의 칼날이 허리를 베고 지나갔다.

"으윽!"

요찬의 신음에 이어서 여왕의 외침이 이어졌다. 이번에는 더 크다.

"역적 김춘추! 네가 백제와의 합병을 막으려고 나를 죽이는 구나!"

"에익!"

요찬의 기합, 그러나 후려친 칼이 빗나갔고 습격자의 두 번째 칼날이 가슴을 꿰뚫었다. 숨을 들이켠 요찬이 뒤로 물러서면서 여왕을 보았다.

"전하!"

그 순간 요찬은 뒤쪽에서 나타난 습격자가 여왕의 가슴을 칼로 찌르는 것을 보았다.

"무엇이?"

자리를 차고 일어선 협려가 앞에 선 전령을 노려보았다.

"여왕 전하가?"

"예, 황룡사 앞 산기슭에서……."

"전하를 확인했느냐?"

"예."

달려온 전령이 손등으로 이마의 땀을 닦았다. 가쁜 숨을 뱉으면서 전령이 말을 잇는다.

"여왕 전하의 시신을 황룡사로 모시고 들어가는 것까지 확인했습

니다."

축시(오전 2시) 무렵, 백제군 본진이 위치한 대성벌로 달려온 전령이 여왕 덕만의 죽음을 보고했다. 그때 말발굽 소리가 어지럽게 울리더니 곧 백제 대장군의 진막 안으로 신라군 전령이 들어섰다. 불빛에 비친 신라군 전령의 얼굴이 눈물범벅이 되어 있다.

"백제 대장군께 말씀드리오!"

협려 앞에서 무릎을 꿇은 신라 전령이 소리쳤다. 그때 진막 안의 모든 장수가 전령을 둘러쌌다. 협려가 눈을 부릅뜨고 말했다.

"말하라."

"황룡사 앞 산기슭에서 여왕 전하께서 매복하고 있던 비담군의 기습을 받고 돌아가셨습니다."

"네가 보았느냐?"

"제가 시신을 황룡사에 모시고 달려온 길입니다!"

소매로 눈물을 닦은 전령이 붉게 충혈된 눈으로 협려를 보았다.

"여왕 전하께서는 칼에 가슴을 찔려 돌아가셨습니다."

"함께 돌아갔던 이찬과 위사장은 어떻게 되었느냐?"

"모두 전멸했습니다!"

"너는 누구냐?"

"황룡사에 있던 위사부장 김기정입니다!"

두 손으로 땅바닥을 짚은 김기정이 어깨를 들썩이며 흐느껴 울었다.

"대장군! 이 원수를 갚아 주십시오!"

그때 진막 출입구에 서 있던 장수 하나가 소리쳤다.

"대장군, 김유신 대장군이 오시오!"

협려가 머리를 들었을 때 김유신이 10여 명의 장수를 거느리고 서둘러 진막으로 들어섰다. 김유신의 본진에서 주연을 마치고 헤어진 지 두 시진 만이다. 협려에게 다가온 김유신의 두 눈도 충혈되어 있다.

"대장군, 여왕 전하께서 비담군의 기습을 받고 돌아가셨소."

떨리는 목소리로 말한 김유신이 협려를 보았다.

"내일 아침에 비담군을 칠 것이오. 백제군과 양쪽에서 협공을 하는 것이 나을 것 같소."

"좋습니다. 백제군이 좌측을 맡지요."

그때 김유신이 번들거리는 눈으로 협려를 보았다.

"여왕 전하께서 비담에게 살해되었다는 말을 듣고 모두 이를 갈아붙이고 있습니다. 모두 일당백이 될 것이오."

"아침 진시(오전 8시)가 될 때까지 기다렸다가 불화살을 신호로 좌우에서 협공하도록 합시다."

"알겠소. 퇴로는 우측 장막산성 골짜기를 틔워 놓겠소."

협려가 커다랗게 머리를 끄덕였다. 김유신의 용병술에 감탄한 것이다. 궁지에 몰리면 쥐도 고양이한테 덤비는 법이다. 더구나 비담군은 막강한 전력이다. 수세에 몰렸다고 뒤까지 막으면 죽기를 각오하고 역공을 하게 될 것이다. 그러면 오히려 전세가 뒤집힐 수도 있다. 그때 몸을 돌리던 김유신이 충혈된 눈으로 협려를 보았다.

"비담군을 격멸하고 나서 전하의 장례를 치르도록 하겠소."

비담이 눈을 치켜뜨고 앞에 선 화랑 석기수를 보았다.

"정말이냐?"

"예, 대감, 제가 직접 들었습니다."

"여왕이 죽었어?"

"예, 우리가 매복시킨 군사들에게 피살당했다는 것입니다."

"황룡사 앞에서 말이냐?"

"예, 대감."

비담이 입을 반쯤 벌리고는 주위를 둘러보았다. 묘시(오전 6시) 무렵, 명활산성의 청에는 10여 명의 장수가 모여 있었는데 모두 서둘러 왔기 때문에 갑옷도 제대로 입지 않았다. 그때 대장군이며 비담의 오른팔인 염종이 말했다.

"대감, 심상치가 않습니다. 이것은 김유신, 김춘추의 간계요."

"글쎄, 간계라도 그렇지. 여왕이 죽었다지 않는가? 그런 헛소문을 뿌려서 군사들의 사기를 높인다는 말인가?"

"여왕을 우리가 죽였다는 소문을 내면 김유신군은 악에 받쳐 덤빌 것입니다."

"백제 지원군까지 온 마당에 그렇게까지 할 필요가 있을까?"

"김유신의 간계는 예측할 수 없습니다."

그때 잡찬 김홍무가 나섰다.

"김춘추 또한 능히 그런 짓을 하고도 남을 위인입니다."

"그런 소문 말인가?"

"아니오."

김홍무가 머리를 저었다. 김홍무 또한 진골 왕족이다. 거기에다 김춘추가 압독주 도독이었을 때 3년 동안 부장(副將)으로 측근에서 머물렀기 때문에 성품을 안다. 김홍무가 말을 이었다.

"여왕을 죽이고 우리가 죽였다고 하는 것입니다. 김춘추는 능히 그럴 만한 위인입니다."

"아니, 그럼 그래놓고 백제군의 힘을 빌려 왕위에 오른단 말인가?"

"아닙니다."

김홍무가 번들거리는 눈으로 비담을 보았다.

"그러면 제 소행이 탄로가 날 가능성이 크니 이번에는 왕위에 오르지 않을 것입니다."

"어허, 답답하구나."

비담이 버럭 소리쳤다.

"그래서 어떻게 한다는 말인가?"

"왕위에 오를 성골이 누가 남았습니까?"

김홍무가 되묻자 비담이 눈을 치켜떴다.

"누구냐? 말하라."

"승만이 있습니다."

그 순간 청 안에 물벼락이 떨어진 것처럼 조용해졌다. 그렇다. 이 세상에 세 명의 성골(聖骨) 왕족이 남았다. 하나가 여왕 덕만이요. 두 번째가 여왕의 동생이며 의자왕의 모친인 선화공주, 그리고 마지막 하나가 여왕의 사촌동생 승만(勝曼)이다. 승만은 덕만의 부친 진평왕의 동생 딸인 것이다.

"그, 승만을 다시 여왕으로?"

비담이 갈라진 목소리로 물었을 때 김홍무가 긴 숨을 뱉고 나서 말했다.

"제가 김춘추의 마음이 되어서 생각해 본 것입니다. 여왕 덕만이 백제군을 끌어들여 백제와의 합병이 목전에 닿았으니 김춘추는 이 기회에 여왕과 대감까지 제거하는 음모를 꾸몄을 것입니다."

모두 숨을 죽였다. 김홍무도 지략과 용병술이 뛰어난 무장이다. 김홍무의 말이 이어졌다.

"김춘추는 일단 승만을 여왕으로 삼은 후에 백제군을 위무하고 돌려보내고 나서 신라왕이 되려고 할 것입니다."

쓴웃음을 지은 비담이 자리를 박차고 일어섰다.

"내가 백제, 김유신군을 전멸시키면 달라진다.

"와앗!"

함성이 울리면서 땅이 흔들렸다. 수만 필의 말이 달리면서 지진이 난 것처럼 흔들리는 것이다.

"적이 양쪽에서 옵니다!"

청으로 달려 들어온 장수 하나가 소리쳤다. 비담과 염종 등은 아직도 청에 모여 있던 참이다.

"백제군, 김유신군이 동시에 나왔습니다! 기마군만 3만 이상입니다!"

"결전을 하자는 말인가?"

비담이 잇새로 말하더니 자리를 차고 일어섰다.

"오냐, 내가 여왕의 한풀이를 해주리라."

"대감."

따라 일어선 염종이 비담의 소매를 잡고 말했다.

"놈들의 계략에 말려들지 마십시오. 지금 김유신군은 여왕의 복수를 하겠다고 분기가 충천한 상태일 것입니다."

"그러면 성안에서 막고만 있으란 말인가?"

비담이 버럭 소리쳤을 때 장수 하나가 다시 뛰어들었다.

"양쪽으로 다가왔는데 왼쪽이 백제군, 오른쪽이 김유신군입니다! 모두 4만 가량이오!"

함성이 더 가까워졌고 땅울림이 더 커졌다. 염종이 말을 이었다.

"대감, 성벽에 소리꾼들을 세워 김춘추, 김유신이 여왕을 죽였다고 적진을 향해 소리치게 합시다."

"놈들이 그 말을 믿을까?"

"김춘추가 왕위를 노리고 있다는 것은 세상이 다 알지 않습니까? 김춘추가 백제 지원군을 반기면서도 거북해한다는 것도 다 아는 사실이오."

"그렇지."

비담이 머리를 끄덕였을 때 장수들이 동조했다.

"백제군도 그 소리를 들으면 의심할 것이오."

"우리가 손해 볼 것이 없다."

결단이 빠른 비담이 머리를 끄덕였다.

"목소리가 큰 소리꾼을 수백 명 모아서 이쪽저쪽에다 대고 소리를 지르도록 해라. 김춘추가 왕위를 노리고 여왕을 죽여 백제와의 합병을 무산시킬 작정이라고 해라."

"서두르겠소."

염종이 몸을 돌리면서 말했다. 장수들이 따라 나갔을 때 비담이 한숨과 함께 말했다.

"이렇게 신라는 망하는가?"

"대감, 백제군이 의심을 하면 김유신군만으로는 우리를 당해내지 못합니다."

장수 하나가 비담에게 말했다.

"백제군 대장군 협려에게 우리는 매복군을 보내지 않았다는 밀사를 보내도록 하시지요."

"누가 가겠느냐?"

"제가 가겠습니다."

화랑 서청이 나섰다. 스물세 살로 대장군 서독의 아들이다. 서청이 말을 이었다.

"제가 백기를 들고 백제군 진영으로 달려가지요."

"장하다."

비담이 허리에 찬 칼을 풀어 서청에게 내밀면서 말했다.

"누명을 쓰고 당하는 것이 모욕이다. 전쟁에서 지는 것보다 더 큰 수치다. 비담이 여왕을 암살하는 따위의 수작을 부리는 인간이 아니라는 것을 말해주고 오너라."

"예, 대감."

눈을 부릅뜬 서청이 비담을 보았다.

"제가 대감의 결백에 목숨을 걸지요. 그것이 화랑의 본분이기도 합니다. 신라군은 김춘추 같은 위인의 노리개가 아니올시다."

대장군 협려는 반월성에서 2리(1킬로)쯤 떨어진 야산으로 본진을 옮겼다. 그래서 성벽 위에 선 신라군의 모습도 다 보인다. 함성이 계속 울리고 있었는데 비담군이 목청을 높여 외치고 있다. 수십 명이 일제히 외치는 터라 드문드문 내용이 들린다.

"무슨 말인지 알아보고 오너라."

마침내 협려가 장수 하나에게 일렀다.

"저놈들이 싸우지도 않고 욕을 해대는 게 아닌가?"

장수가 서둘러 야산을 내려갔을 때 부장 연자신이 말했다.

"성을 굳게 지키고 있으면 쉽게 함락되지 않겠습니다. 유인해서 끌어내야 합니다."

"김유신이 포차로 성벽을 무너뜨리면 되지 않겠는가?"

공성 무기는 김유신군이 갖고 있는 것이다. 백제군은 기마군이다. 연자신이 쓴웃음을 지었다.

"김유신군은 사기도 낮은 데다 장비도 허술합니다. 이번에 여왕이 피살되어서 겨우 분기가 일어난 상황입니다."

"그것 참."

협려가 혀를 찼다. 황룡사 앞쪽은 신라군 영내인 것이다. 그곳까지 비담군이 침투해 와서 여왕을 기습하다니, 방비가 허술하기 짝이 없다. 그때 심부름을 보냈던 장수가 서둘러 다가왔다.

"대장군, 신라군들이 성벽에서 입을 모아 외치고 있습니다."

"뭐라고 욕을 하느냐?"

"욕이 아닙니다."

얼굴의 땀을 손바닥으로 씻은 장수가 숨을 고르면서 협려를 보았다.

"여왕은 김춘추가 죽였다고 합니다."

"무엇이?"

"백제와의 합병을 무산시키려고 김춘추가 여왕을 암살했다는 것입니다."

주위가 조용해졌고 장수의 목소리가 이어 울렸다.

"비담은 화랑의 명예를 걸고 그런 간계는 부리지 않았다고 맹세를 합니다. 김춘추와 김유신이 그런 성품이라는 것을 신라인이 모두 안다는 것입니다."

"그럴 수가."

반쯤 입을 벌린 비담이 옆에 선 연자신을 보았다.

"이 상황에서 김춘추, 김유신이 여왕을 죽이다니, 그럴 수가 있나?"

그때 장수가 서둘러 말했다.

"김춘추는 왜국에 가지 않았다는 것입니다. 숨어서 김유신과 공모하고 있다는 것입니다."

"이놈들이 유언비어를 퍼뜨려 혼란에 빠뜨리려는 수작이군."

협려가 쓴웃음을 짓고 말했을 때 연자신이 머리를 기울였다.

"대장군, 그 말도 일리가 있습니다. 김춘추가 갑자기 왜국에 간 것도 그렇고 여왕이 아군의 진영 깊숙이 들어온 매복군에게 당하다니요?"

"그건 그렇지만……."

"황룡사 앞 산기슭까지 오려면 경비 진지를 6개나 지나야 하는데 여왕 경비대를 몰살할 정도면 수백 명은 있어야 할 것 아닙니까? 더구나 그놈들은 시체 한 구도 남기지 않았습니다. 적어도 수십 명은 사상자가 났을 것 아닙니까?"

"글쎄, 그렇게까지……."

"김춘추 그자는 신라왕에 목숨을 건 위인입니다. 김유신은 김춘추가 없으면 당장에 적이 떨어질 위인이고요. 백제와의 합병을 반길 위인들이 아니지 않습니까? 가능한 일입니다."

그때 장수 하나가 다가와 소리쳐 보고했다.

"대장군, 백기를 든 신라군 하나가 달려오고 있습니다. 잡아 올까요?"

"화랑 서청입니다."

진막 안으로 들어선 장수가 한쪽 무릎을 꿇고 협려에게 소리쳐 말했다.

"신라 상대등 겸 대장군 비담의 명을 받고 백제 대장군을 뵈러 왔습

니다."

목소리가 진막 안을 울렸다. 둘러선 백제군 장수들이 쏘는 것 같은 시선을 주고 있다. 밖에서는 기마군의 말굽 소리와 함성이 끊이지 않고 포차가 바위를 떨어뜨리는 소리도 들려왔다. 협려가 지그시 화랑을 보았다. 젊다, 기백이 살아 있다. 적이라도 이런 장수를 보면 피가 끓고 동지애를 느끼게 된다. 용사에 대한 경의다.

"비담의 전갈을 가져왔느냐? 말하라."

협려가 말하자 화랑 서청이 똑바로 시선을 주었다.

"상대등께서는 매복군을 보낸 적이 없습니다! 상대등 비담은 지금까지 간계를 써 본 적이 없다는 말씀을 드리라고 했습니다!"

서청의 목소리가 진막을 울렸다.

"김춘추의 간계올시다. 김춘추는 여왕 전하의 백제, 신라의 합병을 무산시키려고 여왕을 암살했습니다."

모두 숨을 죽였고 서청의 목소리가 이어졌다.

"여왕 전하가 암살되었으니 김춘추는 성골로 마지막 남은 승만 공주를 여왕으로 추대할 것입니다. 그리고 백제군과 함께 우리를 격퇴하겠지요."

협려의 얼굴이 일그러졌지만 아직 입을 열지는 않는다.

"실로 교활한 계략이며 주변의 모든 이들을 배신하는 악행입니다. 김춘추는 승만 공주를 왕위에 올려놓고 뒤에서 조종하면서 결국 백제와의 연합도 무산시킬 것입니다."

"……"

"그러고는 때를 기다렸다가 새 여왕을 밀어내고 거침없이 신라 왕위에 오르게 되겠지요."

"……."

"상대등께서는 이번에 백제군이 물러나 주시면 신라와 백제 연합을 정직하게 추진하신다고 하셨습니다. 김춘추가 왕이 되면 제 딸과 사위를 백제군에게 살해당한 원한을 품은 채 합병을 추진할 위인이 아니라는 것도 말씀하셨습니다."

"으음."

마침내 협려의 입에서 신음이 울렸다.

"참으로 어지러운 당국이다."

협려가 뱉듯이 말하자 서청은 이를 악문 채 숨을 죽였다.

"이름이 서청이라고 했느냐?"

협려가 묻자 서청이 시선을 들었다.

"예, 대장군."

"우리 백제는 일찍부터 대륙으로 진출하여 담로를 두었고 배를 띄워 수만 리 밖의 왕국들과 교역을 해왔다."

"……."

"고구려 또한 중원을 압박하여 수를 멸망시키고 당을 패퇴시키며 수만 리 영토를 보유한 대국(大國)이다."

협려의 목소리에 열기가 띠어졌다.

"그런데 너희는 좁은 땅 안에서 서로 이간질이나 하고 밖으로 나갈 생각을 하지 않으니 너 같은 화랑의 기상이 견딜 수 있겠느냐?"

서청의 시선이 내려졌고 얼굴은 상기되었다. 그때 협려가 옆에 선 연자신에게 말했다.

"북을 쳐라. 본진을 30리 밖 뒤쪽으로 물린다!"

협려의 시선이 서청에게 옮겨졌다.

"네 말대로 여왕 전하가 피살된 상황에 내가 백제군을 이끌고 무엇을 하는지 모르겠다. 백제군은 곧 귀국할 것이니 상대등께 그렇게 전해라!"

서청의 눈에 눈물이 고였다.

"무엇이?"

놀란 김유신의 눈썹이 치켜 올라갔다.

"백제군이 뒤로 물러난다고?"

"예, 일제히 뒤로 물러나고 있습니다."

장군 하나가 보고했다. 그는 명활산성 앞까지 진출했다가 비담군이 쏜 화살에 어깨를 맞았다. 그래서 어깨를 헝겊으로 동여매었지만 피투성이다.

"비담군의 역선전 때문인 것 같습니다."

미시(오후 2시)경, 김유신은 명활산성 앞 3리 거리에서 전군(全軍)을 지휘하고 있던 참이다. 말에 올라 언제 어디라도 달려갈 준비가 되어 있던 중에 보고를 받은 것이다.

"으음!"

김유신의 입에서 신음이 터졌다.

"백제군의 배신인가?"

둘러선 장수들은 거들지 않았다. 그것은 김유신의 지나친 발언이다. 백제군이 갑자기 뒤로 물러선다고 배신한 것은 아니다. 간간이 명활산성에서 내지르는 비담군의 외침이 이곳까지 들려왔다. 수백 명이 함께 맞춰 지르는 터라 내용이 선명하게 들린다. 이제 이쪽 신라군은 모두 들었다. 그때 옆으로 전령이 달려왔다.

"대장군, 백제군 장수가 왔습니다."

소리친 전령의 눈동자가 흔들렸다. 주위 장수들이 일제히 전령의 뒤쪽을 보았다.

백제군 장수가 10여 기의 기마군을 이끌고 달려왔다. 부장(副將)급이다. 김유신 앞 대여섯 보 앞에서 말을 세운 장수가 말에서 내리지도 않고 소리쳐 말했다.

"백제군 부장(副將) 나솔 목기반이 대장군의 말씀을 신라 대장군께 전하오!"

목기반은 건장한 체격의 30대 솔품 관등이다. 김유신이 직접 말을 받았다.

"말하게."

"백제군은 신라 여왕이 모호하게 암살당한 의혹이 규명되기 전까지는 이번 전쟁에 가담하지 않겠다고 하시오!"

"그렇다면 저놈들의 거짓말을 믿는단 말인가?"

김유신이 목청을 높였을 때 목기반의 목소리도 높아졌다.

"상대등 비담은 사신을 보내어 결백을 주장했고 그 증거로 이번에 백제군이 물러나 주면 비담군이 신라를 통일한 후에 백제와의 합병을 추진한다고 약조했소이다!"

김유신이 숨만 쉬었고 목기반의 목소리가 황야에 울려 퍼졌다.

"비담은 약속의 표시로 아들 연청, 연석 두 형제를 백제군에 인질로 보낸다고도 했소이다!"

"……."

"또한 비담은 김춘추 공이 왜국에 가지 않고 지금 이 근처에 숨어서 여왕을 암살하고 승만 공주를 여왕으로 내세우려고 한다는 것이오!"

"으음!"

김유신이 신음을 뱉었을 때 목기반이 말고삐를 쥐면서 입술 끝을 비틀고 웃었다.

"우리는 그 말을 다 믿지는 않지만 만일 그렇게 된다면 신라는 이 대륙의 끝 쪽 작은 땅덩이에서 더 이상 뻗어 나가지 못하고 천년을 보내게 되시리라. 김춘추 공의 계략이 뛰어나지만 우물 안 개구리의 간계일 뿐이오!"

"무, 무엇이!"

김유신이 소리쳤지만 곧 목이 메었다.

그때 목기반이 말고삐를 채면서 소리쳐 말했다.

"우리는 돌아가오!"

곧 목기반과 함께 백제 기마군이 먼지를 일으키며 사라졌지만 아무도 입을 열지 않았다. 비담군의 외침이 뚜렷하게 울렸다.

"김춘추가 여왕을 암살했다!"

이쪽에서도 함성을 질렀지만 억지로 짜낸 외침이다. 김유신은 이를 악물었다.

"백제군이 물러갑니다!"

염종이 소리쳐 말하더니 상기된 얼굴로 비담을 보았다.

"대감! 이 기회에 김유신군을 칩시다."

"아니, 서둘지 말게."

비담이 말하고는 자리에서 벌떡 일어섰다. 두 눈을 부릅떴고 이를 악물었다.

"내가 신라 왕위를 바란 것은 신라의 독자생존을 위한 것이었지만 이제야 개안을 했다."

비담의 목소리가 떨렸고 청 안의 장수들은 숨을 죽였다. 비담의 목소리가 이어졌다.

"김춘추는 거짓으로 백제와의 합병을 추구했지만 나는 진심이다. 백제와 합병하는 것이 대륙의 끝에 박힌 우리 부족의 살길이라는 것을 이제야 깨달았다."

"옳습니다."

비담의 최측근이며 이찬 벼슬인 염종도 소리쳐 동조했다.

"백제, 신라가 합병하면 고구려까지 형제국이 되어서 당(唐)을 단숨에 발 아래로 내려다볼 수 있을 것이오!"

"당장 김유신군(軍)을 칩시다!"

중랑장 윤천이 소리쳤고 여럿이 따랐다.

"김유신군이 당황하고 있을 것이오! 이 기회를 놓치면 안 됩니다!"

"백제군이 빠져나가면 전력은 우리가 우세하다."

비담이 손을 들어 장수들을 달랬다.

"더구나 김춘추가 여왕을 죽였다는 말이 먹혀드는 것 같으니 시간이 지날수록 우리가 유리하다."

그 시간에 김유신의 진막 안에서 김유신이 상민 복색의 사내와 마주 앉아 있다. 상민 차림의 사내는 바로 김춘추다. 김춘추가 변복을 하고 김유신의 진막까지 온 것이다. 신시(오후 4시) 무렵, 아직 한낮인데도 김춘추가 찾아온 것은 그만큼 다급했기 때문이다. 김춘추가 쓴웃음을 짓고 말했다.

"대장군, 차라리 잘되었다고 생각하시오. 백제군이 저절로 물러갔으니 이제야말로 우리가 스스로 일어날 때요."

"대감, 비담군(軍)의 역선전으로 군심(軍心)이 흔들리고 있습니다."

김유신이 찌푸린 얼굴로 김춘추에게 말했다.

"군심이 더 흔들리기 전에 비담군을 치는 것이 낫겠습니다. 저놈들이 방심하고 있을 테니 오늘 밤에 명활산성 서문으로 기습을 하겠습니다."

"대장군."

김춘추가 눈을 치켜떴지만 입술은 비틀고 웃었다.

"기다리시오. 나는 20년을 기다렸소."

"대감."

"지금 비담군을 친다면 아직 신라 땅을 벗어나지 못한 백제군이 말머리를 돌려 습격해 올 것이오. 그때는 우리가 궤멸당합니다."

"과연."

김유신이 어깨를 늘어뜨렸다. 전략은 김유신이 우세하지만 대국(大局)을 읽는 것은 김춘추가 뛰어난 것이다. 김춘추가 말을 이었다.

"백제군이 신라 땅을 벗어났을 때 비담군을 격멸하기로 합시다. 승만 공주를 여왕으로 내세우면 군심이 순식간에 안정되고 대세를 우리가 쥐게 될 것이오. 그때 비담 일족을 소탕하십시다."

"알겠습니다."

김유신이 머리를 끄덕였다.

"비담이 오늘 당장 공격해 오지만 않으면 전세는 점점 우리에게 유리해질 것 같습니다."

그러자 김춘추가 다시 웃었다.

"비담은 우유부단해서 결단이 늦습니다. 지금까지 그자는 여러 번 기회를 놓쳤지만 난 놓친 적이 없소."

10장 백제령 왜국

의자왕이 계백을 불렀을 때는 미시(오후 2시) 무렵이다. 신라에 갔던 대장군 협려가 기마군을 이끌고 회군해 온다는 기별이 온 후다. 그동안 신라의 정변은 수시로 전령이 달려와 보고를 한 터라 백제 조정은 그다지 동요하지 않았다. 대신들과 상의한 의자는 김춘추, 비담 간의 추잡한 왕좌 다툼에 끼어들지 않고 비담의 약속을 믿기로 한 것이다. 의자가 단하에 엎드린 계백에게 말했다.

"은솔, 왜국에 다녀오도록 해라."

갑작스러운 명이었지만 계백이 잠자코 허리를 굽혔다가 폈다. 따르겠다는 표시다. 의자가 말을 이었다.

"백제방 방주 풍 왕자가 사신을 보내왔다. 근래에 신라 첩자들이 수시로 아스카에 들락거린다는 것이다."

의자의 얼굴에 쓴웃음이 떠올랐다.

"김춘추가 보낸 놈들일 것이다. 놈들은 반(反) 백제계 고관들을 접촉해서 왜국과 백제 간의 불화를 조성하려는 것이다."

또 김춘추다. 계백이 입을 열었다.

"김춘추가 왜국에 갔다는 소문이 있지 않습니까? 김춘추를 만나면 베어 죽일까요?"

"김춘추는 신라 땅에 숨어 있을 것이야. 여왕을 죽이는 대공사를 지휘했을 것이다. 김유신 따위는 그런 일을 결정할 수 없다."

의자의 얼굴이 굳어졌다.

"왜국은 우리 백제가 공을 들여 세워놓은 속국이다. 대백제와 왜국은 일심동체인 것이다. 네가 가서 풍 왕자를 도와 신라 첩자단을 소탕하라."

"예, 대왕."

"구드래 포구에 전선(戰船) 3척을 준비해 줄 테니 네가 지휘하는 기마군단에서 3백 명만 추려가도록 해라."

"예, 대왕."

"닷새 안에 떠나도록 해라."

자르듯 말한 의자가 용상에서 일어나 대왕청을 나갔을 때 계백 옆으로 대좌평 겸 병관좌평 성충과 내신좌평 흥수가 다가왔다.

"은솔, 저쪽으로 가세."

흥수가 먼저 앞장을 서서 옆쪽 접견실로 다가가며 말했다. 곧 접견실에 셋이 둘러앉았을 때 성충이 말했다.

"혼란한 시기야. 고구려에 패퇴한 당이 잠깐 주춤하고 있지만 전운은 아직 꺼지지 않았어."

계백이 머리만 끄덕였고 흥수가 말을 이었다.

"신라 내부가 분열되어 김춘추가 왕을 죽이고 비담과 왕권을 차지하려는 전쟁을 하고 있지만 당은 신라가 망하도록 놔두지 않을 거네."

그렇다. 안시성 싸움에서 당 황제 이세민은 계백의 화살에 맞아 애

149

꾸가 되었지만 아직도 건재했다. 만일 신라가 백제와 합병이 되거나 멸망한다면 당은 등에 칼을 맞게 될 것이다. 성충이 웃음 띤 얼굴로 말을 받았다.

"중원에서는 항상 변방의 적들을 서로 싸우게 하는 이이제이(以夷制夷)의 수단으로 왕국의 안녕을 도모해 왔는데 신라가 망해버리면 등에는 백제와 고구려뿐이니까."

"대감, 제가 할 일은 무엇입니까? 대왕께서는 신라 첩자단을 소탕하라고만 하셨는데 자세한 지시를 내려주시오."

계백이 말하자 성충과 흥수가 서로의 얼굴을 돌아보며 웃었다. 그러더니 흥수가 말을 이었다.

"소가 대신이 요즘 왜국 조정에서 전횡하고 있네. 왜왕과 백제방 방주 풍 왕자의 권위를 무너뜨릴 기세야."

그때 성충이 말을 받는다.

"소가가 당(唐)의 지원을 받는 것 같아. 신라 첩자단과 함께 소가를 제거하게."

소가 에미시는 섭정으로 왜국을 통치하는 것이나 마찬가지며, 현재 죠메이왕을 옹립하였으니 왕을 압도하는 세력을 보유했다. 그러나 그 배후는 백제방의 왕자 부여풍이다. 부여풍은 의자왕의 아들로 왜국에 건너간 지 10년이 넘는다. 백제에서는 백제방을 통해 오경박사, 역박사(易博士), 역박사(曆博士), 채약사(採藥士), 악인(樂人) 등을 왜국에 보냈는데 모두 22부사에 소속된 관리들로 왜국에 백제 문화를 심는 데 크게 기여했다. 소가 에미시의 조상은 1백 년 전 백제에서 건너온 목협만치(木劦滿致)로 나중에 이름을 소가만치(蘇賀滿致)로 바꾸었으나 백제인이다. 그 후 소가 가문은 왜 왕가와의 혼인으로 왜왕의 외조부가 되었다가 장인이 되는 등 끊임없이 권력의 중심부를 차지했다. 지금의 죠메이 왕에게도 소가는 누이를 보내어 비로 만들고는 섭정을 한다. 다시 성충이 말을 이었다.

"소가의 욕심이 지나쳐. 겉으로는 풍 왕자께 순종하는 것 같지만 당의 밀사를 만나 군자금을 받았다는 소문도 있어."

성충의 얼굴에 쓴웃음이 떠올랐다.

"대륙이 전란에 싸이고 신라가 백제와 합병되는 이 시기를 노리고 있는 것 같네. 1백여 년간 제 세력을 늘려왔으니 그런 욕심을 낼 만도 하지."

"수단이 뛰어난 인물이야."

홍수가 거들었다.

"김춘추보다 더 월등한 인물이니까 조심하게."

"저한테 벅찬 인물이 아닙니까?"

계백이 묻자 성충과 홍수가 얼굴을 마주 보았다. 그때 홍수는 입을 다물었지만 나이가 위인 성충이 계백을 보았다.

"이보게, 은솔."

"예, 대좌평 대감."

"내가 나이 50이 넘으면서 느낀 점이 있네."

"예, 듣겠습니다."

"지금 백제, 고구려, 신라, 왜, 당, 이 5국(國) 중에서 누가 천하의 패권을 쥐게 될 것 같은가?"

"백제올시다."

"그 이유는 뭐라고 생각하나?"

"대백제(大百濟)는 대륙에 22개의 영토를 소유하고 있는 데다 이제 곧 신라를 병합하게 될 것이오. 그리고 동쪽의 왜국을 오래전부터 속국으로 삼아 백제계인 왕과 대신들이 왜국을 다스리고 있습니다. 더구나 백제방으로 왜국 왕실과 함께 통치를 하고 있는 실정 아닙니까? 백제가 가장 유력합니다."

"그렇지. 다 그렇게 믿네."

커다랗게 머리를 끄덕인 성충이 길게 숨을 쉬었다.

"이보게, 은솔."

"예, 대감."

"난세에는 어느 한 사건이 대세를 흔들 수가 있다네."

흥수와 눈을 맞춘 성충이 말을 이었다.

"혼란한 시기일수록 그 가능성이 많다네. 태원유수 이연이 당 태조가 되리라고 누가 예측했겠는가? 그놈 아들 이세민의 지모가 출중했기 때문이라고? 아닐세."

그때 흥수가 말을 받았다.

"시(時)와 운(運)이 맞았기 때문이지."

어깨를 부풀린 흥수가 말을 이었다.

"그러니 우리는 우리 대왕께 시(時)와 운(運)을 갖다 드려야 하네. 왜냐하면 그것들은 우연히 다가오는 것이 아니기 때문이지."

그때 성충이 말을 잇는다.

"작은 사건들을 인연으로 이어줘야 하네. 그래야 우리 대왕이 운을 잡으시네."

그러자 계백이 어깨를 부풀렸다가 내렸다.

"대감들은 충신이시오, 따르겠습니다."

풍 왕자가 덕솔 진겸을 불렀을 때는 미시(오후 2시) 무렵이다. 풍 왕자는 방금 왕궁에 들렀다가 나온 것이다.

"덕솔, 어젯밤 왜왕이 돌아가셨다."

"예엣!"

놀란 진겸이 풍을 보았다. 백제방 방주 풍은 거의 매일 왜왕을 만난다. 죠메이는 병약했지만 갑자기 죽을지는 예상하지 못했기 때문이다. 그때 풍이 말을 이었다.

"왜왕께서 미리 유언으로 왕후에게 왕위를 이양한다고는 했지만 소가씨가 가만두지 않을 것 같다."

"본국에서 곧 지원해 주실 것입니다."

진겸이 위로하듯 말했다. 본국에 왜국 상황을 알리는 밀사가 급히 떠난 것이 한 달 전이다. 백제방은 왜 왕실과 직결되어 있어서 왕가(王家)는 모두 백제 왕실과 혈연관계로 이어져 왔다. 그리고 대신들도 백제계가 많아서 섭정 역할을 맡은 소가 에미시와 그 아들 소가 이루카도 백제계인 것이다. 풍이 길게 숨을 뱉었다.

"왕후를 만나고 왔는데 왕위를 사양하고 싶어 하셨어."

"왕자 전하."

진겸이 목소리를 낮추고 풍을 보았다. 백제방의 청 안이다. 넓은 청 안에는 그들 둘뿐이었지만 진겸이 낮게 물었다.

"전하, 이번 기회에 차라리 왜왕 왕위를 이어 받으시지요."

"나라의 평안을 위해서는 그것이 나을지도 모르지. 하지만 난 왕위에는 미련이 없다."

"소가씨가 왕이 되는 것보다는 낮지 않겠습니까? 소가씨는 당의 첩자뿐만 아니라 신라 첩자도 만나고 있습니다, 전하."

"여왕이 즉위하시고 나서 상의하자. 지금은 왕의 유언을 집행하도록 도와야 한다."

그 시간에 소가씨의 대저택 청에서는 대신 소가 에미시가 아들인 소가 이루카와 마주 보고 앉아 있다. 둘도 모두 왕궁에서 나온 참이다. 둘의 주위에는 가신(家臣)들이 둘러앉았는데 중신(重臣)들이다. 에미시가 먼저 입을 열었다.

"나는 이제 은퇴를 했으니 나설 필요는 없지만 당분간은 여왕 천하로 두는 게 옳다."

"아버님, 능력이 없는 여왕을 내세웠다가 신라 짝이 납니다. 신라는 지금 내란이 일어났지 않습니까?"

이루카가 어깨를 펴고 에미시를 보았다.

이루카는 37세, 장년이다. 소가 가문은 백제계 목협만치씨를 조상으로 50년이 넘도록 왜국을 통치해 왔다. 소가 에미시의 어머니 소가 노우마코는 쇼토쿠 태자와 함께 왜국을 다스린 섭정이었던 것이다. 그때 에미시의 중신 이키타가 말했다.

"대감, 서두르실 필요가 없습니다. 왕후께서도 왕이 되실 뜻이 없으셔서 백제방 풍 왕자에게 두 번이나 사양했다고 합니다."

"으음, 풍이."

이루카의 눈빛이 강해졌다. 머리를 든 이루카가 에미시를 보았다.

"아버님, 풍을 이대로 놔둬야 합니까?"

"욕심이 과하다."

혀를 찬 에미시가 허리를 폈다. 에미시는 72세, 그러나 아직도 눈빛이 강하고 말을 달려 사냥을 한다.

"백제는 네 모국(母國)이고 네 바탕이다. 백제방이 있었기 때문에 소가 가문이 이만큼 번성할 수 있었던 거다. 뿌리를 잃으면 곧 말라 죽는다."

에미시의 말이 엄격했기 때문에 이루카는 입을 다물었다. 그러나 이루카의 중신들은 눈빛이 다르다.

부친 에미시와 헤어져 자신의 저택으로 돌아온 이루카가 중신들에게 말했다.

"소가 가문이 왜국에 집권한 지도 1백 년이다. 그중 50년간은 왜국 왕의 섭정으로 통치했다. 이만하면 때가 된 것이 아니냐?"

거침없는 언행이다. 청 안이 조용해졌다. 이루카의 저택은 규모가 부친 에미시의 저택을 능가한다. 성벽 같은 담장이 내성, 외성 구분으로 두 겹으로 둘러쳐졌고 저택 안에 주둔한 사병(私兵)은 2천 명이나 된다. 마치 궁성 같다. 그때 중신 아베가 나섰다. 40대 중반의 아베는 대를 이어서 소가 가문에 충성한 호족 가문이다.

"대감, 백제방에서 본국으로 밀사가 떠난 지 한 달이 되었습니다. 이곳 정세를 보고했을 테니 대비를 해야 합니다."

"무슨 대비 말이냐?"

이루카가 묻자 아베가 주위부터 둘러보고 대답했다.

"아스카 주위에 왕실파 백제방에 불만을 품은 호족들이 많습니다."

"그래서?"

"그자들은 기회만 오면 원한을 갚으려고 합니다."

모두 숨을 죽인 것은 아베의 의중을 알기 때문이다. 그때 이루카가 눈을 가늘게 뜨고 물었다.

"방법이 있느냐?"

"신라가 보낸 밀사단에 검객이 끼어 있다고 합니다."

"누구한테 들었느냐?"

"신라의 밀사 잡찬 김부성한테서 직접 들었습니다."

"그자가 너에게 그 말을 해준 속마음이 무엇일까?"

"백제방의 고관이나 백제방의 수족이 되어 있는 왕실 관리들을 처치하는 데 써달라는 뜻이겠지요."

"교활한 놈들이지만 쓸모는 있군."

"대감, 왕위가 왕후에게 넘어가도록 놔두실 겁니까?"

이번에는 또 다른 중신 아소가 물었기 때문에 이루카가 보료에 몸을 기댔다. 조금 전에 부친 에미시 앞에서 말을 꺼냈다가 꾸중만 들었던 것이다. 이루카의 중신들은 모두 이루카와 생각이 같다. 이윽고 이루카가 입을 열었다.

"백제 본국에서 어떤 대처 방안이 나올지 모르지만 나는 더 이상 망설이지 않겠다."

이루카의 두 눈이 번들거렸다.

"내 조상은 백제계지만 왜국에까지 와서 백제왕의 신하가 되지는 않겠다."

모두 숨을 죽였고 이루카의 목소리가 청을 울렸다.

"왜국에서 대권을 장악한 지 어언 1백 년 가깝게 되는데도 우리가 백제방 휘하에서 지내야 한단 말이냐?"

"지당하신 말씀이오."

아베와 아소가 동시에 말했다.

"이번에 독립해야 됩니다."

"아베, 신라의 밀사를 만나라."

이루카가 말하자 아베가 상반신을 기울였다.

"예, 주군. 만나겠습니다."

"풍 왕자는 왕궁에 갈 때 동화사(東和寺) 앞을 지난다고 알려줘라."

"예, 주군."

"요즘은 왜왕이 죽었기 때문에 매일 왕궁에 갈 것이다."

"예, 주군."

대답한 아베가 번들거리는 눈으로 이루카를 보았다.

"신라 밀사는 그 보상을 바랄 것입니다. 어떻게 말해줄까요?"

"백제방이 무력해지면 신라와 당이 만세를 부르겠지. 그래, 신라인 몇 명을 관리로 임명해 주겠다고 해라."

"마마, 망설이시면 왕가(王家)가 지속되기 어렵습니다."

풍이 말하자 왕후가 머리를 들었다. 수심이 덮인 얼굴이다. 왕궁의 내전 안, 풍은 잡인의 출입이 금지된 내전 안까지 들어와 있다. 미시(오후 2시) 무렵, 죠메이 왕의 장례가 끝난 지 사흘이 되었지만 왕후는 왕위에 오르지 않았다. 왕궁의 내대신(內大臣)으로부터 왕관만 받아 쓰는 의식만 치르면 되는 일이다. 풍이 말을 이었다.

"마마, 소가 일족이 이 기회를 노리고 왕위를 찬탈할 것입니다."

"그럴 명분이 있소?"

왕후가 겨우 물었을 때 풍이 상반신을 기울였다. 내전에는 시녀까지 물리치고 둘뿐이었지만 풍이 목소리를 낮췄다.

"소가는 이제 백제인이 아닙니다. 소가 가문이 대를 이어서 왕실과 인연을 맺고 섭정을 50년 가깝게 이어서 해온 터라 새로운 왕가(王家)를 세워도 된다고 믿고 있습니다."

"……."

"어젯밤 본국에서 보낸 쾌선이 먼저 도착했습니다. 열흘 후에는 대왕께서 보낸 은솔 계백이 정병 3백을 이끌고 이곳에 옵니다. 어서 왕위에 오르시고 그때까지만 버티시지요."

"……."

"어젯밤에도 이루카가 보낸 밀사가 궁의 좌대신 마에다를 만났다고 합니다. 대신들이 이루카를 왕으로 추대하려는 음모인 것 같습니다."

그때 왕후가 머리를 끄덕였다.

"내일 왕위에 오르겠소. 왕자께서 준비를 해 주시오."

"제가 궁 안에 머물면서 준비를 하겠습니다."

풍의 얼굴에 쓴웃음이 번졌다.

"이루카는 저만 없애면 왕위를 찬탈할 수 있다고 믿고 있거든요. 저도 이곳에서 마마를 지키는 것이 안전합니다."

소가 가문은 백제에서 건너온 목협만치(木劦滿致)가 시조다. 소가만치로 개명한 후에 소가 가문은 왜국의 발전에 지대한 공을 세우기도 했다. 왜국의 첫 기틀을 세운 쇼토쿠 태자(聖德太子)의 어머니는 소가 노우마코의 생질녀. 그때부터 소가 가문은 쇼토쿠와 함께 왜국의 법을 제정하고 문화를 장려했는데 호류사 등 40여 개의 절을 세웠다. 호류사의 금당벽화도 그때 고구려에서 건너온 담징이 그린 것이다. 쇼토쿠가 죽자 유일한 섭정이 된 소가 노우마코는 왜국의 실세가 되었으며 그 후부터 50년간 그 아들 소가 에미시, 소가 이루카까지 권력이 승계된 것이다. 내궁을 나온 풍이 밖에서 기다리는 덕솔 진겸에게 말했다.

"덕솔, 왕후께서 내일 왕위에 오르시겠다고 했다."

"잘 되었습니다."

진겸이 웃음 띤 얼굴로 말을 이었다.

"이루카도 주춤할 것입니다. 선왕의 유언을 집행하는 것이니까요."

"하지만 은밀히 방해를 할 테니 내궁 안의 관리들만 모아놓고 왕위에 오르시도록 할 작정이다."

"이루카에게는 알리지 않으신단 말씀입니까?"

"에미시한테도 알리지 않겠다. 왕위에 오른 후에 통보를 하지."

"알겠습니다."

"나는 내궁에 머물면서 대관식 준비를 할 테니 장덕 연홍과 의식을 도울 관리들을 보내라."

"예, 왕자 전하."

진겸이 말을 이었다.

"호위병 50을 남겨두고 가겠습니다. 이제 본국에서 은솔 계백님이 오시면 불안한 상황이 종결되겠지요."

잡찬 김부성은 김춘추의 친척이다. 왜국에 온 지는 3년, 그동안 꾸준히 왜 왕실 관리들의 환심을 사 놓았지만 백제방(百濟方)의 위세를 당할 수는 없다. 백제방은 2백 년이 넘는 기간 동안 존속해 왔을 뿐만 아니라 왜 왕실 또한 백제계인 것이다. 백제 왕실과 마찬가지로 수백 년간 이어져왔기 때문에 신라는 아스카에 신라소(新羅所)라는 이름으로 저택 하나를 빌려 20여 명의 상주 인원을 두고 있을 뿐이다. 백제방은 궁성 근처에 성 같은 대저택에서 왕자를 방주로 삼고 왜왕과 함께 왜국을 통치하는 상황인 것이다. 더구나 왕실의 주요 대신은 물론이고 지방 영주 대부분이 백제계였으니 신라소는 사신 영접이나 무역거래를 돕고 있을 뿐이다. 김부성이 박치수를 불렀을 때는 해시(오후 10시) 무렵이다. 신라소 안쪽 내실에서 둘이 마주 앉았을 때 김부성이 말했다.

"지금이 절호의 기회야. 왕후가 왕위를 잇는 것을 망설이고 있는 데다 소가 이루카는 이 기회에 왜왕이 되려고 하거든. 그렇게 되면 왜국은 소가 가문에 넘어가고 백제와는 원수가 되는 것이지."

불빛을 받은 김부성의 두 눈이 번들거렸다. 김부성이 말을 잇는다.

"그러면 이루카는 신라에 매달리게 되지 않겠나? 백제는 왜국을 잃는 거야."

그때 박치수가 물었다.

"대감, 지금 풍이 왕궁에 들어가 있습니다. 아마 왕후께 대관식을 치르라고 조르고 있지 않을까요?"

"아직 나오지 않았어."

김부성이 눈썹을 모으고 박치수에게 말했다.

"아찬, 10명을 데리고 가서 풍을 치도록 하게."

"지금 말씀이오?"

"풍이 아직 궁에서 나오지 않았다니 지금 달려가 길목에서 기습하는 거야."

"대감, 풍은 10여 명의 위사를 끌고 다닙니다. 10명으로는 부족합니다."

"그렇다면 내 호위병 10명을 더 떼어줄 테니까 20명으로 하지."

"예, 풍을 베고 현장에 이루카 대신의 경호병들 흔적을 남겨 놓지요."

"옳지."

김부성이 머리를 끄덕이며 웃었다.

"과연 그대는 칼솜씨만큼 지모도 뛰어난 무장이다."

"만일에 대비해서 모두 이루카군(軍)의 복장을 하고 전상자는 현장에서 치우겠습니다."

자리에서 일어선 박치수는 거구다. 6척 장신에 허리에는 장검을 찼는데 화랑 출신의 무장이다. 내실을 나온 박치수가 부관 필석을 부르자 어둠 속에서 사내 하나가 소리 없이 다가왔다. 검은 옷을 입어서 얼굴만 드러났다.

"부르셨습니까?"

"지금 대감의 경호병 10명까지 합쳐서 20명으로 백제방주 풍을 친다."

박치수가 낮게 말하자 필석이 숨을 들이켰다.

"길목에서 기습합니까?"

"아직 궁에서 나오지 않았다니 서문사(西門寺) 앞길이 좋겠다. 숲속인 데다 길이 좁지 않으냐?"

"앞뒤에서 막고 쳐야 합니다."

"좌우 숲에 매복시킨 기습대가 풍을 죽여야 한다. 내가 숲에서 직접 풍을 치겠다."

"오늘 왜국의 존망이 결정되겠습니다."

"이루카가 왕위에 오르면 일등공신은 우리가 되는 것이야."

박치수가 어깨를 부풀렸다. 검객으로 명성을 떨쳐온 박치수다. 지금까지 검술시합에서 한 번도 패한 적이 없는 박치수다.

어느새 필석은 어둠 속으로 사라졌다.

자시(밤 12시)가 지나자 흐린 날씨에 빗방울이 한두 점씩 뿌리기 시작했다. 어둠 속에 서문사(西門寺)의 대문 기둥이 흐리게 보였을 때 진겸이 말했다.

"서둘러라. 빗발이 굵어진다."

말고삐를 쥔 진겸이 주위를 둘러보았다. 따르는 시종은 12명, 그중 경호무사는 여섯, 여섯은 이번 왜왕 죠메이 장례식을 거들고 돌아가는 백제방 문관(文官)들이다. 장례식도 백제식으로 치렀기 때문에 백제방이 기인(技人), 예인(禮人)들이 필요했기 때문이다. 그때 옆을 따르던 장덕 윤판이 말했다.

"덕솔, 금방 쇠 부딪치는 소리가 났소."

"쇠?"

머리를 든 진겸이 어둠 속에서 이를 드러내며 웃었다.

"칼 말인가?"

"매복이 있는 것 같소."

윤판의 눈 흰자위가 번들거리고 있다. 이쪽은 모두 기마로 이동한다. 앞에 경호무사 넷이 둘씩 나란히 서서 길을 텄으며 뒤에는 기인, 예인 여섯과 경호무사 둘이 맨 끝을 따르는 대형이다. 윤판은 38세, 백제방에 온 지는 2년이나 20년 동안 전장(戰場)을 누빈 역전의 무장이다. 오감(五感)을 이용하여 살기(殺氣)를 정확하게 느낄 수 있다. 진겸은 43세, 전시(戰時)의 관리였으니 대응력이 빠르다. 말에 박차를 넣으면서 낮게 소리쳤다.

"돌파하라!"

그 순간 윤판이 허리에 찬 장검을 빼들면서 박차를 넣었고 소리쳤다.

"매복이다! 따르라!"

놀란 앞쪽 경호무사 넷이 박차를 넣었지만 진겸과 윤판이 맨 앞에 선 꼴이 되었다. 그때다. 옆을 따르던 윤판이 먼저 낮은 신음을 뱉었다.

162

화살이 날아와 옆구리에 박힌 것이다.

"몸을 숙여라! 화살이다!"

윤판이 말 등에 몸을 붙이면서 소리쳤다. 숲에서 쏜 화살이다. 숲속의 길이라 거리는 5, 6보밖에 되지 않는다.

"서문사 앞까지!"

진겸이 칼을 치켜들고 있었지만 적은 보이지 않는다. 순식간에 서문사 앞까지 내달린 진겸이 말고삐를 채어 말을 세웠다. 이곳에서도 다시 숲길을 빠져 나가야 한다. 그때 다가온 윤판이 말에서 뛰어내리면서 소리쳤다.

"덕솔! 제가 이곳에서 막을 테니 어서 절 안으로!"

"장덕! 다쳤는가?"

그 사이에 일행이 절의 대문 앞에 모였는데 수행원이 네 명 줄었다. 경호무사 둘에 기인이 둘 낙오한 것이다. 무사 하나가 발길로 절의 대문을 차면서 소리쳤다. 하나는 칼로 문을 내려쳤다. 그때다. 앞쪽 길에서 검은 옷차림의 사내들이 쏟아져 나왔는데 10여 명이다. 그리고 뒤쪽에서도 5, 6명이 달려오고 있다.

"이놈들, 분명히 신라 놈들일 것이다."

눈을 치켜뜬 진겸이 소리쳤다.

"잘 들어라! 너희들 중 하나는 꼭 살아서 왕자께 보고를 해라!"

진겸이 칼을 고쳐 쥐면서 다시 외쳤다.

"이놈들은 왜인 시늉을 하고 있지만 신라인이다! 신라인이 기습했다는 것을 알려라!"

그 순간 화살이 쏟아졌다. 먼저 소리친 진겸의 가슴에 화살 2대가 박히더니 윤판의 몸에도 다시 화살이 박혔다. 그때 서문사 정문이 열리면서 서너 명의 경호무사, 기인, 예인이 쏟아져 들어갔다.

"쳐라! 한 놈도 놓치지 마라!"

어둠 속에서 외침이 울렸다. 습격자의 외침이다. 바로 신라어다. 그리고 백제어, 고구려어도 된다.

"무엇이? 다 죽었어?"

놀란 풍의 외침이 청을 울렸다. 묘시(오전 6시), 왕궁의 접객소 안, 백제방에서 달려온 한솔 해두가 풍 앞에 엎드려 있다. 비를 맞고 달려온 바람에 옷에서 물이 떨어진다.

"예, 덕솔 진겸과 장덕 윤판을 포함해서 모두……."

"누구냐?"

"현장에 이것이 떨어져 있었습니다."

해두가 풍 앞에 뜯어진 어깨 갑옷과 허리끈, 머리띠를 펼쳐 놓았다. 눈을 치켜뜬 풍이 어금니를 물었다. 모두 소가 가문의 문장이 박혀 있는 것이다. 소가 이루카의 부하들이다.

"이놈들이."

어깨를 부풀렸던 풍이 해두를 보았다.

"시신은 모두 수습했느냐?"

"예, 적은 한 구도 남기지 않고 가져갔습니다."

"그랬겠지."

"덕솔, 장덕 이하 시신 12구는 방의 창고에 일단 모셔 놓았습니다."

"잠깐."

풍이 해두의 말을 막았다.

"12구라고 했느냐?"

"예, 왕자 전하."

"일행은 진겸 이하 12명이 아니냐?"

"예, 한 명은 서문사 영내에서 피살된 것 같은데 아직 시신을 찾지 못했습니다."

"누구냐?"

"예, 예식을 주관한 예인(禮人) 동보입니다."

"찾아라."

"예, 왕자 전하."

"놈들은 나를 노리고 있었다."

"예, 그래서 덕솔 자성이 방(方)의 군사 1백 명을 이끌고 소인과 같이 왔습니다."

"어쨌든 오늘 오전에 대관식이 열릴 것이다."

어깨를 편 풍의 두 눈이 번들거렸다.

여왕의 즉위식이 열린 곳은 왕궁의 왕의 위패를 모신 사당 안이었다. 사당 안에는 백제식으로 제단이 차려졌고 백제식 관복을 갖춘 궁(宮)의 관리들이 도열해 서 있었는데 여왕이 왕좌에 앉아서 제사장인 왕사(王師)로부터 왕관과 옥새를 받는 것으로 끝났다. 죠메이 왕에 이어서 여왕 고교쿠(皇極)의 시대가 된 것이다. 여왕은 대관식에 백제방 방주인 풍 왕자와 왕궁 관리들만 참석시켰는데 왕실의 전통이다. 호족이나 영주들의 간섭을 받지 않는다는 시위이기도 했다. 다만 섭정인 소가이루카를 부르지 않은 것이 걸렸지만 대관식이 끝나자마자 여왕의 사신을 보내 통보했다. 여왕과 풍이 접견실에서 마주 앉았을 때는 신시(오후 4시) 무렵이다. 풍이 말씀드릴 것이 있다고 했지만 여왕이 먼저 인사를 했다.

"왕자께서 고생하셨습니다."

"당연한 일이지요. 여왕께서 건강하시기만을 바랄 뿐입니다."

"나는 왕위를 왕자께 물려드릴 작정이오. 그래야 정국이 안정될 것
같습니다."

"아닙니다. 백제 대왕이 계신데 그럴 수는 없습니다. 허락을 받아야
지요."

정색한 풍이 여왕을 보았다.

"실은 어젯밤 백제방으로 돌아가던 덕솔 진겸 이하 10여 명의 백제
방 관리가 기습을 받아 몰사했습니다."

놀란 여왕이 숨을 들이켰을 때 풍의 얼굴에 쓴웃음이 번졌다.

"놈들은 제가 백제방으로 돌아가는 줄 알았던 것이지요. 제 대신 덕
솔 진겸이 죽은 셈입니다."

"누구 소행입니까?"

"현장에 소가 가문의 장식이 어지럽게 떨어져 있었다는데 전상자를
깨끗이 거둬간 놈들이 흔적을 남긴 것이 수상합니다."

여왕이 머리를 끄덕였다.

왕실의 사신이 여왕의 즉위를 통보했을 때 소가 이루카가 먼저 옆에
앉은 아버지 소가 에미시를 보았다. 신시(오후 4시)가 조금 지났을 무렵
이니 그 시간의 왕실에서는 여왕과 풍이 마주 앉아 있을 것이다.

"여왕이 즉위하셨단 말이지?"

에미시가 잠자코 있었기 때문에 이루카가 사신에게 확인하듯 물었
다. 이루카의 저택 청 안이다. 청에는 가신(家臣) 50여 명이 정연하게 늘

어앉아 있었는데 분위기가 순식간에 가라앉았다.

"예, 백제방의 풍 왕자께서 대관식의 증인이 되셨습니다."

이루카가 입을 다물었다. 왜왕 즉위식에는 백제방 방주가 증인이 되어 주관해왔다. 백제방 방주가 증인이 되어야 왕위에 오르는 것이다. 왜왕이 백제계가 된 지 2백여 년, 그것이 관습이다. 대관식에 결격 사유가 없었기 때문에 이루카는 외면했다. 경축한다는 말도 아직 하지 않았다. 그때 에미시가 말했다.

"여왕께 축하드린다고 전해주게. 소가 가문이 충성을 다해서 여왕을 모시겠다는 말도 전해주게."

"예, 대감."

"그리고 곧 소가 가문에서 예물을 보내 드릴 것이라고 전해주게."

"알겠습니다, 대감."

에미시는 72세, 30여 년간 섭정을 지내다가 3년 전 이루카에게 섭정직을 물려주었지만 아직도 정정하다. 사신이 청을 나갔을 때 에미시가 둘러앉은 가신들에게 말했다.

"너희들은 물러가라. 내가 섭정과 둘이 이야기할 것이 있다."

거침없다. 가신들이 두말 못 하고 순식간에 썰물 빠지듯이 나간 청에는 둘만 남았다. 검게 반들거리는 마룻바닥 끝 쪽에 경호무사 둘이 석상처럼 서 있을 뿐이다. 그때 에미시가 주름진 눈을 더 가늘게 뜨고 이루카를 보았다.

"어젯밤에 서문사 앞에서 풍 왕자 일행을 쳤느냐?"

"그런 일 없습니다."

거침없이 대답한 이루카가 똑바로 에미시를 보았다.

"요즘 백제방의 풍 왕자와 갈등이 조금 있기는 하지만 제 뿌리를 파

헤치는 그런 짓은 안 합니다.”

“그렇다면 신라방 놈들이군.”

에미시가 얼굴을 일그러뜨리며 웃었다.

“김춘추 족속들의 교활함은 가끔 제 위주로 사물을 판단하지.”

“무슨 말씀입니까?”

“그놈들은 현장에 우리 가문(家紋)이 찍힌 갑옷 조각, 허리띠를 두고 갔다. 우리가 풍 왕자를 기습한 것처럼 보이기 위해서였다.”

“그렇습니까?”

놀란 이루카가 눈을 부릅떴다.

“저는 풍 왕자 일행이 요즘 아스카에서 돌아다니는 야적들의 습격을 받은 것으로 알았습니다.”

“그래서 너는 연못에서 키운 고기밖에 안 되는 거야.”

눈을 부릅뜬 에미시의 목소리가 높아졌다. 5척 단구였지만 몸에서 풍기는 위압감에 이루카는 숨을 죽였다.

“지금 당장 중신(重臣)을 보내 풍 왕자에게 어젯밤의 일을 해명해라. 내가 편지를 써 줄 테니 그 편지도 갖고 가도록 해라.”

“예, 아버님.”

얼굴을 붉힌 이루카가 에미시를 보았다.

“그리고 당장 군사를 보내 신라소를 몰살시켜 버릴까요?”

“놔둬라.”

에미시가 혀를 차며 말했다.

“그것은 백제방의 처분에 맡기기로 하자.”

“알았다.”

소가 에미시의 편지를 읽은 풍이 시선을 들고 말했다. 앞에는 에미시의 중신(重臣) 오다가 무릎을 꿇고 앉아 있다.

"백제계인 소가 가문에서 그럴 리는 없다고 생각하고 있었다."

"황공합니다, 왕자 전하."

오다 또한 백제 유민으로 둘은 백제어로 말하고 있다. 50대의 오다가 머리를 들고 풍을 보았다.

"전하, 왜국의 뿌리는 백제계입니다. 소가 가문이 왜국에서 이만큼 기반을 굳힐 수 있었던 것도 백제방 덕분입니다. 백제방을 습격하려는 발상을 낸 것은 우리 백제계의 의식을 피부로 느끼지 못하는 족속들의 소행입니다."

"네 말이 맞다."

머리를 끄덕인 풍의 표정이 엄격해졌다.

"덕솔 진겸 이하 12명의 수행원이 몰사했다. 놈들은 내가 궁에서 나오는 줄 알고 나를 노렸던 것인데 진겸이 대신 죽었다."

술시(오후 8시) 무렵, 백제방의 청 안은 숨소리도 나지 않는다. 둘러앉은 중신들도 비장한 표정이다. 풍의 말이 청을 울렸다.

"어젯밤 본국에서 쾌선을 타고 온 전령의 서신을 읽었다. 신라왕 덕만이 비담의 반란을 진압하는 도중에 살해되었다고 한다. 그런데 그 수단이 이번에 우리를 습격한 것과 유사하구나. 암살을 하고 혐의를 뒤집어씌우는 수단이 말이다."

오다는 눈만 치켜떴다. 바다 건너 소식은 백제방이 훨씬 빠를 것이다. 풍의 말이 이어졌다.

"신라는 비담의 반란을 겨우 진압하고 새 여왕 승만이 즉위했다. 김춘추는 승만의 뒤에서 조종하는 섭정 역할이 되어서 권력을 장악했다."

풍의 얼굴에 쓴웃음이 번졌다.

"김춘추의 계략대로 된 것이지만 백제와 신라와의 합병은 멀어진 대신 신라는 당의 신하국으로 더욱 매달리게 될 것이다."

"예, 전하."

"이럴 때일수록 왜국은 하나가 되어서 신라의 모략에 대비해야 될 것이라고 소가 대신에게 전하라."

"예, 전하."

풍이 머리를 끄덕이자 오다가 절을 하고 청을 나갔다. 그때 청 아래에서 기다리고 있던 위사장이 보고했다.

"전하, 예인 동복이 살아 돌아왔습니다."

"무엇이?"

놀란 풍이 상반신을 세우더니 물었다.

"서문사에서 실종되었던 동복이 말이냐?"

"예, 전하."

"불러라."

청 안이 술렁거렸고 곧 위사장이 초췌한 모습의 관리 하나를 대동하고 청에 올랐다. 예인 동복이다. 동복은 지난밤에 진겸과 함께 백제방으로 돌아오다가 기습을 받았던 것이다. 일행은 몰사했지만 동복 한 명만 실종되었다. 청에 엎드린 동복은 40대의 예식 관리다. 풍이 정색하고 물었다.

"어떻게 살았느냐?"

"덕솔이 서문사 안으로 피하라고 소리쳤습니다. 그래서……."

"습격자는 보았느냐?"

"모두 검은 옷에 얼굴을 가리고 있어서 눈만 보았지만 목소리는 들었습니다."

"누구 목소리냐?"

"신라인이었습니다."

동복이 번들거리는 눈으로 풍을 보았다.

"덕솔이 하나라도 살아남아서 습격자가 신라인이었다는 것을 전하께 보고하라고 했습니다."

그 순간 청 안에 살기가 덮쳤다.

계백이 아스카에 도착했을 때는 왜왕 즉위식이 끝난 지 닷새가 지났을 때다. 전선(戰船) 3척에 3백 정예군을 싣고 도착한 계백은 백제방으로 들어가 풍 왕자에게 신고했다.

"은솔 계백이 왕자 전하를 뵙습니다."

"잘 왔어."

풍이 만면에 웃음을 띠고 계백을 맞는다. 손을 들어 앞쪽 두 걸음 거리에 계백을 앉게 한 풍이 눈을 가늘게 떴다.

"말로만 듣던 용장을 보게 되는구나."

"황공합니다."

둘러앉은 중신들도 밝은 분위기다. 모두 계백의 명성을 들어 아는 것이다. 몸은 왜국에 있어도 수시로 본국에서 오는 쾌선의 전령과 오가는 사신을 통해 정세를 듣기 때문이다. 풍은 의자의 아들로 왜국 생활과 대륙의 담로에서 태수를 지낸 경험으로 견문이 넓고 역사에 밝다. 풍이 입을 열었다.

"은솔, 그대는 역사(歷史)의 진실을 알고 있느냐?"

"모릅니다, 전하."

그러자 풍이 웃음 띤 얼굴로 말했다.

"그대가 지금은 대륙과 본국은 물론 왜국에까지 명성을 떨치는 명장(名將)이지만 훗날 네 기록이 모두 사라질 수도 있다. 알고 있느냐?"

"예, 전하."

계백의 얼굴에도 웃음이 떠올랐다.

"역사는 승자의 기록이기 때문이지요."

"승자에 의해 조작되고 묻혀 버린다. 멸망한 왕조는 악(惡)이고 정복한 지배자는 선이다."

"예, 전하."

"명심해라. 대백제의 지금 융성이 잘못되었을 때는 온갖 조작으로 덮어씌워질 것이니."

"예, 전하."

"그때에는 네 명성도 죽을 때 한두 줄의 기록으로만 남겨지겠지."

"명심하겠습니다, 전하."

어깨를 편 계백이 정색하고 풍을 보았다.

"교활하고 비굴한 악인의 손에 역사를 맡겨서는 안 될 것입니다. 오면서 쾌선 전령에게서 들었습니다만 백제방 관인들이 습격을 당한 일부터 처리해야 하지 않겠습니까?"

"네가 오기를 기다렸다."

풍의 눈빛이 강해졌고 둘러앉은 중신들도 숨을 죽였다. 숨을 고른 풍이 입을 열었다.

"신라소의 김부성이 나를 치려고 한 것이다. 덕솔 진겸과 수행원이 나 대신 몰사했다."

"소가 가문에 혐의를 씌웠다고 들었습니다만."

"소가가 권력욕이 강하나 백제인이다. 백제를 등질 위인은 아니다."

"먼저 신라소를 쳐서 몰살시키지요."

"여왕께서도 나한테 맡기셨다."

정색한 풍이 말을 이었다.

"김부성도 네가 온다는 것을 알고 대비하고 있을 것이다."

풍의 시선이 옆쪽에 앉은 덕솔 윤환에게로 옮겨졌다.

"덕솔, 네가 말하라."

"예, 전하."

40대쯤의 덕솔 윤환이 계백과 풍의 중간쯤에다 시선을 두고 말했다.

"김부성은 신라에 우호적인 호족들로부터 용병을 얻었습니다. 지금 신라소 근처에 모인 용병이 5백 명 가깝게 되어서 민심이 흉흉합니다."

그때 풍의 얼굴에 웃음이 떠올랐다.

"놈들은 소가 가문에 뒤집어씌우려던 혐의가 발각되자 발악을 하는 것이다."

김부성은 신라에서 김춘추가 실권자로 부상하자 용기가 일어났을 것이다.

"내가 계백을 알지."

김부성이 말하자 청 안이 조용해졌다.

신라소 안, 청에는 10여 명의 무장(武將)이 모여 있었는데 분위기가 무겁다. 술시(오후 8시)가 지난 시간이어서 마당에 모닥불을 피워 놓았다. 신라소는 며칠 전부터 드나드는 사람이 많아지더니 지금은 2백여 명의 군사가 상주하고 있다. 근처의 민가, 뒤쪽 골짜기 안의 마을에도 호족들의 군병이 대기하고 있다. 섭정이며 실권자인 소가 이루카가 통제를 했다면 이렇게 되지는 않았다. 지금은 권력의 공백 상태다. 며칠 전 왕비가 왜왕으로 즉위했지만 아직 기반이 굳혀지지 않은 것이다. 김부성이 먼 곳을 보는 눈으로 무장들을 둘러보았다.

"내 사촌 김품석이를 죽인 놈이지. 내 가문하고는 철천지원수다."

김부성도 왕족이며 김춘추하고도 먼 친척이 되는 것이다. 김부성이 말을 이었다.

"이미 칼을 빼든 상태야. 서문사(西門寺)의 일이 우리 소행인 줄로 밝혀졌으니 앉아서 죽으나 서서 죽으나 마찬가지다."

"대감."

앞에 앉은 무장이 나섰다.

"계백이 이끌고 온 군병은 3백여 명이라고 합니다. 배에서 내린 지 얼마 되지 않았을 테니 오늘 밤 기습하는 것이 어떻습니까?"

"우리는 1천 명 가깝게 됩니다. 계백이 도착하기 전에 백제방을 쳐서 오갈 데 없는 신세로 만들었어야 했습니다."

그렇게 말한 사내는 신라소의 2인자인 대아찬 박경이다. 박경이 말을 이었다.

"대감, 저에게 군병을 맡겨주시면 오늘 밤 백제방을 치고 결판을 내겠습니다."

"내가 우유부단했다."

자책한 김부성이 박경에게 말했다.

"소가 일족과 백제방과의 싸움을 붙이려고 골몰하다가 시간만 끌게 되었다."

"그동안 군병을 더 모을 수는 있었지요."

위로하듯 말한 박경이 불빛을 받아 번들거리는 눈으로 김부성을 보았다.

"대감, 결단을 내려주시오."

"좋다."

김부성이 마침내 머리를 끄덕였다.

"대아찬, 그대가 화랑 석춘과 하광을 부장으로 삼고 호족 아리타와 마사시의 군병 6백을 이끌고 오늘 밤 백제방을 쳐라. 치는 시각은 자시(밤 12시)다."

"삼가 명을 받들겠습니다."

어깨를 편 박경이 소리쳐 대답했다.

"기밀이 새나가지 않아야 할 테니 지금부터 잡인의 출입을 통제하겠습니다."

"나는 화랑 아성과 호족 이또의 군병 3백을 이끌고 지원군을 맡을 테다. 그대 뒤를 따라 응원할 테니 서둘러라."

"예옛."

힘차게 대답한 박경이 자리를 차고 일어섰다. 모두 살기를 띤 얼굴이다. 무장들이 청을 나가자 김부성의 옆으로 화랑 아성이 다가와 섰다. 아성은 22세, 역시 진골(眞骨) 가문의 왕족이며 김부성의 친척이다.

"대감, 백제방을 태우고 왕자 풍과 계백까지 죽이고 나면 왜왕이 신라소를 인정해 줄까요?"

"왜왕보다 소가 가문이 먼저 우리와 제휴하게 될 것이다."

자리에서 일어선 김부성이 흐려진 눈으로 아성을 보았다.

"소가씨는 백제계지만 이제 백제로부터 벗어나 왜국을 지배하려는 것이지. 우리는 소가씨의 앓는 이를 빼주는 셈이 될 것이야."

발을 뗀 김부성이 뒤에 아성 혼자만 따르자 목소리를 낮추고 말을 잇는다.

"아성, 아스카만에 전함 2척만 대기시켜라. 만일의 경우에 대비하는 거다."

신라소에서 잡인의 출입을 금지한 채 군병의 출동 준비를 했지만 소문은 딴 곳에서 새었다. 신라소와 동맹을 맺은 호족 마사시 일족에 끼어 있던 병사 시로가 도망쳐 나와 백제방에 뛰어든 시각이 해시(오후 10시) 무렵, 시로는 왜인(倭人)으로 풍 왕자가 신임하는 왜인 무장 카즈마와 동향 사람이다.

"오늘 밤 자시에 백제방을 기습할 것입니다. 병력은 대아찬 박경이 이끄는 6백이고 응원군으로 김부성이 군병 3백으로 뒤를 잇는다는 것입니다."

카즈마가 큰 눈을 부릅뜨고 말했다. 카즈마의 옆에 선 시로가 말을 받는다.

"박경에게 호족 아리타와 마사시가 왜인 군병을 모아 붙었고 김부성은 이또가 가담했습니다."

풍이 머리를 끄덕이며 계백을 보았다.

"은솔, 나는 전쟁을 치러보지 못했다. 그대에게 맡긴다."

"황공합니다."

계백이 풍에게 머리를 숙여 보이고는 벽에 선 덕솔 국연에게 물었다.

"백제방 안에 병사가 몇이 있는가?"

"당장 전장(戰場)에 보낼 병사는 2백 남짓이오."

"내가 3백을 데려왔으니 5백이야. 그만하면 되었다."

그때 카즈마가 나섰다.

"은솔, 적은 박경의 6백에 김부성의 3백까지 9백이오. 지금 호족들에게 전령을 보내면 내일 오전까지 3천은 모을 수 있습니다."

계백의 시선을 받은 카즈마가 말을 이었다.

"그동안 아군은 백제방 안에서 방어를 하고 있는 것이 낫습니다."

백제방의 청 안이다. 이곳 청은 사방 1백자(30미터) 규모로 붉은색 기둥에 대황초를 여러 개 붙여 놓았다. 왜 왕궁의 청에 뒤지지 않는다. 청 안에는 20여 명의 무장과 백제방 관리가 모여 앉아 있었는데 상석에 앉은 풍 왕자의 바로 앞에 계백이 자리 잡고 있다. 그때 계백이 웃음 띤 얼굴로 말했다.

"이것 보게, 카즈마."

"예, 은솔."

"신라군이 자시(밤 12시)에 온다니 내일 낮까지는 우리가 방어를 한다는 말인가?"

"예, 은솔. 그것이 안전합니다."

"고맙네."

숨을 들이켠 카즈마에게 계백이 말을 이었다.

"그대의 왕자 전하를 위한 충정은 천년이 지나도록 기록되게 하겠네."

"은솔, 과분하오."

카즈마가 큰 눈을 끔벅이며 쓴웃음을 지었다. 카즈마는 북규슈(北九州)의 호족으로 오래전부터 백제의 신민임을 자처했다. 충직한 데다 무용도 뛰어났기 때문에 풍은 왜인(倭人) 심복으로 삼아왔다. 다시 계백이 말을 이었다.

"나는 기마군 3백을 이끌고 지금 곧장 신라소를 치겠네. 정공법이지.

카즈마, 그대는 남은 2백을 모아 왕자 전하를 지키도록 하게."

"예, 은솔."

기세에 눌린 카즈마가 어깨를 늘어뜨리면서 대답했다. 자리에서 일어선 계백이 웃음 띤 얼굴로 풍을 보았다.

"전하, 입만 가지고 싸우는 김부성에게 대륙을 휘젓고 온 백제 기마군을 보여주고 오겠습니다."

숨을 들이켜면서 풍이 머리만 끄덕였다. 계백을 따라 무장들이 일어섰기 때문에 대황초의 불꽃이 흔들렸다. 계백이 청을 나갔을 때 풍이 카즈마에게 말했다.

"카즈마, 이곳은 왜백제(倭百濟)다. 네 자손들에게도 대를 이어서 왜백제를 넘겨주어야 한다."

풍의 목소리가 청을 울렸다.

계백이 이끄는 3백 기마군은 정예다. 그중 절반 이상이 계백을 따라 안시성에 다녀왔으며 그중에는 대야성을 함께 친 무장(武將)도 있다. 나솔 화청이 그렇고 이제 11품 대덕 관등이 되어 비색 띠를 맨 하도리가 그렇다. 윤진은 수군항에서부터 심복이 된 무장이요, 장덕에서 나솔로 관등이 오른 백용문도 계백을 수행하고 있다. 백제 기마군은 10인 1조(組)를 조장인 16품 극우가 지휘한다. 앞장선 첨병으로 2개 조가 살같이 어둠 속을 내달렸는데 길 안내역으로 백제방 군사 둘이 끼어 있다. 그 뒤를 선봉을 맡은 화청이 수염을 휘날리며 1백 기를 이끌었고 뒤를 중군 겸 본군(本軍)인 2백 기가 계백을 중심으로 내달리는데 한 덩어리의 불덩이 같다. 땅이 울렸고 기수들의 살기(殺氣)가 전염된 전마(戰馬)는 머리를 젖혀 들고 콧바람을 세차게 뿜어낸다.

그 시간에 신라소에서는 김부성의 지휘하에 출동 준비가 거의 끝나 가고 있다. 투석기와 충차, 마차에는 투석기용 바위를 가득 채웠고 기 마군과 보군으로 나뉘어 제각기 점고를 받는 중이다. 신라군과 함께 출동할 왜군은 신라소 밖에 주둔하고 있었기 때문에 전령이 수시로 왕래한다. 밤이 깊었지만 주위는 열기에 덮여 있다.

"서둘러라!"

이번 공격대의 대장 박경이 마당에 서서 소리쳤다. 횃불을 환하게 밝힌 마당은 군사들로 가득 차 있다.

"대아찬, 아리타 님이 이끈 왜군 150이 도착할 것이오!"

화랑 석춘이 다가와 보고했다.

"이또 님의 군사는 서문으로 들어오도록 했습니다."

"아리타의 왜군만 도착하면 바로 출동이다! 충차는 내보냈는가?"

"지금 나가고 있습니다!"

그때 땅이 울렸기 때문에 박경이 이맛살을 찌푸렸다.

"아리타한테 말을 달리게 하지 말라고 전해라!"

"예, 대아찬."

석춘이 마당을 나갔을 때 박경이 혀를 찼다.

"왜인들은 야습의 기본도 모른다. 목적지에 닿을 때까지 말굽 소리를 죽여야 한다는 것도 모른단 말인가?"

말굽 소리가 더 커졌기 때문에 전장(戰場) 경험이 많은 박경이 그것이 1, 2백 기의 기마군의 말굽 소리라는 것을 알고는 주위를 둘러보며 물었다.

"아리타의 기마군은 몇이냐?"

"50, 60기라고 들었습니다."

뒤쪽에 있던 화랑 하광이 소리쳐 대답했다. 다가온 하광의 얼굴이 굳어졌다.

"대아찬, 아리타군(軍)이 아닌 것 같소."

"그, 그러면."

그때 말굽 소리가 와락 가까워지면서 땅이 흔들렸다. 그러나 인간의 소리는 들리지 않았기 때문에 지진이 일어난 것 같다. 마당으로 군사들이 뛰어 들어오더니 그중 서너 명이 소리쳤다.

"기마군이다!"

그것이 어느 기마군인지 감히 입 밖으로 꺼내지 못하고 있다. 그때다. 지척으로 다가온 말굽 소리와 함께 비명이 울렸다. 이미 신라소의 모든 문은 열어젖혀 놓았다. 출동 준비를 마치고 밖으로 나가려는 상황인 것이다. 그때 비명과 함께 처음으로 함성이 울렸다.

"와앗!"

짧고 굵은 함성을 듣는 순간 박경은 이를 악물었다. 백제군이다. 창으로 찌르는 것처럼 일직선으로 날아왔다. 그 순간 마당으로 기마군이 진입했다.

선두에 서서 마당으로 뛰어든 기마군은 조장(組長) 조무다. 이미 대문 앞에서 신라군 둘을 베고 달려온 터라 장검에는 피가 묻었고 피가 튄 갑옷에 말도 흥분한 상태다. 그때는 마당에 서 있던 박경이 마루 위로 뛰어올라가 소리치고 있는 상황이다.

"이놈!"

말을 내달리면서 조무가 소리쳤다. 조무는 칠봉산성 아래의 개울가가 고향이다. 어려서부터 힘이 장사여서 군사로 뽑혔다가 계백이 칠봉성주가 되었을 때부터 전장(戰場)에 따라 나왔다. 계백과 함께 대야성 싸움, 수군항, 안시성까지 종군했다가 지금은 왜국에 와 있다. 그 짧은 순간에 조무는 마루 위에 선 박경을 보았고 다음 순간 들고 있던 장검을 번쩍 치켜들었다가 내던졌다. 말이 마루 위로 뛰어오를 수 없었기 때문에 다급했다. 전장에서는 임기응변이 가장 중요하다. 수십 번 아수라장 같은 전장을 겪은 터라 조무는 땅바닥에 누워 죽은 척을 한 적도 있다. 손에 쥔 장검이 날아갔다. 손잡이 무게가 더 나갔지만 박경과의 거리는 10보, 거기에다 말이 두 걸음을 더 딛는 바람에 5보로 가까워졌다. 순식간에 판단한 것이다. 그 사이에 장검이 날아갔다. 손잡이 무게로 금방 한 바퀴 돈 장검의 끝이 박경의 가슴에 박힌 것은 눈 깜빡할 시간도 안 되었다. 박경은 비명도 못 지르고 장검이 가슴 깊숙이 박힌 채 뒤로 벌떡 넘어졌을 때다. 조무가 탄 말이 달리는 기세를 멈추지 못하고 마루 끝에 걸려 앞으로 넘어졌다. 그 서슬에 조무도 마루 위로 내동댕이쳐졌다. 그때 조무의 조원 서너 명이 그것을 보고 소리쳤다.

"적장을 죽였다!"

다음 순간 선봉군이 마당으로 쏟아져 들어왔다. 화청이 이끈 선봉군이다. 그 다음부터는 도살이다. 쫓고 쫓기는 자들만 있을 뿐 대항해서 싸우는 광경은 보기 어려웠다. 전장(戰場)이 그렇다. 기세를 타면 일당 백이 되고 사기가 떨어지면 1백 명이 1명을 못 당한다. 수십 명을 한 명이 쫓기도 한다. 겁에 질리면 적이 거인으로 보이고 사기가 오르면 적이 좁쌀만 하게 보이는 것이다. 순식간이다. 화랑 석춘은 분전하며 백제군 셋을 죽였지만 창에 찔려 분사했다. 화랑 하광은 도망치다가 백제군에게 난도질을 당했는데 머리통을 베어든 백제 군사는 장수를 베었다고 소리치지도 않고 내동댕이쳐 버렸다. 왜군 장수 아리타는 신라소로 들어오려다가 백제군을 맞자 그대로 도주했는데 방향이 틀렸다. 그래서 백제 본군(本軍)과 마주쳐 말발굽에 밟혀 죽었다. 마사시는 싸우려고 허둥대다가 창에 찔려 죽었으며 신라소를 지키는 일을 맡은 이또는 마루 밑에 숨었다가 다리부터 잡혀 끌려나와 목이 잘렸다.

"김부성이 없습니다."

밥 한 그릇 먹을 시간을 한식경이라고 한다. 밥 한 그릇하고 다시 절반쯤 먹었을 시간이 지난 후에 화청이 계백에게 보고했다. 화청의 흰수염이 붉은 색으로 물들어 있다. 피가 튀었고 피 묻은 손으로 수염을 쓸었기 때문이다. 신라소의 마당이다. 사방은 시체로 뒤덮여 있는데 신라인은 전멸했다. 그런데 신라소의 수장(首長) 김부성의 시신을 찾지 못한 것이다. 그때 하도리가 왜인 하나의 뒷덜미를 잡고 끌고 왔다.

"장군, 김부성이 화랑 아성과 함께 아스카항으로 도망쳤다고 합니다."

하도리가 소리쳐 보고했다.

"이놈이 따라가지 못하고 잡혔답니다."

그때 계백이 이를 드러내고 웃었다.

"누가 가서 잡겠느냐?"

마치 사냥꾼을 찾는 것 같다.

"무엇이? 신라소가?"

흠칫 머리를 든 소가 이루카가 다시 물었다.

"불에 타고 있다는 거냐?"

"예, 대감."

가쁜 숨을 몰아쉬면서 카이세이가 말했다.

"예. 신라소의 신라인은 물론이고 지원을 나온 호족들도 모두 몰살당했습니다."

"네가 보았어?"

"예. 순찰병을 데리고 가서 보았습니다."

"누, 누구를 만났느냐?"

"예. 백제군 장수인데 청색 띠를 허리에 두르고 있었습니다."

"그럼 12품 문독 이하다."

이루카가 말했지만 백제군 16품 극우 벼슬이라고 해도 왜국에서는 어렵게 본다. 백제방 소속 관리는 물론 병사도 왜국에서는 직접 연행할 수도 없기 때문이다. 이루카가 어깨를 늘어뜨리며 말했다.

"신라소가 순식간에 멸망했구나. 백제군의 수뇌는 누구냐?"

"은솔 계백이라고 합니다."

"으음."

"불타는 대문 앞에 대아찬 박경과 화랑 둘의 머리가 창대에 꽂혀 있었습니다. 호족들의 머리는 땅바닥에 놓였고요."

"김부성 머리도 내걸렸더냐?"

"김부성은 불에 타서 시체를 찾지 못했다는 말도 있고 도망쳤다는 말도 있습니다."

"비겁한 놈."

"대감."

옆에서 중신 마에몬이 말했다.

"시급히 부친께 연락을 드리시지요. 이런 일은 부친과 상의하셔야 합니다."

"시종을 보내라. 아니, 내가 가겠다."

이루카가 벌떡 일어섰을 때다. 청 밖이 수선스러워지더니 불빛이 왔다 갔다 했다. 아직 축시(오전 2시)가 조금 지났을 뿐이어서 사방은 먹물 속 같다. 그때 시종이 서둘러 청으로 들어서며 말했다.

"대감, 전(前) 섭정께서 오셨습니다."

에미시를 이곳에서는 그렇게 부른다. 곧 소가 에미시가 청으로 들어섰다. 이루카의 인사를 받은 에미시가 중신들과 함께 청 안에서 마주 보고 앉는다. 분위기가 어두웠고 서두르고 있다. 에미시가 묻는다.

"들었느냐?"

"예, 그래서 아버님께 가려던 중입니다."

이루카가 눈썹을 모으고 에미시를 보았다.

"백제방이 신라소를 궤멸시켰습니다, 아버님."

"김부성이 도망쳤지만 곧 잡힐 것이다."

"신라소 측에 붙었던 호족들도 이번에 다 죽은 것 같습니다."

"그놈들은 우리한테도 불만을 품은 무리들이니 잘 된 거다."

"아버님, 백제방이 앞으로 어떻게 나올까요? 그 여세를 몰아서……."

"그래서 내가 온 것이야."

입맛을 다신 에미시가 지그시 이루카를 보았다.

"넌 어떻게 하면 좋겠느냐?"

"예? 저는……."

"백제방 계백은 상승 장군이다. 대야성 김품석을 죽이고 연개소문도 인정한 용장이야. 더구나 안시성에서는 당 황제의 눈알 하나를 빼놓았다. 자, 너는 계백을 어떻게 할 것이냐?"

"……."

"내일 날이 밝으면 백제방에 왜국 호족들이 구름처럼 몰려갈 것이다. 오늘 밤에 죽은 호족 놈들의 전철을 밟지 않으려고 충성을 맹세하겠지."

"……."

"왜국 군병의 수군은 백제군을 이끄는 계백의 눈에는 원숭이 무리로 보일 것이다. 자, 네 복안을 듣자."

소가 에미시의 중신(重臣) 이키타가 백제방으로 풍 왕자를 찾아왔을 때는 묘시(오전 6시) 무렵이다. 이른 아침이었지만 백제방은 사람들로 가득 찼고 활기에 넘쳐 있었다. 이곳저곳에서 함성까지 터졌기 때문에 위축된 이키타는 풍 왕자 앞에 엎드리자 숨부터 가누었다. 풍의 옆쪽에 계백이 서 있었는데 갑옷 차림이다. 전장(戰場)에서 밴 피 냄새가 나는 것 같다.

"전하, 전(前) 섭정 소가 에미시가 저를 보냈습니다."

이키타는 60세, 풍과 안면이 많다. 청 안에는 백제방의 중신 10여 명과 장수들이 둘러서 있었지만 조용하다. 풍의 시선을 받은 이키타가 말을 이었다.

"이번에 신라소는 백제방 관리들을 기습하여 살육했고 그 혐의를 소가 가문에 씌웠습니다. 그 죄를 물어야 했는데 백제방에서 처리해 주셨습니다. 전(前) 섭정께서는 전하께 감사 말씀을 전한다고 하셨습니다."

"그러냐."

풍이 정색하고 머리를 끄덕였다.

"하지만 그 수괴인 김부성이 도망쳤다. 틀림없이 아스카에서 배를 타려고 할 것인즉 대신의 도움이 필요하다."

"예, 전하."

어깨를 편 이키타가 풍을 보았다.

"그래서 전 섭정께서는 현(現) 섭정께 말씀하셨습니다. 아스카까지 가는 길목의 모든 영주에게 전령을 보내 김부성을 잡으라고 했습니다. 또한 아스카항 수비장에게 신라선(船)을 떠나지 못하게 하라는 지시를 내렸습니다."

"잘 했다."

풍의 칭찬을 받은 이키타가 한숨을 쉬고 나서 옆쪽의 계백을 힐끗 보았다.

"전하, 소가 에미시의 전갈입니다."

"말하라."

"이번에 신라소의 폭도들에게 가담한 아리타와 마사시가 전장에서 죽었으니 죗값을 받은 것입니다."

"그렇지."

"그런데 아리타와 마사시의 영지는 붙어 있는 데다 두 영지를 합하면 10만 석 가깝게 됩니다."

모두 시선만 주었고 이키타의 목소리가 청을 울렸다.

"두 영지의 영주가 하룻밤에 사라졌으니 주인 없는 백성은 물론이고 병사들이 떠돌게 될 것입니다."

"그래서?"

풍이 재촉하듯 물었다.

"그 영지를 소가 가문이 갖겠단 말이냐? 여왕께서 결정하실 일이다."

"그 영지를 은솔 계백이 다스리게 하는 것이 낫겠다고 하십니다."

그 순간 풍이 숨을 들이켰고 계백은 머리를 기울였다. 청에 모인 문무(文武) 관리들도 서로의 얼굴을 보았다. 그때 이키타가 말을 이었다.

"그 영지를 백제방의 은솔이 영주로 다스리게 하면 백제방의 기반이 더욱 굳어질 것이라고 하셨습니다."

풍의 얼굴에 웃음이 떠올랐다. 백제방은 왕실과 밀접 되어 있어서 영지를 직접 다스리지는 않았다. 그런데 이번에 소가 에미시는 백제방 장수와 계백에게 영주를 제의했다. 소가 가문은 부자(父子) 영지를 합하면 175만 석 정도가 된다. 최대 영주인 셈이다. 왜국 전역에는 미개척지가 절반 이상이지만 7백만 석 정도의 영지가 있다. 영주는 1백여 명, 그때 풍이 입을 열었다.

"소가 대신이 계백을 제 휘하에 두려는 것 같군."

혼잣말이었지만 모두 들었다.

"은솔, 영주가 되어라."

이키타가 물러갔을 때 풍이 가라앉은 목소리로 말했다. 청 안에는 이제 중신(重臣) 대여섯 명만 둘러앉았다.

"전하, 명(命)이시라면 따르겠으나 소장이 감당할 수 있을지 걱정이 됩니다."

계백이 정색하고 풍을 보았다. 본국에서 성주를 지냈지만 이곳은 체제가 다르다. 백제 성주는 왕이 임명한 후에 수시로 바꿀 수 있다. 계백이 칠봉산성 성주였다가 수군항장, 고구려 원정군 사령관까지 지낸 것도 그 때문이다. 그러나 왜국의 영주는 그곳에서 대(代)를 잇는다. 그곳에서 가신(家臣)을 만들고 영지의 소출에 따라 병사도 양성한다. 하나의 소국(小國) 지배자가 되는 것이다. 그때 풍이 말했다.

"백제방이 왜 왕실과 함께 왜국을 통치해 왔지만 무력(武力)은 본국에서 온 장병들로 충당했다."

풍의 목소리가 낮아지면서 두 눈이 번들거렸다.

"그래서 신라소 놈들이 함부로 날뛰었고 소가 가문이 월권을 해도 강하게 저지하지 못했다."

풍의 얼굴에 희미하게 웃음이 떠올랐다.

"이번에 소가 측에서 어젯밤에 죽은 아리타와 마사시 영지를 맡기려고 한 것은 나름대로 계산을 했기 때문이다."

머리를 돌린 풍이 중신(重臣) 백종을 보았다. 백종은 55세로 왜국에서 30년을 지냈다. 장덕 벼슬이나 왜국에서도 6품 소신(小信) 벼슬을 받았다. 왜국의 물정에 통달한 문관(文官)이다.

"장덕, 말해라."

풍의 지시를 받은 백종이 입을 열었다.

"아리타와 마사시는 어젯밤에 죽었지만 가신(家臣), 군병들이 남아 있습니다. 모두 아리타, 마사시에게 충성하고 있어서 소가 가문이 영지를 빼앗는다고 해도 골머리를 썩일 것입니다."

백종이 말을 잇는다.

"아리타는 6만 5천 석, 마사시는 4만 3천 석 영지를 갖고 50석당 1명씩의 군사를 낼 수 있으니 각각 1300명, 8백여 명의 군사가 있다고 봐야 합니다. 가신은 각각 1백여 명 정도는 될 것입니다."

계백이 잠자코 백종을 보았다. 어젯밤 아리타, 마사시는 가신 10여 명, 군사 1백여 명과 함께 시체가 되었다. 살아남은 가신, 군사들은 제각기 영지로 도망쳤을 것이다. 백종의 얼굴에 쓴웃음이 번졌다.

"소가 측은 아리타, 마사시 영지의 안돈을 은솔께 맡기는 것입니다."

그때 계백이 물었다.

"이또 이야기는 없습니까?"

풍의 얼굴에 웃음이 떠올랐다.

"그렇군, 이또 영지도 몰수해야 되는 것 아닌가?"

풍의 시선을 받은 백종이 말을 이었다.

"이또 영지는 소가 측 옆입니다. 5만 7천 석이고 기름진 땅입니다. 소가 측이 제 영지로 편입시키려는 것 같습니다."

"교활한 영감 같으니."

어깨를 부풀린 풍이 옆쪽에 앉은 관리를 보았다.

"시덕, 네가 에미시에게 가거라."

"예, 전하."

시덕 등급의 관리가 대답하자 풍이 말을 이었다.

"이또의 영지까지 계백에게 넘긴다면 영지를 안돈시키겠다고 전해라."

"예, 전하."

"안돈시키겠다는 말을 세 번쯤 되풀이해서 너희들의 속셈을 다 알고 있다는 표시를 해주어라."

풍의 목소리가 청을 울렸다.

"오, 왔느냐?"

여왕이 아래쪽에서 엎드려 절하는 계백을 내려다보았다. 여왕의 얼굴은 수척하다. 여왕의 남편 죠메이 왕이 재위 13년 만에 죽고 나서 아직 왕자가 어렸기 때문에 결국 왕후가 여왕으로 즉위한 것이다. 죠메이 왕을 왕으로 옹립한 것도 소가 에미시였으니 소가 가문(家門)의 위세를 짐작할 수 있을 것이다. 계백이 여왕을 우러러보았다. 시선이 마주치자 여왕이 머리를 끄덕였다. 얼굴에 희미한 웃음기까지 떠올라 있다.

189

"네 공이 크다."

이번 신라소를 격파한 공(功)을 말하는 것이다. 여왕 즉위식 준비를 마치고 돌아가는 백제방 관원들을 몰살시킨 신라 측에 대해서 여왕의 진노도 대단했다. 아직 김부성은 잡히지 않았지만 섭정 이루카에게 두 번이나 재촉할 정도다.

"황공합니다, 전하."

계백의 목소리가 청 안을 울렸다. 왕궁의 청도 백제 왕궁을 모방해서 붉은 색 기둥에 사방이 트였다. 여왕의 옥좌는 계단이 6개다. 백제왕의 계단이 9개였기 때문에 3개를 줄인 것이다. 청에는 백제방 방주 부여풍 왕자가 와 있었는데 여왕 옥좌의 한 계단 아래쪽에 앉았다. 섭정 소가 이루카는 청에 늘어앉은 문무(文武) 대신들의 맨 앞에 앉아서 여왕과 풍을 바라보는 위치다. 오늘은 왜국의 문무 대신, 백제방 방주와 여왕까지 모두 모여 있는 것이다. 왜국은 수백 년 동안 백제의 속국이었으며 그것을 당연하게 여겨왔다. 백제에서 이동한 유민이 규슈에서부터 정착하여 제각기 영지를 세우고 동진(東進)하여 마침내 이곳 아스카까지 진출하는 동안 왜 왕실은 백제계로 이어져 온 것이다. 영주 대부분이 백제계이며 지금도 백제어가 일상으로 사용된다. 시간이 흐르면서 왜말과 섞이기도 했지만 왕실과 영주, 지도층은 모두 백제어를 사용하는 것이다. 지금도 왜왕의 한 계단 아래에서 왜국 대신들을 내려다보는 백제방 방주 풍 왕자의 위상이 바로 그것을 나타낸다. 그때 섭정 이루카가 입을 열었다.

"전하, 이번에 반역을 도모했다가 죽은 아리타와 마사시, 이또 영지에 대한 처분을 내려주시옵소서."

미리 합의가 된 일이어서 이루카가 거침없이 말을 이었다.

"하루라도 주인 없는 영지로 둘 수가 없으니 그 세 곳 영지를 모아 백제방의 은솔 계백이 다스리게 하여 주옵소서."

그때 여왕이 풍을 보았다.

"방주께선 어떻게 생각하시오?"

"계백은 본국에서 성주(城主)를 지낸 적도 있으니 부족함이 없을 것입니다."

풍의 말을 들은 여왕이 계백에게 물었다.

"계백, 세 영지를 합하면 16만 석이 된다. 맡아서 백성을 돌보겠느냐?"

"명을 받겠습니다, 전하."

계백이 사양하지 않고 대답했다. 미리 풍한테서 지시를 받은 터라 사양하는 시늉을 낼 필요도 없는 것이다. 여왕이 머리를 끄덕였다.

"잘 되었다. 주인을 잃은 영지에서 도적떼가 모인다던데 오늘이라도 당장 부임하라."

"예, 전하."

"네가 백제의 은솔 관등으로 3급품이니 이곳 왜국에서는 2급품 소덕(小德)이 적당하다. 소덕 직위를 받으라."

"황공합니다."

계백이 머리를 청 바닥에 붙이는 것으로 어전 회의가 끝났다. 여왕과 풍이 청을 나갔을 때 대신들의 우두머리인 섭정 이루카가 계백에게 다가왔다. 이루카는 대신(大臣)으로 1급품 대덕(大德)이며 섭정이니 최고 실권자다.

"소덕, 이또의 성(城)이 그중 가장 낫네."

앞에 앉은 이루카가 입을 열었다. 이루카를 따라온 조정의 관료 대여섯 명이 계백을 향해 벌려 앉았다. 이제는 이루카와 계백을 중심으로 회의가 열린 셈이다. 이루카가 말을 이었다.

"성이 넓고 성벽 높이가 20자(6미터)가 넘어. 그곳을 거성으로 하면 3개 영지를 다스리는 데 부족하지 않을 거야."

이루카는 37세였으니 경륜도 많은 데다 뛰어난 무장(武將)이기도 하다. 계백이 머리를 숙여 답례를 했다.

"예, 그렇게 하겠습니다."

"병력은 얼마나 데려갈 텐가?"

"제가 백제에서 데려온 3백 기마군 중 2백 기만 데리고 갈 것입니다."

"3개 영지의 소출이 16만 석이니 50석당 병사를 모으면 3천2백이 되네."

이루카가 웃음 띤 얼굴로 말을 이었다.

"전시(戰時)에는 5천도 모을 수 있지. 소덕은 이제 왜국의 영주이고 신하가 되네."

"명심하겠습니다."

이루카는 그것을 강조하고 싶은 것 같다. 자리에서 일어선 이루카가 생각난 것처럼 말했다.

"아리타, 마사시, 이또의 가족과 가신의 처분은 모두 그대에게 맡기네. 그것이 왜국의 법도일세."

청을 나온 계백의 옆으로 화청과 윤진, 백용문이 다가왔다. 하도리도 그들의 뒤를 따른다.

"은솔, 나오시지 않아서 걱정했소."

화청이 투덜거렸다.

"원래 음모를 많이 꾸미는 인간들이고 왕자 전하께서도 나오시지 않아서요.”

“섭정하고 이야기하느라 늦었어.”

말에 오른 계백이 그들을 둘러보았다. 영지로 데려갈 부하들이다.

“그대들도 나하고 왜국 영주 노릇을 좀 해야 할 것 같다.”

“은솔과 함께라면 지옥에라도 가지요.”

화청이 대번에 대답했고 윤진이 따랐다.

“이곳도 백제 땅이나 마찬가지 아닙니까? 상관없습니다.”

백용문도 머리를 끄덕였고 하도리는 웃기만 했다. 그렇지만 하도리가 가장 좋은 것이다. 백제 조정에서 11품 대덕 벼슬까지 승급했지만 하도리는 본래 왜인이다. 이름이 핫도리였으나 백제인처럼 하도리(河道理)로 바꾼 것이다. 그날 밤, 백제방의 청 안에서 풍과 계백이 술상을 놓고 마주 보며 앉아 있다. 술잔을 든 풍이 정색한 얼굴로 계백을 보았다.

“은솔, 지금까지 백제방은 영지를 소유하지 않았어. 왕실처럼 영지를 소유하지 않고 본국에서 데려온 병사로 질서를 잡았더니 한계가 있었다.”

한 모금 술을 삼킨 풍이 얼굴을 펴고 웃었다.

“이번에 김부성이 난을 일으킨 것이 전화위복이 되었구나. 이제는 백제방이 자력으로 무력을 갖추게 되었다.”

“백제방과 왕실의 친위대 역할이 되겠습니다.”

“신라가 걱정이다.”

어깨를 올렸다가 내린 풍이 길게 숨을 뱉었다.

“당의 속국이 되겠다면서 당의 관복을 자진해서 입고 새 여왕에게 당왕을 칭송하는 시를 비단에 자수를 놓게 하다니, 이런 우스꽝스러운 일이 어디 있단 말이냐?"

　김춘추의 소행이다. 새로 즉위한 여왕 승만에게 그렇게 시켰다고 한다. 당을 업어야 백제, 고구려를 멸망시킬 수 있는 것이다.

11장 영주 계백

다음 날 저녁, 이또의 거성(居城)인 야마토(大知)성에 계백이 입성했다. 이또는 영지 5만 7천 석을 보유한 영주였지만 백제계 명문가였다. 그러나 왜 왕가와 소가씨 가문에 불만을 품고 은밀하게 신라계와 내통하다 멸문을 당한 셈이다. 멸문을 당했다고 하지만 이또와 소수의 측근, 병사 일부가 죽었을 뿐 나머지는 다 살아 있다. 가족도 아직 멀쩡하다. 선봉대에 의해서 성문은 이미 활짝 열렸고 살아남은 가신(家臣)들이 모두 청 앞마당에 꿇어앉아 있었는데 새 영주의 한 마디에 목숨이 달려 있는 상황이다. 역적인 영주가 참살된 경우에는 가신들도 모두 죽이는 것이 통례인 것이다. 가족은 말할 것도 없다. 계백이 측근들과 함께 청에 올랐을 때 선봉대를 이끌고 먼저 온 하도리가 소리쳐 보고했다.

"주군(主君), 역적 이또의 가신 중 5백 석 이상을 받은 자들을 모두 모았습니다."

이미 마당에는 햇불을 여러 개 켜놓고 모닥불까지 만들어서 화광이 충천했다. 하도리의 목소리가 다시 울렸다.

"모두 32명으로 그중 4명은 이번에 이또를 따라갔다가 죽었습니다."

마당에 모인 가신은 28명이 남았다. 모두 단정한 차림에 칼은 몰수 당한 채 포로처럼 꿇어 앉아 있었는데 비장한 표정들이다. 그때 마루 끝에 선 계백이 가신들을 내려다보았다.

"이또 다다시가 4대째 내려온 영주라고 들었다. 맞느냐?"

맞다. 백제방 관원을 시켜 이또와 아리타, 마사시의 집안 내력과 성 품, 가족, 주민들에 대한 통치 방법, 가신들의 성향까지 조사를 해온 것 이다. 그동안 칠봉산성 성주를 지냈을 때부터 주민들을 다스려온 계백 이다. 전투에서는 일시적으로 용장(勇將)이 이기지만 전쟁에서는 지장 (智將)이 패권을 잡는다는 사실을 깨우쳐 온 계백인 것이다. 덕(德)만 베 풀어도 안 되고 누르기만 해서도 안 된다. 선정을 베푸는 것이 전쟁보 다 어렵다고 했다. 계백이 말을 이었다.

"이또 다다시는 제 조상의 덕분으로 영주를 이어 받았지만 백성들 은 수십 년 동안 늘어나는 조세와 부역과 군역(軍役)에 시달리기만 했 다. 이곳 영지는 곡식의 소출이 좋다면서 조세를 다른 곳보다 많이 가 져가는 바람에 오히려 주민 수가 줄어들었다. 힘들어서 도망쳤기 때문 이다."

계백의 목소리가 마당 밖으로도 퍼져나가 병사와 하인, 내성에 들어 온 주민까지 담장에 붙어 귀를 기울였다.

"오늘 자로 이또 다다시 가문은 끝났다. 이또의 가신이었던 너희들 에게 묻는다. 죽은 이또에게 충성하겠다는 자들은 영지를 내놓고 떠나 라. 그러나 새 영주인 나에게 충성하겠다는 자는 남아라. 내가 판단해 서 결정할 테다."

그러고는 계백이 몸을 돌렸다. 화청과 윤진, 백용문이 뒤를 따른다. 저녁, 술시(오후 8시)가 되었을 때 청에서 화청과 술을 마시던 계백에게 하도리가 다가와 보고했다.

"주군, 이또의 중신 사다케가 왔습니다."

사다케는 이또 다다시의 중신으로 5천 석 영지를 받아 집사 노릇을 해왔다. 나이는 55세, 사다케 또한 이또 가문의 대를 이은 가신이다. 곧 청 안으로 들어온 사다케가 두 손을 바닥에 붙이더니 계백을 보았다. 주름진 얼굴, 두 눈이 번들거리고 있다.

"제가 중신(重臣)으로 가신들을 대표해서 말씀드립니다. 이또 다다시는 능력이 없고 사리사욕만 차리는 영주였습니다. 죽어 마땅합니다. 그리고 새 영주가 새 시대를 열어야겠지요."

사다케가 똑바로 계백을 보았다.

"제가 가신을 대표해서 죽음으로 사죄하겠습니다."

계백이 머리를 끄덕였다.

"가신 중에 떠난 자는 몇 명이냐?"

"셋이 처자식을 끌고 떠났습니다. 나머지는 저와 함께 남았습니다."

사다케가 말하자 계백이 자리에서 일어섰다.

"그럼 사다케, 너한테 수습을 맡기겠다. 돌아가 가신과 주민들을 안돈시켜라."

숨을 들이켠 사다케가 시선만 주었을 때 계백의 목소리가 높아졌다.

"들었느냐? 내가 일을 맡긴다고 했다. 그러니 내가 죽으라고 할 때까지 네 배는 나한테 맡기도록 해라."

몸을 돌린 계백을 바라보던 사다케가 이윽고 머리를 청 바닥에 붙이고 절을 했다. 그날 밤, 야마토성 내궁의 침실에 누워 있던 계백이 문밖의 인기척에 몸을 일으켰다.

"누구냐?"

"나리, 내궁의 시녀가 왔습니다."

백제에서부터 따라온 위사여서 지금도 나리라고 부른다.

"무슨 일이냐?"

그때 시녀의 목소리가 들렸다.

"영주께 드릴 말씀이 있습니다."

자리에서 일어선 계백이 침실의 문을 열었다. 마루 위 등의 불빛을 받고 선 두 여자가 보였다. 뒤쪽에 선 위사는 당혹한 표정이다. 그때 앞에 선 시녀가 계백에게 말했다.

"방으로 들어가게 해주시지요."

계백이 머리를 끄덕이자 시녀가 앞장을 섰고 뒤를 젊은 여자가 따른다. 시녀는 나이가 들어서 머리가 반백이다. 시녀의 우두머리인 시녀장이다. 이윽고 계백이 자리에 앉았을 때 여자 둘은 나란히 앞에 앉았다. 방 안의 공기가 흔들리면서 향내가 맡아졌다. 기둥에 붙여진 양초의 불꽃이 흔들렸다. 그때 시녀가 말했다.

"수청을 들 부인을 모셔왔습니다."

이미 짐작은 한 터라 계백이 가볍게 대답했다.

"필요 없다. 데려가라."

그러고는 덧붙였다.

"나는 너희들처럼 닥치는 대로 상관하는 사람이 아니다."

"예, 백제 본국은 그렇게 기준이 섰지만 이곳은 다릅니다."

"앞으로 이곳도 그렇게 기준이 있어야겠지, 물러가라."

"이분은 이또 님의 소실로 아야메 님입니다, 영주님."

"이또가 죽었으니 절에 가서 여승이 되어도 좋다."

계백이 바로 대답했을 때 시녀가 한숨을 쉬고 말했다.

"이제는 절로 가실 수도 없게 되었습니다. 침실에서 쫓겨났으니 자결하는 수밖에 없습니다."

"죽지 말도록 해라."

"사다케 님은 명을 받들겠지만 아야메 님은 다릅니다, 영주님."

"네가 데려왔으니 너도 함께 죽는 것이 낫겠다."

계백이 눈을 치켜뜨고는 시녀를 노려보았다. 그러고는 손을 뻗쳐 장검을 쥐었다.

"건방진 년, 내 앞에서 위협을 하느냐? 이리 목을 내놓아라. 두 년의 목을 단칼에 베어주마."

그러자 시녀와 아야메가 동시에 두 손으로 방바닥을 짚더니 목을 늘였다. 자리에서 일어선 계백이 장검을 쓰윽 빼들었다. 칼집에서 칼이 빠져 나오면서 쇳소리가 났고 두 여자의 몸이 굳어졌다. 그때 계백이 다시 장검을 칼집에 꽂으면서 입맛을 다셨다.

"늙은 년은 불을 끄고 물러가라."

그러고는 침상으로 다가가면서 말했다.

"아야메라고 했느냐? 너는 새로 태어났다."

아야메는 계백이 옷을 벗기자 움츠리고는 있었어도 팔을 들고 허리를 올려 금방 알몸이 되었다. 알몸이 된 계백이 아야메를 안았을 때 놀라 숨이 들이켜졌다. 아야메의 몸이 뜨거웠기 때문이다. 숨도 가빠져 있었고 안았더니 금방 사지를 폈다. 받아들일 자세가 된 것이다. 자시(밤 12시)가 되어 가는 내궁은 간간이 순시병의 발자국 소리만 들릴 뿐이다. 곧 방에서 가쁜 숨소리에 섞인 아야메의 신음이 터져 나왔다. 이를 물어서 신음이 코로 뿜어져 나오더니 곧 참지 못하고 가쁜 숨과 함께 입에서 비명 같은 탄성이 울린다. 계백은 망설이지도 서두르지도 않았다. 품에 안긴 뜨겁고, 땀이 배어 미끈거리며 문어처럼 꿈틀거리면서 엉키는 아야메를 이끌고 달려가고 있다. 때로는 아야메를 쉬게 하고, 또 때로는 아야메의 몸을 이리저리 굴리면서 더 뜨거운 곳으로 몰아간다. 이윽고 아야메가 사지를 늘어뜨리면서 절규했다. 너무 소리가 커서 계백이 손바닥으로 입을 막을 정도였다. 다음 순간 아야메가 계백의 품에 안겨 의식을 잃었다. 뜨겁고 매끄러운 피부를 가진 작은 새가 품안에 든 것 같았다. 그렇다. 아야메는 작고 가냘프지만 부드러웠고 뜨거웠다. 뜨거운 샘에서는 생명수가 넘쳐흘렀으며 계백의 목을 감싸 안은 두 팔은 의식을 잃고 나서도 풀리지 않았다. 다음 날 눈을 뜬 계백은 침상 옆쪽에 아야메가 단정히 앉아 있는 것을 보았다. 머리도 말끔하게 빗었고 옷도 빈틈없이 마무리했다. 두 손을 무릎 위에 놓은 채 무릎을 꿇고 앉아 있다가 시선이 마주친 순간에 머리를 숙여 절을 했다.

"일어나셨습니까?"

가늘고 여린 목소리, 그러나 여운이 있어서 분명하게 고막을 울린다. 아야메의 말을 처음 듣는 터라 계백의 얼굴에 저절로 웃음이 떠올랐다. 어젯밤 그 긴 시간 동안 열락의 세상에 빠져 있었지만 대화를 나누지 않았던 것이다. 오직 신음과 탄성, 비명 같은 쾌락의 울부짖음만 울렸을 뿐이다. 계백의 웃음을 본 순간 아야메의 얼굴이 순식간에 새빨개졌다. 눈꼬리가 조금 솟은 두 눈, 곧고 가는 콧날에 조그맣고 도톰한 입술, 얼굴 윤곽은 계란형이다. 그때 계백이 물었다.

"넌 그동안 극락에 몇 번이나 다녀왔느냐?"

"처음입니다."

빨개진 얼굴을 그대로 든 아야메가 습기에 젖어 번들거리는 눈으로 계백을 보았다. 머리를 끄덕인 계백이 몸을 일으키자 아야메가 준비해

200

놓은 옷을 입혀 주기 시작했다. 바지를 입히고 저고리에 팔을 꿰어 주는 아야메의 숨결이 이마에도 느껴지고 뺨에도 닿았다. 그때 계백이 아야메의 허리를 감아 안으면서 물었다.

"어젯밤 여기서 쫓겨나면 죽으려고 했느냐?"

"예, 영주님."

바로 대답한 아야메가 허리를 계백의 몸에 붙이면서 처음으로 웃었다. 눈이 초승달처럼 가늘어지면서 입 끝도 올라갔다. 귀여운 모습이다. 침실을 나온 계백이 위사들과 함께 청에 들어섰을 때는 진시(오전 8시) 무렵이다. 기다리고 있던 화청과 윤진이 자리에서 일어섰다. 오늘은 아리타와 마사시 영지까지 돌아봐야 하는 것이다. 3개 영지를 통합한 16만 석의 영주가 되었으니 왕궁이 위치한 아스카 주변에서는 제법 큰 영주인 것이다. 앞장을 서서 청을 나온 계백이 화청과 윤진을 둘러보며 말했다.

"왜국 영지를 대륙의 담로처럼 백제가 다스리는 것이 낫겠다."

대륙의 담로는 곧 백제의 직할령이다.

계백이 아리타의 거성(居城)에 입성했을 때는 신시(오후 4시)가 되어갈 무렵이다. 아리타의 영지는 6만 5천 석, 계백이 차지한 3개 영지 중 가장 컸고 성(城)도 규모가 컸다. 안에 5층 누각까지 세워져 있어서 볼 만했다. 영주는 영지 안에서는 절대군주다. 가신(家臣)이 곧 신하요, 사병(私兵)이 군사요, 주민은 백성이니 작은 왕국이나 같다. 이곳에서는 선발대로 온 하도리의 지휘로 가신들이 모여 있었는데 아리타의 처첩들까지 모두 대기하고 있다. 청으로 들어선 계백에게 아리타의 집사이며 중신인 고바야시(小林)가 보고했다.

"500석 이상 가신이 45명이며 그중 6명이 이번 전쟁 때 주군과 함께 사망했으며 남은 39명 중 7명이 가솔과 함께 영지를 떠난다고 합니다. 새로 오신 주군께서 받아들여 주옵소서."

고바야시는 60세, 6천 석의 봉록을 받고 있었는데 아리타를 4대째 주군으로 모셔왔다. 계백의 시선을 받은 고바야시가 말을 이었다.

"이토 영지에서는 중신 사다케가 그대로 집사로 머문다고 들었으나 저, 고바야시는 가솔과 함께 떠나기로 했습니다. 허락해주시기를 바랍니다."

고바야시가 두 손을 청 바닥에 짚고 계백을 보았다. 백발에 주름진 얼굴이었지만 눈빛이 맑았고 체격도 크다. 뒤에 엎드린 가신들은 숨소리도 내지 않는다. 그때 계백이 말했다.

"네가 모신 주군 아리타는 뒤쪽의 효고 영지를 탐내고 있었더구나. 그래서 이번에 신라소와의 거사가 성공하여 백제방이 무력해지고 왕실의 권위가 약해졌을 때 섭정께 부탁하여 효고의 영지 10만 석을 차지할 계획이었지?"

계백의 말이 이어지는 동안 청 안은 얼음이 덮인 것 같다. 계백의 좌우에는 화청과 윤진 등 장수들이 벌려 앉아 있어서 마치 포로를 심문하는 것 같은 분위기다. 그때 고바야시가 머리를 들고 계백을 보았다.

"예, 그렇습니다. 그러나 그것이 일장춘몽이 되었습니다."

"너희들 가신들은 한 몸이 되어서 아리타를 모셨느냐?"

"아리타는 무장이 아닙니다. 한 번도 앞장서서 칼을 휘두른 적이 없습니다."

고바야시가 말을 이었다.

"이번에 같이 죽은 가신 오쿠치와 키타고가 주동이 되어 아리타를 선동했기 때문입니다."

계백이 머리를 끄덕였다.

"허락한다. 떠나라."

"감사합니다."

"그러나."

계백의 목소리가 청을 울렸다.

"남은 가신들의 봉록도 일단 모두 몰수한다. 그리고 나서 다시 조정을 할 테니 모두 성안에서 대기하라."

추상같은 명령이다. 이제 아리타의 가신 전부는 성안에 구금되어 심사를 받은 후에 처우가 결정될 것이다. 그때 하도리가 소리쳤다. 하도리는 이제 영주의 선봉장 겸 위사장이다.

"모두 일어서라!"

하도리의 인솔로 가신들이 물러 나갔을 때 계백이 둘러앉은 장수들에게 말했다.

"이보게, 그대들은 나를 따라왔다가 가신(家臣)이 될 형편이 되었네. 어떻게 생각하는가?"

그때 화청이 짧게 웃었는데 흰 수염 속의 이가 드러났다.

"가신이 되었다가 본국으로 귀환하게 되면 다시 본래의 직위로 돌아가면 되지 않습니까?"

그러더니 덧붙였다.

"소장은 가신으로 주군을 모시리다."

다음 날 마사시 영지까지 돌아보고 난 계백은 아리타성을 거성(居城)으로 삼았다. 아리타성은 계백성(階伯城)으로 바뀌었고, 영지 이름이 계백이 되었다. 계백은 나솔 화청과 윤진, 백용문을 각각 1만 석 녹봉을 받는 중신(重臣)으로 임명하여 영지를 나눠 주었는데, 화청은 이또의 거성(居城)을, 윤진은 마사시의 거성을 지키는 성주(城主)를 겸임시켰다. 하도리는 계백 친위군의 대장이며 위사장을 겸하도록 하고 녹봉 1천 석을 주었으니 가신(家臣)까지 거느린 소영주가 되었다.

논공행상을 마친 계백에게 이제 측근이 된 사다케가 찾아온 것은 저녁 무렵이다. 사다케는 계백령의 집사가 되어서 계백성으로 옮겨온 것이다.

"주군, 드릴 말씀이 있습니다."

청 앞에 엎드린 사다케가 낮게 말했다.

"주위를 물리쳐 주십시오."

머리를 끄덕인 계백이 손짓으로 청에 있던 가신들을 물리쳤다. 청에 둘이 남았을 때 사다케가 계백을 보았다.

"주군, 이또의 측실이었던 아야메 님을 이곳으로 부르시지요."

계백은 시선만 주었고 사다케가 말을 이었다.

"그리고 이곳 아리타의 처첩 중에서 나가지 않고 남아 있는 첩을 두 명, 마사시성에서도 두 명을 골라 놓았습니다. 주군께서 계시는 거성의 내궁을 갖추는 것이 급선무올시다."

이것이 집사역 중신(重臣)이 할 일이기는 하다. 그때 사다케가 계백을 보았다.

"이또의 시녀장이 공평하고 일을 잘합니다. 주군을 따라 이곳과 마사시 거성에 가서 내궁을 둘러보고 조처한 것입니다. 이름이 마사코입니다."

사다케가 시켰을 것이다. 며칠 전 아야메를 데려온 늙은 시녀를 말한다.

"마사코를 시녀장으로 임명하시지요."

"알았다."

"내궁의 일은 마사코에게 맡기면 되실 겁니다."

계백의 얼굴에 쓴웃음이 떠올랐다. 사비도성에 있는 아내 고화와 딸의 얼굴이 떠올랐다. 그러나 가족을 이곳까지 부를 수는 없다. 왜국 영주는 왜국 왕실과 백제방의 기반을 더 굳히기 위한 방편인 것이다. 언제라도 대왕이 부르시면 귀국해야만 한다. 그날 밤 계백이 침소에 들어섰을 때 시녀장 마사코가 시녀 둘을 데리고 들어왔다. 시녀들이 계백이 옷을 갈아입는 것을 돕는다. 뒤에 지켜 서 있던 마사코가 입을 열었다.

"주군, 오늘 밤에는 이곳 아리타의 측실이었던 하루에 님이 모시도록 하겠습니다."

그때 계백이 몸을 돌려 마사코를 보았다.

"내가 남의 과부만 데리고 잔단 말이냐? 더구나 내 손에 죽은 놈들의 처첩 아니냐?"

목소리는 낮았지만 놀란 시녀들이 한 걸음 물러섰다. 그러나 늙은 마사코는 시선만 내렸을 뿐 위축된 것 같지 않다.

"그것이 관례가 그렇습니다."

"내가 쫓아내면 자결을 할까?"

"오갈 데가 없으니 그럴 것입니다."

"하루에가 누구냐?"

"아리타의 다섯 번째 측실로 제가 직접 뵙고 골랐습니다."

계백이 침상 옆의 의자에 앉았다.

"뭘 보고 골랐는지 말해라."

"예, 주군."

두 손을 모은 마사코가 거침없이 말했다.

"먼저 의향을 묻고 나서 용모와 성품, 소양과 근본을 알아보았습니다. 영주의 측실이 된 만큼 모두 뛰어났지만 하루에 님은 주군의 첩으로 손색이 없습니다."

그때 계백이 손을 들어 말을 막았다.

"마사코, 네가 내궁의 질서를 잘 잡았다. 그러나 오늘은 내가 쉬겠다."

"김부성이 항구 근처의 민가에 숨어 있다가 집주인의 신고로 붙잡혔습니다."

백제방에서 달려온 전령이 보고했을 때는 다음 날 오후다. 도망친 지 거의 한 달 만에 붙잡힌 셈이다. 그동안 세상은 많이 변했다. 신라소가 폐쇄되고 김부성과 연합했던 3곳의 영지가 통합되어 계백령이 되었다. 앞에 엎드린 전령이 말을 이었다.

"여왕께서 김부성의 처리를 방주께 맡기셨기 때문에 지금 김부성이 백제방으로 압송되는 중입니다."

"잘 되었어."

계백이 전령인 고덕 직급의 무장(武將)에게 말했다.

"이곳이 안돈되는 대로 왕자 전하를 뵈러 갈 것이네."

"나리."

전령이 청 바닥에 두 손을 짚고 계백을 불렀다. 주위를 물리쳐 달라는 전령의 부탁에 청에는 계백과 전령 둘뿐이다.

"왕자 전하께서 영지의 군사력을 길러 왕실과 백제방을 보좌하겠다고 하셨습니다."

"명심하겠다고 전하게"

"그리고 본국 소식을 전해 드리라고 하셨습니다. 신라는 비담 일당이 대부분 제거되고 김춘추 김유신 세력이 장악했다고 합니다."

계백이 머리만 끄덕였고 전령의 말이 이어졌다.

"새 여왕은 김춘추의 심부름꾼에 불과하며 백제와 고구려를 속이고 내부의 불만 세력을 무마하기 위해서 당분간 왕좌에 앉혔다는 것입니다."

"김춘추는 곧 왕이 될 것이야."

머리를 끄덕인 계백이 혼잣말을 했다.

"이제 백제와 신라의 합병은 물거품처럼 사라졌다. 반도에서 고구려와 함께 대륙으로 진출하려던 꿈이 절반은 깨진 것이야."

"왕자 전하께서도 같은 말씀을 하셨습니다, 나리."

40대의 전령도 길게 숨을 뱉었다.

"김춘추는 결사적으로 당에 매달릴 테니까요."

이미 김춘추는 당왕 이세민에게 아들 법민을 시종으로 붙여놓고 신라 관원의 관복을 모두 당(唐)의 관복으로 바꿨다. 의식이나 절차도 당을 따랐는데 당에 복속했다는 표시다. 그러니 외침을 받으면 당(唐)이 당한 것이나 같은 것이 될 것이다.

전령이 돌아간 후에 계백은 영지 안의 중신들을 불렀다. 내일까지 계백성으로 모이도록 전령을 보내고 내궁에 들어섰을 때는 술시(오후 8시) 무렵이다. 침소로 간 계백이 문 앞에 서 있는 두 여자를 보았다. 앞에 선 여자는 아야메다. 같이 밤을 새운 때문인지 시선을 받은 아야메가 웃는 듯 마는 듯한 표정으로 계백을 보더니 조금 뒤쪽에 선 여자를 눈으로 가리켰다.

"하루에 님을 데리고 왔습니다."

"네가 마사코 할멈 대신이냐?"

쓴웃음을 지은 계백이 침전으로 들어서면서 아야메가 가리킨 여자를 슬쩍 보았다. 아야메보다 두 치(6센티)쯤 컸고 그만큼 몸도 풍성하다. 그리고 가는 허리, 둥근 어깨, 볼록한 젖가슴이 분홍빛 비단 겉옷 밑으로 선명하게 드러났다. 시선을 내린 속눈썹이 비 오는 날 반쯤 내려진 창문 같다. 곧은 콧날, 조금 얇지만 굳게 다물린 입술, 두 뺨은 복숭아색으로 물들어 있다. 스치고 지나면서 일어난 공기의 흐름에 옅은 향내가 맡아졌다. 아야메하고는 다른 체취다. 이제는 두 여자가 시녀들 대신으로 계백의 관복을 받아들고 집 안에서 입을 옷을 걸쳐준다. 계백이 시중을 받으면서 웃었다.

"이래서 영주들이 주색에 빠지게 되는구나. 요사한 마사코 할멈 같으니."

아야메에게 술상을 봐 오라고 했더니 우물쭈물하면서 계백에게 물었다.

"하루에 님께 술시중을 들게 할까요?"

"너희들 둘이 같이 시중을 들어라."

대번에 그렇게 말했을 때 아야메는 방긋 웃었고 하루에는 수줍은 듯 고개를 더 떨어뜨렸다. 곧 시녀들이 술상을 들고 왔고 아야메와 하루에가 좌우에서 술시중을 든다. 노회한 시녀장 마사코는 잔소리 들을 것이 싫은지 그림자도 보이지 않는다. 내궁 안은 조용하다. 외인의 출입이 엄격히 금지된 영주의 거처인 것이다. 먼저 아야메가 따라준 술잔을 들고 계백이 하루에에게 물었다.

"네가 아리타의 첩이라는 것만 알았다. 네 내력을 네 입으로 말해보아라."

계백이 추상같이 말을 이었다.

"왜국에 와서 내가 죽인 반역도의 첩들이나 거느린 신세가 되었는데 너희들 또한 팔자가 기구하지 않으냐? 어디, 네 지아비를 죽인 원수의 품에 안기는 신세도 좋다고 한 년이니 거침없이 말해도 들어주마."

그야말로 신라군 진중으로 칼을 휘두르며 돌입하는 계백의 기상이 입담으로 옮겨졌다. 촌철살인(寸鐵殺人), 아야메는 고개를 숙였다. 그러나 하루에가 처음으로 고개를 들고 계백을 보았다. 맑은 두 눈이 반짝이고 있다. 눈에 물기가 많으면 등빛을 받아 더 반짝인다. 곧 굳게 닫혔던 입이 열렸다.

"가난한 하급 무사의 딸로 지내다 우연히 아리타 님의 눈에 띄어 첩이 되었습니다. 그러다 아리타 님이 죽고 또 우연히 영주님께 선택되었는데 제가 거부할 이유가 없습니다."

또렷한 목소리에 막히지도 않는다. 계백을 응시한 두 눈이 두어 번 깜빡였을 뿐 두려운 기색도 없다. 아야메는 숨도 죽인 채 하루에를 응시한 채 굳어져 있고 다시 하루에의 말이 이어졌다.

"제가 거부하면 전쟁에서 팔 하나를 잃고 사시는 아버지가 받는 20석 녹봉을 당장 내놓아야 할 것이며 20살짜리 남동생은 병사로 뽑히지도 않을 것입니다. 세 식구의 목숨이 저에게 달렸습니다."

"그래서 어떤 놈이 왔어도 그놈 품에 안기겠다는 말이냐?"

"예, 장군."

"나를 주군이라고 부르지 않는구나, 이년."

계백이 낮게 꾸짖었을 때 처음으로 하루에의 눈동자가 흔들렸다. 다음 순간 눈 주위가 붉어지더니 하루에가 두 손으로 방바닥을 짚었다.

"잘못되었습니다."

"학문은 어디까지 배웠느냐?"

"쇼토쿠 태자께서 세우신 호류사에서 경전과 백제 박사들이 가져온 한서를 읽고 배웠습니다."

계백이 한 모금에 술을 삼키고는 하루에에게 빈 잔을 내밀었다.

"술을 따라라."

얼굴을 붉힌 하루에가 술병을 집다가 옆쪽 안주 그릇을 건드렸다. 아야메가 얼른 그릇을 제대로 놓는다. 술을 따르는 하루에의 손이 떨리는 바람에 술병 주둥이가 흔들렸다.

"이년이 간덩이가 큰 줄 알았더니 좁쌀만 하구나."

혀를 찬 계백이 병 주둥이를 잡아 술을 채웠을 때 하루에의 눈에서 주르르 눈물이 흘러내렸다. 술잔을 든 계백이 아야메와 하루에를 번갈아 보았다.

"너희들 둘이 기둥이 되어서 내실의 기율을 잡아라."

둘은 숨을 죽였고 계백의 말이 이어졌다.

"내가 대륙에서 전쟁을 겪은 사람이다. 너희들의 마음을 왜 모르겠느냐?"

한 모금에 술을 삼킨 계백이 둘을 번갈아 보았다.

"어떻게든 살아야 한다. 산 자가 이긴다."

소실이 둘 생겼다. 계백이 여색(女色)을 탐한다면 아리타, 마사시, 이또의 처첩을 당장에 10여 명 내실로 몰아넣을 수도 있지만 절제한 것이 둘이다. 계백은 화청과 윤진, 백용문 등 수하 중신(重臣)들에게 나머지 처첩들을 내실로 데려가도록 했다. 모두 입이 귀 밑까지 찢어져서 벌려

진 입을 다물지 못했다. 계백 내궁의 시녀장이 된 마사코가 주군(主君)의 처첩이 옹색하다고 불평했지만 대놓고 나서지는 못했다. 그날 밤에는 계백이 하루에하고 첫날밤을 보냈다. 아리타의 측실이었던 하루에는 처음에는 수줍어서 몸이 나무토막처럼 이리저리 건드리는 대로 흔들리더니 곧 몸이 뜨거워지면서 매달렸다. 흐려진 눈으로 탄성을 내지르는 하루에를 보면서 계백은 문득 무상한 인생을 떠올렸다. 하루에는 아리타의 품에 안겼을 때도 이렇게 열락의 세상으로 함께 빠졌을 것이었다. 계백은 하루에를 힘껏 끌어안았다. 이것이 전시(戰時)의 인생이다. 역사가 승자의 몫인 것이나 같다. 내 품에 안겨 있는 한 만족시켜 주리라. 내가 하루에를 빼앗길 때는 내가 패했을 때이니 누구를 원망하겠는가?

다음 날 아침, 하루에의 시중을 받으면서 아침을 먹던 계백이 물었다.

"네 동생 이름이 무엇이냐?"

"예, 료타라고 합니다."

"스무 살이라고 했지?"

"예, 나리."

시선이 마주치자 하루에가 몸을 조금 비틀었다. 눈 밑이 붉어졌고 얼굴은 상기되었다. 몸을 섞은 남자를 향한 교태다. 뜨거운 밤을 떠올린 하루에의 몸이 간지러워진 것이다.

"병사가 되는 것이 꿈이라고?"

계백이 묻자 하루에의 두 눈이 더 반짝였다.

"예, 나리. 검술 수업을 하루도 빠지지 않고 합니다."

"데려와서 위사장을 만나라고 해라."

"예, 나리."

하루에의 눈에 금방 눈물이 고이더니 주르르 볼을 타고 흘러내렸다. 위사대에 뽑히면 3석의 녹봉을 받게 되는 것이다. 거기서 공을 세우면 녹봉이 늘어난다. 하루에의 부친이 녹봉 20석을 받는 전상자였으니 살림에 도움이 될 것이다.

청에 나갔을 때 마사시성 성주가 된 윤진한테서 전령이 와 있었다. 전령이 보고했다.

"주군, 옆쪽 타카모리 영지의 중신 산요가 보낸 전령이 왔었습니다."

백제인 전령의 거침없는 목소리가 청을 울렸다.

"지난번에 마사시와 협의해서 카마에강(江) 북쪽 영지를 가져가기로 한 바, 군사를 보내 접수할 테니 양해를 바란다는 것입니다."

계백이 지그시 전령을 보았다. 타카모리는 마사시 영지 옆쪽으로 25만 석의 영지를 가진 호족이다. 타카모리의 조상도 백제계여서 매년 백제식 제사를 지내고 조상묘도 백제식으로 꾸며서 서쪽을 향해 조성해놓았지만 백제방과는 소원한 관계다. 마사시와 사이가 좋지 않아서 영지 다툼이 많았는데 카마에강 북쪽에 있는 5천 석 정도의 영지를 타카모리가 가져가기로 합의를 한 것이다. 청 안의 중신들이 계백을 주시했고 초조해진 전령은 입안의 침을 삼켰다.

"타카모리는 몇 대째 영주냐?"

불쑥 계백이 묻자 대답은 옆에 앉아 있던 노신(老臣) 사다케가 했다. 이또의 중신이었던 사다케가 내력을 훤히 안다.

"예, 현(現) 영주 타카모리가 9대가 됩니다. 시조가 백제에서 넘어온 진(眞)씨 성의 진종 님이셨지요."

진씨는 한성에 도읍했던 백제시대 귀족이다.

"타카모리는 소가 가문하고 가깝다. 소가 이루카 섭정이 타카모리의 여동생을 소실로 삼았지."

왕자 풍이 웃음 띤 얼굴로 말을 이었다.

"그래서 지난번에 마사시와 영토 분쟁이 일어났을 때 타카모리의 편을 들어준 것 같다. 그것이 마사시가 신라소 측과 함께 반란을 일으킨 동기가 되었을 것이다."

계백이 잠자코 풍을 보았다. 유시(오후 6시) 무렵, 계백은 말을 달려 아스카의 백제방에 와 있는 것이다. 풍이 계백에게 물었다.

"타카모리는 아스카 주변에서 영향력을 가진 영주 중의 하나다. 땅이 기름지고 주민이 많아서 군사를 1만 가깝게 보유하고 있는 데다 충성스러운 무장(武將)이 많다. 더구나 이루카 섭정이 친척이니 마사시가 약속한 대로 5천 석을 떼어주는 것이 어떠냐?"

그렇게 물은 것은 네 생각대로 하라는 간접 표현이다. 그때 계백이 고개를 들었다.

"마사시는 반역을 일으켰다가 죽었습니다. 그런 마사시의 약속을 지킬 의무가 없다고 생각됩니다."

"타카모리는 성격이 급하다. 마사시가 약속한 제 영지를 찾겠다면서 군사를 보낼 가능성도 있다. 그러면 여왕께서 저지할 명분이 없다."

"타카모리를 베어 죽이면 그 영지는 어떻게 됩니까?"

불쑥 계백이 묻자 풍이 빙그레 웃었다. 청에는 풍과 계백, 풍의 중신 백종까지 셋뿐이다. 풍이 웃음 띤 얼굴로 말했다.

"은솔, 그 말을 하려고 직접 왔구나."

"예, 전하. 타카모리에 대해서도 들었습니다. 성품이 거칠어서 신하건 주민이건 거침없이 베어 죽인다고 합니다."

"난세에는 그것이 명군(名君)이다."

"명심하겠습니다."

"오래 끌면 너한테 불리해질 것이다."

"알고 있습니다, 전하."

"그 후의 대책을 듣자."

"예, 타카모리 영지 뒤쪽으로 소가 섭정의 부친 소가 에미시 전(前) 섭정의 영지가 있습니다."

"그렇지, 36만 석이다."

"타카모리를 없앤 후에 소가 에미시 님께 뒤쪽의 영지 10만 석 정도를 떼어주도록 하겠습니다."

"나머지 15만 석은 계백령에 포함시키고 말이냐?"

"백제방 영지입니다, 전하."

"7만 석 정도만 떼어줘도 에미시 영감은 좋아할 것이다."

"예, 그렇게 하지요."

"다시 말하지만 전쟁이 길어지면 이루카 섭정이 군사를 일으켜 끼어들 가능성이 있다."

정색한 풍이 말을 이었다.

"우리가 이루카가 거병할 명분을 주는 것이지. 그러면 백제방과 왕실까지 위험해진다."

"명심하겠습니다."

"타카모리의 무장 중에 용장이 많다."

"예, 전하."

고개를 숙인 계백이 목소리를 낮췄다.

"이미 타카모리 영지에 첩자들을 보냈습니다."

"허어."

어깨를 편 풍이 짧게 웃었다.

"네가 내 자랑이다."

청을 나온 계백이 마당 건너편의 마구간으로 다가가자 기다리고 있던 하도리가 다가왔다.

"주군, 지금 떠나실 겁니까?"

이곳에서 영지인 전(前) 아리타 거성 계백성까지 2백 리(100킬로) 거리다. 계백은 하도리와 위사 1백 기만 이끌고 달려온 것이다. 속보로 달린다고 해도 자시(밤 12시)가 다 되어서야 겨우 닿는다. 계백이 말 등에 오르면서 말했다.

"속전속결이다."

곧 갑옷 소리와 함께 말굽 소리가 백제방 마당을 울리더니 밖으로 쏟아져 나갔다.

"지금쯤 계백이 머리를 감싸 쥐고 있을 거다."

타카모리가 둘러앉은 중신들에게 말했다. 이곳은 타카모리의 거성(居城) 이쓰와(五和)성, 왕성(王城)인 아쓰카성보다 더 크고 웅장하다고 소문이 난 성이다. 청도 넓어서 사방 200자(60미터)의 면적에 붉은색 기둥이 6개가 나란히 세워져 있다. 타카모리는 35세, 백제계로 체격이 커서 5자 반(170센티)의 키에 배가 나왔다. 둥근 얼굴, 눈이 튀어나왔고 두툼한 입술에는 기름기가 배어 있다. 타카모리의 시선이 중신(重臣) 산요에게로 옮겨졌다.

"회신은 언제까지 보내라고 했지?"

"예, 내일까지입니다."

머리를 끄덕인 타카모리가 이제는 중신 슈토에게 물었다.

"병력은 대기시켰겠다?"

"예, 주군."

어깨를 편 슈토가 말을 이었다.

"기마군 2천5백, 보군 3천이 마쓰야 골짜기에서 대기 중입니다."

"좋다."

타카모리가 어깨를 폈다.

"이루카 님께는 산요, 네가 가라."

"예, 주군."

53세의 산요가 머리를 숙여 보이더니 말했다.

"주군, 섭정께 예물로 말 1백 마리 정도는 가져가는 것이 좋겠습니다."

"지난번에도 50마리를 보냈으니 50마리만 가져가도록."

"예, 주군."

타카모리가 다시 슈토를 보았다. 슈토는 38세, 역전의 용장이다.

"계백은 아직 3개 영지의 군사를 모으지도 못하고 있는 실정이다. 아리타성의 주력군은 백제에서 데려온 기마군 200에 투항한 군사 300가량이다."

타카모리의 목소리가 청을 울렸다.

"내일 계백이 영지를 넘겨주지 않으면 바로 마사시 영지로 진입해서 약속받은 영지를 접수한다. 알았나?"

"예, 주군."

슈토가 기운차게 대답했을 때 집사 겸 늙은 중신 하세가와가 입을 열었다.

"주군, 좀 기다리시지요."

"뭐라고?"

눈을 가늘게 뜬 타카모리가 하세가와를 노려보았다.

"영감, 뭐라고 한 거냐?"

"기다리시는 것이 낫겠습니다."

"네가 늙어서 죽을 때까지 기다릴까?"

"예, 그러시면 더욱 좋지요."

"넌 노망도 들지 않나?"

"들기를 기다리는 중입니다."

"입 닥치고 가만있어."

"왜 이렇게 서두르십니까? 영지는 움직이지 않습니다. 어디로 가는 게 아니라 10년이건 20년이건 그 자리에 있습니다."

"그동안에 너는 물론이고 나까지 죽겠다."

"이번에 영지 반환 사신을 보낸 것도 시기가 좋지 않았습니다. 제가 병으로 집에 누워 있지 않았다면 말렸을 것입니다."

"여봐라, 위사!"

타카모리가 소리치자 놀란 위사들이 달려왔다. 타카모리가 손으로 하세가와를 가리켰다.

"이 영감을 집으로 데려가서 눕는 것을 확인하고 돌아와라!"

"옛!"

위사들이 하세가와의 양쪽 팔을 움켜쥐었다.

"비켜라!"

하세가와가 위사들의 팔을 뿌리치더니 타카모리를 향해 절을 했다.

"타카모리 이에하치 님께 죄송하다는 말씀을 드립니다."

"이 영감이 진짜 노망이 들었구나."

활짝 웃은 타카모리가 손뼉을 쳤다. 타카모리 이에하치는 백제에서 건너온 타카모리의 9대 선조였기 때문이다. 몸을 돌려 청을 나가는 하세가와를 향해 타카모리가 소리쳤다.

"나를 이에하치라고 불렀어. 내 선조 이름으로!"

이쓰와성 서문(西門) 수문장 고다와가 해산물을 등에 지고 들어오는 어민들을 향해 소리쳤다.

"어제는 많이 잡았나?"

"좀 잡았소."

어민 하나가 소리쳤다.

"풍랑이 그친 날이어서 고기떼가 많이 밀려왔소!"

"눈먼 놈들이로구먼."

고다와가 몸을 돌리면서 말했다. 사시(오전 10시) 무렵, 바닷가에서 이쓰와성까지는 60리(30킬로) 거리였으니 새벽에 길을 떠났을 것이다. 어민들은 30명쯤 되었는데 제각기 바구니에 든 고기 짐을 졌고 수레도 2대가 된다. 모두 이쓰와 시장에 내다팔 고기들이다. 시장에서 고기와 양곡, 또는 피복이나 생필품으로 바꿔야 되는 것이다. 고다와 옆에 서 있던 사쓰가 혼잣소리처럼 말했다.

"아침에는 나뭇짐을 진 셋쓰 마을의 농민들이 들어왔습니다. 오늘 시장은 다른 때보다 장사가 잘될 것 같습니다."

"허, 셋쓰 마을에서도 왔어?"

셋쓰 마을은 북쪽 산지의 화전민들이다. 고다와가 힐끗 서쪽을 보았다.

"슈토 님이 마쓰야 골짜기의 군사를 이끌고 마사시 영토로 간다는 소문이 났던데."

서쪽이 마쓰야 골짜기다. 그러자 사쓰가 고개를 끄덕였다.

"전쟁 일어나기 전에 양곡을 사들이는 것이 주민들이지요. 비 올 때 개구리처럼 전쟁 일어나는 것은 첩자들보다 주민들이 먼저 압니다."

"그래서 이렇게 몰려온단 말인가?"

"그럴지도 모르지요."

"주군이 마사시 영지의 새 영주가 된 계백하고 전쟁을 해서 승산이 있을까?"

"내궁의 위사로 있는 사촌 다다시한테 들었는데 이번에 영지를 내놓지 않으면 곧장 슈토 님을 쳐들어가게 한답니다. 계백의 군사는 몇백 명 되지 않는다는군요."

"하긴 이루카 님이 우리 주군을 밀어주고 있으니까. 조금 전에 산요 님이 끌고 간 말떼는 이루카 님께 드리는 예물이야."

그때 활짝 열린 서문으로 다시 한 무리의 상인이 들어왔다.

"다 들어왔습니다."

하도리가 말하자 계백이 머리를 끄덕였다.

계백도 상인 행색이었지만 이제는 수레 바닥에 싣고 왔던 활과 화살통을 옆에 놓았고 손에 장검을 쥐었다. 이곳은 타카모리의 거성인 이쓰와성 안 호국사 뒷마당이다. 주위에 20여 명의 조장들이 둘러서 있었는데 모두 백제에서부터 계백을 따라온 역전의 용사들이다. 계백이 입을 열었다.

"제각기 조별로 은신해 있다가 술시(오후 8시)에 성문을 닫는 북소리가 울리면 일제히 기습한다. 정해진 목표를 기습하되 목표를 이루면 내

219

성으로 집결한다. 알았느냐?"

"옛!"

조장들이 낮게 대답하더니 계백의 눈짓을 받고 일제히 흩어졌다. 모두 삼삼오오 짝을 지어 이쓰와성 안으로 잠입한 것이다. 계백은 처음부터 정공법을 생각하지 않았다. 신라의 가야성을 함락시킬 때처럼 잠입하여 수괴의 목을 베는 전법을 택한 것이다. 계백은 하도리와 함께 20명을 이끌고 직접 타카모리의 내궁을 칠 것이었다. 계백과 함께 잠입한 백제군은 250, 마사시 영지를 맡고 있는 윤진은 마사시 성에서 타카모리의 사신을 맞아야 했고 화청은 이또의 거성이었던 야마토성을 지키고 있다. 그때 상인 복장의 사내 하나가 서둘러 계백에게 다가왔다.

"주군, 마사시성에 갔던 타카모리의 사신이 돌아왔고 타카모리가 슈토에게 출동명령을 내렸습니다."

내궁 밖에서 동정을 살피고 있던 부하다. 계백의 얼굴에 쓴웃음이 번졌다. 슈토가 마쓰야 골짜기의 대군을 이끌고 마사시로 떠났을 때 계백의 기습군은 타카모리를 치는 것이다.

"됐다. 준비해라."

호국사는 쇼토쿠 태자가 건립한 절 중의 하나로 뒷마당에는 인적이 없다.

"주군, 슈토 님이 출동했습니다!"

마쓰야 골짜기에 다녀온 가신 노무라가 소리쳐 보고하자 타카모리는 들고 있던 술잔을 내려놓고 웃었다.

"됐다. 슈토가 영지로 진입하는 것으로 상황이 종료된다."

옆에 앉아 있던 측실 나미코가 타카모리의 안주 접시에 생선회를 덜어 놓았다. 요즘 들어서 타카모리의 총애를 받고 있는 7번째 소실이다. 나미코의 허리를 당겨 안은 타카모리가 노무라에게 물었다.

"기마군이 떠나는 것을 보았느냐?"

"예, 뒤를 보군이 따르는 것까지 보고 왔습니다."

"오늘 밤을 달리면 내일 낮에는 마사시 영지에 도착하겠지."

"예, 기마군은 충분히 도착합니다."

머리를 끄덕인 타카모리가 술잔을 들어 한 모금에 삼켰다. 나미코가 젓가락으로 생선회를 집어 타카모리의 입에 넣어주었다. 간드러진 몸매와 얼굴에 가득 교태를 띠고 있다. 회를 씹어 삼킨 타카모리가 앞쪽에 앉은 중신(重臣) 헤이치에게 물었다.

"헤이치, 계백이 회신을 하지 않은 것은 거부하겠다는 의사 아니냐?"

"그렇습니다."

헤이치가 어깨를 펴고 대답했다. 마사시성의 성주 윤진에게 영지 반환을 통보한 지 사흘이 된 것이다. 회신을 요청한 날보다 하루가 더 지났다.

"건방진 놈."

타카모리의 둥근 얼굴이 붉어졌다. 튀어나온 눈이 부릅떠졌고 두꺼운 입술이 굳게 닫혔다.

"이번에 버릇을 잡아놓지 않으면 앞으로 힘들어진다. 이곳은 백제가 아냐, 내가 백제방의 신하가 아니란 말이다."

그렇다고 타카모리가 왜왕의 심복도 아니다. 9대조 이에하치가 바다를 건너온 후로 영지를 개척하여 백제령 소왕국(小王國)의 국왕 행세를 해온 것이다. 섭정인 소가 가문도 마찬가지다. 소왕국끼리 연대하여 왜국을 이끌어 온 것이 아닌가? 백제방이 없었다면 왕실은 진즉 유명무실해졌을 것이다. 그때 북소리가 울렸다. 성문을 닫는 북소리가 일제히 울리고 있다.

"응, 벌써 술시(오후 8시)가 되었나?"

혼잣소리로 말한 타카모리가 빈 잔을 내밀자 나미코가 술을 따랐다.

"내일은 영락정에서 술을 마시기로 하자."

타카모리가 나미코에게 말했다.

"마사시 영지를 가져온 기념주를 마셔야겠지. 가신들을 모아 축하연을 할 테니 준비시켜라."

"예, 대감."

나미코가 나긋나긋한 목소리로 대답했을 때.

밖에서 외침 소리가 들렸기 때문에 먼저 헤이치가 이맛살을 찌푸렸다. 서너 명이 외치는 소리다.

"주군 내실 근처에서 무슨 소동이냐?"

헤이치가 청 뒤쪽에 선 위사를 꾸짖었다.

"당장 중지시켜라."

그때 마룻바닥을 찍는 소리가 들리더니 위사가 청으로 뛰어들었다.

"주군!"

위사가 무릎을 꿇지도 않고 소리쳤다.

"반란이오!"

"무엇이!"

헤이치와 가신들이 놀라 일어섰다. 그때 칼 부딪치는 소리, 비명, 외침이 한꺼번에 쏟아졌다.

"반란이라고?"

청에 모인 가신은 모두 10여 명이다. 주군 앞에서는 칼을 풀어놓는 것이 관례라 칼은 모두 마루방 끝의 칼걸이에 놓았다. 그때 청 안으로 사내들이 쏟아지듯 들어왔다. 먼저 들어온 사내들은 위사다. 대여섯 명이 칼을 들고 있었지만 쫓겨들어 온 것이 금방 드러났다. 이쪽에 등을 보이면서 뒷걸음질로 들어온 것이다.

"이얏!"

기합 소리가 여러 번 울리더니 사내들이 들어섰는데 난폭한 기세다. 모두 농군, 어부 차림이다.

"이놈들! 반란이냐!"

헤이치가 소리쳤고 가신 몇 명이 따라서 외쳤다. 타카모리는 일어서 있었지만 입만 달싹일 뿐 소리가 뱉어지지 않았다. 이런 일은 상상도 못 했다.

결사대를 따라 청으로 진입한 계백은 청 안쪽에 서 있는 타카모리를 보았다. 옆에 그림 같은 미인이 타카모리에게 딱 붙어 있었는데 그것이 오히려 여자에게 의지하고 서 있는 것처럼 보였다. 여자의 눈이 초점이 또렷한 대신 타카모리는 아직 정신을 차리지 못했다. 치켜뜬 눈, 벌린 입, 엉거주춤한 자세가 그렇다. 이것은 계백이 눈 깜박하는 순간에 본 장면이다. 생명체는 이 짧은 순간에 목숨을 잃기도 하는 것이다. 다음 순간 계백이 소리쳤다.

"다 죽여라!"

영주이며 대백제 은솔, 대장군, 대륙을 누비며 당왕 이세민의 눈알을 뺀 용장 계백이 손수 칼을 쥐고 외친 것이다. 벽력같은 외침, 이 외침을 들은 수하 결사대는 누구인가? 계백을 따라 수십 번 전장을 누빈 역전의 용사들이다.

"와앗!"

처음으로 결사대의 외침이 터졌다. 전투는 기세로 승부가 난다. 접전, 난전에서는 더욱 그렇다. 사기가 오른 용사의 기세는 일당백이 된다. 내려치는 칼날은 제아무리 검법의 달인이라고 해도 막아내지 못한다.

"으악!"

앞을 가로막던 가신 하나의 비명을 시작으로 청에서 살육이 일어났다. 치고받는 싸움이 아니라 도살장이 된 것이다. 막는 시늉을 했지만 시늉이고 대부분 단칼에 베어진다. 계백은 결사대 사이를 빠져나가 타카모리를 향해 달려갔다. 이제 타카모리는 뒤로 두 걸음 물러서다가 발을 헛디뎌 비틀거리는 중이다. 타카모리의 팔을 잡아 부축한 여자가 없었다면 넘어졌을 것이다. 타카모리는 지금까지 한 번도 이런 상황에 빠진 적이 없었을 뿐만 아니라 전장의 전투에 선 적도 없다. 앞을 가로막은 위사 하나의 어깨에서 허리까지를 베어 넘어뜨린 계백이 타카모리의 앞으로 다가갔다. 그때 옆에서 위사 하나의 칼날이 날아왔지만 어깨를 비틀어 피하면서 칼로 목을 쳤다. 피가 분수처럼 튀어 계백의 몸에 뿌려졌다. 그때 타카모리는 몸을 돌려 등을 보였다. 여자와 함께다.

"타카모리!"

계백이 벽력처럼 소리쳤다.

"나는 영주 계백이다!"

천둥 같은 소리가 청에 울렸을 때 살아 있던 두어 명의 가신, 위사가 주춤했다. 놀란 것이다. 그때 타카모리도 숨을 들이켰지만 머리를 돌리지는 않았다. 여자만 이쪽을 보았을 뿐이다. 그때 계백이 한 걸음 뒤까지 다가가며 다시 소리쳤다.

224

"너, 타카모리 아니냐?"

"아니오!"

타카모리가 엉겁결에 소리친 순간이다. 계백의 칼이 날아가 타카모리의 뒷머리를 쳤다.

"아악!"

타카모리의 비명이 청을 울렸다.

밤, 자시(밤 12시)가 되었을 때 자리에 누워 있던 하세가와가 마당에서 울리는 소음에 몸을 일으켰다. 말굽 소리, 외침, 부르고 꾸짖는 소리가 내실까지 들린 것이다.

"누구냐!"

자리에서 일어나 앉으면서 소리치자 문밖에서 집사 요시다가 소리쳤다.

"모리 님이 오셨습니다."

모리는 타카모리의 위사부장으로 500석을 받는 가신이다. 하세가와가 문을 열자 앞쪽 마루 밑까지 와 있던 모리가 헐떡이며 소리쳤다.

"하세가와 님! 큰일 났습니다!"

이제 주변에 등불을 든 하인, 경비병이 모여 섰기 때문에 모리의 몰골이 드러났다. 피투성이다. 하세가와의 시선을 받은 모리가 소리쳤다.

"다 죽었습니다!"

하세가와의 눈빛이 강해졌고 모리의 입꼬리가 떨렸다.

"계백군이 내궁을 기습해서 청에 있던 가신, 위사들을 몰살시켰습니다. 계백이 선두에 섰습니다!"

"……"

"내궁으로 진입해서 주군의 마님들, 일족까지 모두……. 내전에도 살아남은 사람이 없습니다!"

"……."

"그러고는 주군과 나미코 님을 사로잡고 마장의 말을 타고 모두 철수했습니다!"

"놈들이 겁이 난 거다."

슈토가 웃음 띤 얼굴로 말했다. 진시(오전 8시) 무렵, 마사시성(城)이 보이는 들판에서 슈토가 주위를 둘러보며 말했다.

타카모리의 기마군 2천5백이 정연하게 대오를 갖춘 채 휴식 중이다. 언제라도 출동할 수 있도록 말은 옆에 세워놓았다.

슈토가 말을 이었다.

"저놈들은 기껏해야 2, 3백이야. 성문을 열고 나온다고 해도 한식경이면 몰살당한다."

맞는 말이다. 그래서 마사시성 안의 성주 윤진과 군사들은 깃발도 세우지 않고 미동도 하지 않는 것이다. 햇살이 환한 아침이다. 밤을 새워 이곳까지 달려 온 기마군은 이제 아침을 먹고 있다. 타카모리군(軍)에게 마사시성 안의 장졸들은 압도당한 것이 분명했다. 그때 부장(副將) 나까오까가 말했다.

"슈토 님, 보군은 오늘 밤에나 도착할 것 같으니 군사들이 아침을 먹고 나면 영지로 내려가 정리하는 것이 낫겠습니다."

"그래야지."

본래 그럴 작정이었기 때문에 슈토가 선선히 대답했다. 새 영지의 회수작업이다. 주인이 바뀌었으니 그 영지에서 녹을 받아먹던 무사, 관리들은 땅을 내놓고 돌아가야 한다. 점령지 처리나 같다. 어깨를 편 슈토가 말을 이었다.

"엄연히 합의된 땅을 돌려받는 거야. 계백이 어떤 놈이건 만용을 부리지는 못할 것이다."

그때 말굽 소리가 울리면서 기마군사들이 달려왔다. 앞장 선 기마군을 보자 슈토가 몸을 세웠다. 주군 타카모리의 위사조장 나베였기 때문이다. 다가온 나베가 굴러 떨어지듯이 말에서 내렸을 때 슈토가 소리쳐 물었다.

"나베, 무슨 일인가?"

나베의 기색이 심상치 않기 때문이다. 주위의 시선이 모였고 나베가 땀과 먼지로 범벅이 된 얼굴을 들고 소리쳐 말했다.

"슈토 님, 주군이 기습을 받아 계백에게 생포되었고 내성의 일족은 모두 몰살당했습니다!"

"무엇이! 그게 무슨 말이냐!"

"어젯밤에 내성이 기습을 받았소!"

나베의 목소리가 들판을 울렸다.

"내성에 있던 중신, 주군의 일족은 모두 죽어서 산 사람이 없습니다!"

"주, 주군은?"

"계백이 생포해 갔습니다!"

"어, 어디로?"

"모릅니다!"

숨을 고른 나베가 다시 소리쳤다.

"하세가와 님의 전갈이오! 군(軍)을 철수시켜 거성으로 돌아오라고 하셨소!"

"하, 하세가와 님이……."

"예, 거성에 계시오."

그때서야 슈토가 아연한 얼굴로 옆에 선 부장 나까오까를 보았다. 초점을 잃은 눈이었고 나까오까는 그 시선도 받지 않고 외면했다. 그때 나베가 잊었다는 듯이 서둘러 말했다.

"오는 도중에 보군대장 요시무라 님을 만났소! 요시무라 님은 즉시 군사를 돌려 거성으로 회군하고 있습니다!"

슈토가 다시 머리를 돌려 마사시성(城)을 보았다. 성은 여전히 깃발 하나 세우지 않은 채 성문을 굳게 닫고 있었지만 이제는 그것이 두렵게 느껴졌다. 그때 부장 하나가 말했다.

"슈토 님, 주군이 생포되고 일족이 멸족되었다고 하지 않습니까?"

목소리가 들판 위로 울렸다.

"보군까지 돌아갔다는데 돌아가십시다!"

슈토는 숨을 들이켰다. 이것이야말로 청천벽력이다. 발을 잘못 딛고 지옥으로 떨어진 것 같다.

하도리가 청으로 들어섰을 때는 오시(낮 12시) 무렵이다.

"주군, 타카모리가 양도서를 쓰겠다고 합니다."

하도리의 목소리가 청을 울렸다. 이곳은 '계백성'의 청 안이다. 진시(오전 8시) 무렵에 성에 도착한 계백이 잠깐 눈을 붙이고 나온 참이다. 계백이 시선만 주었을 때 하도리가 말을 이었다.

"타카모리 영지 25만 석을 계백령의 계백 공에게 양도하겠다는 양도서입니다."

청 안에 둘러앉은 가신(家臣), 장수들이 수군거렸는데 몇 명은 소리

죽여 웃음소리를 내었다. 계백은 여전히 보료에 몸을 기댄 채 듣기만
했고 하도리가 말을 계속한다.

"그리고 영지의 가신, 장수, 군민들에게 앞으로 새 영주를 맞아 충을
다하라는 글도 쓰겠다는 것입니다."

"머리 상처는 어떠냐?"

불쑥 계백이 물었더니 하도리가 어깨를 추켜올렸다가 천천히 내렸
다. 여전히 엄숙한 표정이다.

"예, 칼등에 맞은 머리꼭지가 터졌기는 하지만 뇌가 다치지는 않았
습니다."

"제정신이란 말이렸다?"

"예, 머리가 아프다고 술을 달라고 해서 한 병을 주었습니다."

"영지를 내놓고 죽겠다더냐?"

"아니올시다, 주군."

턱도 없는 말이라는 듯이 하도리의 목소리가 높아졌다.

"살려주는 조건으로 합의서를 쓰겠다는 것입니다."

"살겠다고?"

"예, 죽이지만 말아달라고 저한테도 사정을 합니다."

"제 일족이 아이까지 몰살된 것을 알고 있느냐?"

"예, 제가 말해주었습니다."

"그랬더니?"

"별 반응이 없었습니다."

"오직 제 목숨은 살려달라고 했단 말이지?"

"예, 주군."

"옳지."

계백이 천천히 고개를 끄덕였다.

"영지를 가져갈 만하다. 하세가와한테 그 합의서와 가신들에게 보내는 서신을 보내주도록 해라."

"무엇이?"

버럭 소리친 이루카가 옆에 앉은 에미시를 보았다. 오시(낮 12시)가 조금 지난 시간, 둘의 앞에는 타카모리 영지에서 달려온 전령이 엎드려 있다. 하세가와가 보낸 전령이다. 전령은 어젯밤의 내막을 보고했는데 과장이 심했다. 계백군(軍)을 수천 명으로 보고했고 타카모리 측 피해자도 수천으로 부풀렸다. 이루카의 저택 안이다. 오늘도 부친 에미시가 와 있었기 때문에 신구 섭정이 내막을 함께 들은 셈이다.

"타카모리를 생포해 갔단 말이냐?"

이루카가 비명처럼 묻자 전령이 한숨을 쉬었다. 40대쯤의 하세가와 가문의 가신이다.

"예, 대감."

"일족은 다 죽이고?"

"예, 유아까지 다 죽였습니다."

"허, 타카모리 가문이 끊겼구나."

이루카가 말했을 때 에미시가 물었다.

"그리고 기습군이 돌아갔단 말이냐?"

"예, 대감."

"하세가와는 그 사실만 보고하라고 하더냐?"

"예, 대감."

"질문을 그친 에미시가 머리를 돌려 이루카를 보았다."

"하세가와가 타카모리한테 만정이 떨어진 것 같다."

"그나저나 계백이 안하무인입니다."

이루카가 눈을 부릅떴다.

"이러다가 우리 가문에다 칼을 휘두를 수도 있겠습니다."

그때 마당이 떠들썩하더니 집사가 소리쳤다.

"백제방 왕자 전하의 전령이 오셨습니다!"

"무슨 일인가?"

청에 와서 허리를 굽혀 예를 표했지만 백제방의 전령은 왜국의 관리와는 다르다. 전령은 8품 시덕 관등의 백제 관리로 백제방 방주이며 백제 왕자(王子), 왜국의 제1품 벼슬인 대덕(大德) 부여풍이 보낸 자인 것이다.

소가 이루카가 왜국의 섭정이라고는 하나 백제방은 왜국 왕가(王家)의 자문역이며 방주는 왜왕의 자문관이니 이루카보다는 격이 높다. 실권은 없지만 위상으로써는 소가 가문이 감히 눈을 맞출 수 없는 것이다. 그때 전령인 시덕 연권이 어깨를 펴고 이루카와 에미시를 번갈아보았다. 40대의 연권은 두 부자(父子)와 안면이 많다.

"대감, 왕자 전하의 말씀을 전하겠습니다."

둘의 시선을 받은 연권이 거침없이 말을 잇는다.

"이번에 아리타, 마사시, 이또의 영지를 다스리게 된 백제방의 은솔 계백이 타카모리의 기습을 받아 어쩔 수 없이 타카모리의 거성을 기습, 일족을 멸문시키고 타카모리를 생포했습니다."

에미시도 긴장으로 굳어진 얼굴로 연권을 노려보았고 이루카는 허리를 흔들면서 안절부절못하고 있다. 그때 연권의 목소리가 높아졌다.

"마사시가 전에 합의한 5천 석 영지를 내놓으라면서 군사를 투입시킨 것입니다. 지금 마사시 영지에 기마군 2천5백, 보군 3천이 투입되어 있습니다."

"……."

"계백은 타카모리를 생포하고 철수했지만 이대로 후환을 놔두면 안 될 것입니다. 그래서."

어깨를 편 연권이 둘을 번갈아 보았다.

"타카모리의 영지를 몰수하며 소가 가문과 계백이 나누어 통치하는 것이 낫겠다고 하십니다."

"……."

"타카모리는 영지를 내놓겠다는 합의서를 써낼 생각이며 가신들도 죽거나 등을 돌린 상황입니다. 이대로 두면 무주공산이 되어 도둑떼가 창궐하게 될 것이니 시급하다고 하셨습니다."

그때 에미시가 물었다.

"지금 타카모리 영지에는 누가 있나?"

"하세가와가 있습니다."

"으음."

신음을 뱉은 에미시가 쓴웃음을 지었다.

"그 영감이 죽기 전에 안 좋은 꼴을 보는군."

"왕자 전하께서는 타카모리 영지는 이미 없어졌다고 말씀하셨습니다."

"내 영지와 여기 있는 섭정의 영지가 타카모리 영지와 붙어 있어."

에미시가 이루카를 눈으로 가리키며 말을 이었다.

"사코이 산 서쪽 땅을 소가 가문이 가져가도록 하지. 그럼 이번 혼란을 수습하도록 해주겠네."

"전하께서는 아와강 서쪽 땅을 소가 가문이 가져가는 것이 공평하다고 하십니다."

연권이 단호한 표정으로 말을 이었다.

"이것은 소가 가문에 대한 왕자 전하의 예의라고 하셨습니다. 여기에서 몇만 석짜리 땅으로 성의를 훼손시키면 되겠습니까?"

"이봐, 성의라니? 누구한테 선심 쓰는 것이냐?"

화가 난 이루카가 버럭 소리쳤을 때 에미시가 손을 들어 말렸다.

"섭정, 시끄럽다."

"아버님, 계백이 안하무인입니다."

"타카모리가 과욕을 부린 벌을 받은 것이다. 그놈이 성급했고 앞뒤 구분 못한 때문이야."

자르듯 말한 에미시가 연권을 보았다.

"알았네. 왕자 전하의 뜻을 받들겠다고 전해 드리게."

연권이 청을 나갔을 때 이루카가 찌푸린 얼굴로 에미시를 보았다.

"아버님, 아와강 서쪽 영지를 우리가 떼어 받으면 계백은 타카모리 영지 25만 석 중 18만 석을 갖게 됩니다. 그러면 16만 5천 석에서 단숨에 18만 석이 붙어나 34만 5천 석의 대영주가 됩니다."

"너는 이미 85만 석 아니냐?"

에미시가 웃음 띤 얼굴로 말했다. 그리고 이루카 자신은 90만 석이다. 거기에다 이번 7만 석을 합치면 1백만 석 가깝게 되는 것이다.

편지를 읽은 하세가와가 조심스럽게 접더니 앞에 놓았다. 이곳은 하세가와의 저택 안, 안쪽에 앉은 하세가와의 얼굴은 병색이 짙다. 그러나 눈은 번들거리고 있다. 하세가와가 앞에 앉은 사내를 보았다. 사내는 계백의 심복 나솔 백용문, 계백이 한산성주 겸 수군항장이었을 때부터 동고동락해 온 장수 중의 하나다. 그 백용문이 밀사의 임무를 띠고 타카모리의 중신(重臣) 하세가와를 찾아온 것이다. 지금 하세가와가 읽은 편지는 타카모리가 쓴 글이다.

'타카모리의 모든 영지를 계백에게 바칠 것이니 모두 계백에게 충성해 주기를 바란다'고 쓰인 편지다. 하세가와가 입술 끝을 비틀면서 입을 열었다.

"이 편지를 갖고 오느라고 수고하셨습니다."

하세가와의 눈동자는 흐려져서 앞에 앉은 백용문의 뒤쪽을 보는 것 같다. 청은 10평쯤 되었는데 타카모리의 가신 10여 명이 둘러앉아 있다. 모두 침통한 표정이다. 편지를 읽지 않았어도 내용을 짐작하는 것 같다. 그러고는 하세가와가 입을 꾹 다물었기 때문에 청 안에 어색한 정적이 덮였다. 그때 백용문이 가볍게 입맛을 다셨다. 백용문은 가죽 갑옷 차림이다. 부하 5명을 데리고 이곳까지 말을 달려온 것이다.

"노인, 타카모리 님에 대해서 더 물어보실 말이 없으시오?"

"없습니다."

하세가와가 여전히 흐린 눈으로 백용문을 보았다.

"장군께선 계백 영주의 중신이며 거성(居城)의 수비장이라고 들었습니다. 나한테 오신 목적이 이 편지를 전하는 것뿐이시오?"

이번에는 하세가와가 묻자 백용문이 쓴웃음을 지었다.

"노인께 그대로 말씀드릴까요?"

"그럼 말씀하시지요."

"내 주군이며 상관이시기도 한 계백 장군께서 날 보내시면서 딱 한 말씀만 하십디다."

모두 숨을 죽였고 백용문의 말이 이어졌다.

"하세가와한테 이 편지를 주고 묻는 말에 대답이나 해주고 와라. 이렇게 말씀하셨소."

"……"

"묻는 말씀이 없다고 하시니 할 말이 없소."

그러고는 백용문이 입을 딱 다물더니 자리에서 일어섰다.

"잠깐만."

당황한 하세가와가 따라 일어서려다가 비틀거렸다. 겨우 중심을 잡은 하세가와가 두 손을 내민 채 백용문에게 말했다.

"장군, 잠깐 앉으시지요. 타카모리 님에 대해서보다 다른 것을 여쭤보겠습니다."

다시 자리에 앉은 백용문에게 하세가와가 가쁜 숨을 고르고 나서 묻는다.

"장군, 타카모리 가문은 멸문되었습니다. 그러나 수백 명 가신, 수천명 군사는 어떻게 됩니까?"

"내 주군께서는 어떤 말씀도 없으셨으니 내가 내 생각을 말씀드리리다."

백용문의 목소리가 작은 청을 울렸다.

"아마 내 생각대로 말하고 오라고 내 주군께서 말씀하신 것 같소."

"듣겠습니다."

"그 주군에 그 신하라고 당신들도 다 같소."

어깨를 편 백용문이 하세가와를 노려보았다.

"타카모리는 목숨만 살려주면 다 드리겠다고 했소. 그자에게는 신하고 주민이고 안중에 없었소. 제 처자식이 몰사했다는데도 눈 하나 끔벅

하지 않았소."

"……."

"그리고 저 편지를 써 준 것이오."

"……."

"그러니 당신들도 마찬가지겠지. 누가 그런 자를 위해서 목숨을 내 놓는단 말인가?"

"……."

"내 생각을 말하리다."

백용문이 호통치듯 말했다.

"가신들이 결속해서 내 주군께 복속한다는 서약을 하시오. 그래야 영지가 안정되고 주민들이 편하게 살 것 아니오? 그것이 우선이오."

그러고는 백용문이 길게 숨을 뱉었다.

"영주다운 영주를 만나면 영지 주민들이 첫째로 혜택을 받을 것 이오."

거성(居城)의 청에는 화청과 윤진이 와 있었는데 각각 5백여 명의 군사를 이끌고 왔다. 계백의 거성에도 5백 가까운 병력이 있었으니 1천5백의 군사력이다. 그중 기마군이 5백5십, 2백5십을 기반으로 3백을 늘렸다.

"급조한 군사들이어서 허점이 많습니다."

쓴웃음을 지은 윤진이 계백을 보았다.

"백제 기마군단 1개만 데려와도 거침없이 진군할 텐데요."

백제 기마군단은 2천5백으로 형성되었다. 대륙의 백제 담로에서는 1개 기마군단이 그 배인 5천이다. 대륙은 지형이 평탄한 데다 장거리 이

236

동이 많아서 1개 군단이 움직이면 말떼가 2, 3만 필이 따른다. 예비마가 필요하기 때문이다. 화청과 윤진은 대륙에서도 기마군을 지휘했고 특히 화청은 멸망한 수(隋)나라에서부터 기마군이다. 그때 계백이 말했다.

"나솔이 돌아오는 대로 이쓰와성으로 진입한다. 이번에는 한낮에 국도를 따라서 가는 거야."

둘러앉은 셋의 앞에 지도가 펼쳐져 있다. 셋이 함께 가는 것이다. 화청이 손끝으로 국도를 짚고 있다. 이쓰와성까지는 350리(175km킬로), 도중에 타카모리 영지의 성 3개를 지나야 된다. 3개가 국도변에 위치하고 있기 때문이다.

"이곳 성 한 곳에서라도 군사가 나오면 격전을 치러야 될 것입니다. 성 하나에 최소 5백 이상의 병력이 있을 테니까요."

계백이 머리만 끄덕였다. 이번에도 계백의 군사는 기마군 5백이다. 말은 3천 필, 보군은 영지에 남겨놓고 전군(全軍)이 기마군이다. 그때 윤진이 말했다.

"타카모리가 생포되면서 영지의 가신, 군사들이 공황 상태에 빠졌지만 일부가 결속해서 복수를 하려는 놈들도 있을 것입니다."

"당연하지."

화청이 대답했다.

"백용문이 하세가와의 어떤 대답을 듣고 오던 간에 25만 석이나 되는 영지야. 지령이만 있을 리가 없어."

신시(오후 4시) 무렵이다. 바깥마당에서는 말 울음소리, 말굽 소리로 소란했다. 출동 준비를 하고 있기 때문이다. 출동 시간은 밤 술시(오후 8시), 밤길을 달려 내일 이른 아침인 묘시(오전 6시)경에 타카모리의 거성인 이쓰와성에 진입하려는 계획이다. 그때 청 밖에서 하도리가 소리쳤다.

"주군! 산요 님을 모시고 왔습니다!"

계백이 머리를 들었고 화청과 윤진이 자리를 고쳐 앉았다. 이루카 섭정에게 말 50필을 진상하러 왔던 타카모리의 중신 산요다. 말을 바치고 나서 돌아가려다가 이쓰와성의 '변'을 듣고 아스카에 머물고 있던 산요를 하도리가 데려온 것이다. 곧 하도리와 함께 산요가 들어섰는데 비장한 표정이다. 왕성이 있는 아스카에서 이곳까지 2백 리(100킬로) 가깝게 되었으니 강행군을 했을 것이다. 마치 포로로 잡힌 것 같다. 그때 계백이 말했다.

"산요, 그대가 왕성에 있다는 말을 듣고 찾았다. 그대 주군도 이곳에 있다."

계백 앞에 엎드린 산요가 머리를 들었다. 50대 초반의 산요는 지쳤기 때문인지 10년은 더 나이 들어 보였다.

"제 역할은 끝났습니다. 영지에 하세가와 님이 계시니 그분이 정리를 도울 것입니다."

그때 계백이 이를 드러내고 웃었다.

"그 영주에 그 신하들이로구나. 너한테 영주, 영지의 주민 이야기는 하지 않겠다."

산요의 시선을 받은 계백이 말을 이었다.

"내가 타카모리의 일족을 몰살했다는 말을 들었겠다? 타카모리는 그 말을 듣고도 눈 한 번 깜박하지 않고 영지 양도증에 가신, 주민들한테 나에게 복속하라는 서신을 써 주더구나."

계백의 말이 이어졌다.

"내가 타카모리 영지에 진입하면 네 일족도 쥐새끼 한 마리 남기지

238

않고 내 손으로 죽여주마. 그것이 군주, 신하들이 받아야 할 대가다."

"산요 님이 오셨소."

오꾸보가 말하자 후다나리는 몸을 일으켰다. 한낮, 오시(낮 12시)가 조금 지났다. 가모성의 청 안, 가모성주 후다나리는 타카모리의 오랜 가신(家臣)으로 녹봉 5천 석, 산요의 사위가 된다. 그때 청으로 산요가 들어섰다. 피곤한 표정이다. 후다나리가 다가가 머리를 숙여 인사했다.

"산요 님, 백제방 군사를 이끌고 오셨군요."

"백제방 군사가 아니라 계백영지의 군사네."

산요가 수정했지만 후다나리는 시선을 떼지 않고 되묻는다.

"같은 군사 아닙니까? 백제방 영지가 계백령 아닙니까?"

"아니야. 계백령은 아리타, 마사시, 이또 영지를 합한 것으로 왜국 관할일세."

"이제 이곳 타카모리 영지도 포함되겠군요."

그때 산요가 먼저 자리에 앉았다. 청 안에 후다나리의 가신 10여 명이 모여 있었지만 분위기가 가라앉았다. 성으로 백제방 기마군 2백여 명이 다가왔기 때문에 후다나리는 성문을 닫고 전투 준비를 시켰던 것이다. 이쓰와성으로 가는 길목에 위치한 가모성은 요충지다. 그리고 성에 기마군 3백, 보군 3백을 보유하고 있는 것이다. 그런데 백제군에 끼어온 산요가 후다나리를 만나겠다면서 먼저 성에 들어온 것이다. 그때 산요가 정색하고 후다나리를 보았다.

"이보게, 후다나리, 지금 어쩔 작정인가?"

"성은 그냥 못 넘깁니다."

33세의 후다나리가 바로 대답했다.

"죽은 주군의 원수를 갚고 죽겠습니다."

"옳지."

산요가 머리를 끄덕였기 때문에 청 안의 시선이 모였다. 후다나리도 산요의 반응이 예상 밖인지 눈만 껌벅였다. 그때 산요가 말했다.

"잘 생각했어. 장렬하게 싸우다가 죽게. 이기리라는 생각은 안 했을 테니까."

"……"

"이 성에 군사 6백여 명, 주민 8천 정도가 있는 줄 알고 있네. 다 몰사하겠지."

"……"

"내가 죽기 전에 '타카모리를 위해 목숨을 바친 충신'이라는 묘비는 세워주지."

"……"

"나는 자네가 투항하리라는 기대는 안 했어. 내 사위 성품쯤은 아니까. 난세에 5천 석 영지를 탐내어 정세 판단도 못하고 군사를 출동시킨 '병신'을 위해서 목숨을 바치는 '대병신'이라는 건 알지."

"……"

그러고는 산요가 쓴웃음을 짓고 후다나리를 보았다.

"밖에는 계백 공의 심복 무장 화청이 와 있어. 기마군 2백이지만 이 성안의 군사로는 당해내기 힘들 걸세. 대륙에서 당왕을 패퇴시키고 돌아온 백제군이니까."

"……"

"나도 여기서 자네하고 같이 죽겠네. 화청이 날 들여보내면서 그러더군. 한식경 안에 안 나오면 같이 죽는 것으로 알겠다고."

쓴웃음을 지은 산요가 안쪽을 기웃거렸다.

"내실이 저쪽인가? 가서 내 외손자들을 보고 있을 테니 자네는 나가서 싸우게."

한식경쯤이 지났을 때 성 밖에 군사를 주둔시킨 화청에게 후다나리의 전령이 달려와 무릎을 꿇었다.

"장군께 말씀드리오."

"말해 봐라."

나무의자에 앉은 화청이 무뚝뚝한 표정으로 전령을 보았다. 둘러선 무장들은 모두 백제식 가죽 갑옷에 어깨에 깃털을 꽂은 무장도 있다. 당군(唐軍) 기마군의 장식인데 그것을 빼앗아 전리품처럼 꽂고 있는 것이다. 그때 전령이 말했다.

"성주 후다나리가 장병과 함께 계백령에 투항한다고 합니다. 성문을 열어 드릴 것이니 진입하시라고 했습니다."

"그럼 후다나리가 나와야지."

화청이 흰 수염을 손으로 쓸면서 말했다.

"갑옷을 벗고 칼을 풀고 걸어 나와서 맞는 법이다. 가서 그렇게 전해라."

그러고는 화청이 못마땅한 표정으로 혀를 찼다.

그 시간에 계백은 말을 달려 쿠로기(黑木)성 앞으로 달려가는 중이다. 뒤를 따르는 기마군은 2백, 가을 햇살이 머리 위로 내리는 맑은 날씨다. 2백 기마군의 말굽 소리가 황야를 울렸지만 가끔 말 울음소리와 말 장식 부딪치는 소음만 울릴 뿐 기마군은 말이 없다. 이윽고 앞장선 선봉이 속도를 늦췄고 뒤를 따르던 본대도 속보가 되었다. 쿠로기성은

241

타카모리 영지의 중심에 위치한 거성(巨城)으로 성주는 타카모리의 사촌 아리아케(有明), 37세의 용장으로 성안에는 기마군 8백에 보군 1천이 주둔하고 있다. 아래쪽 가모성을 화청에게 맡기고 병력을 반으로 나눠 곧장 쿠로기성으로 온 것이다. 이곳이 타카모리의 영지 중 중심이며 아리아케가 가장 반항적인 위인이었기 때문이다.

"성에 깃발이 날리고 있습니다."

옆으로 말 배를 붙여 온 윤진이 성을 바라보면서 말했다. 얼굴에 웃음이 떠올라 있다.

"예상대로 싸우려는 것 같습니다."

"아리아케의 기마군은 천하무적이라고 했어."

계백이 3리(1.5킬로) 거리로 다가온 성을 향해 나아가며 말했다.

"수적으로 서너 배 우위에 있으니 나와 싸우려고 할 것이다."

"참기 힘들겠지요."

윤진이 말고삐를 감아쥐면서 말을 이었다.

"아리아케는 호승심이 강하다는 소문입니다."

"제 사촌 일족이 몰사해서 분기가 충천해 있을까?"

"아리아케가 영주가 될 수도 있습니다."

윤진이 말을 받았을 때 성에서 북소리가 울렸다.

"주군, 선두에 서지는 마십시오."

중신(重臣) 타다요시가 말하자 아리아케가 입을 벌리고 소리 없이 웃었다. 마당에 앉은 아리아케는 왜인 치고는 거인이다. 6척의 키에 앉은 키가 커서 군사들보다 머리통 하나는 더 크다. 은으로 만든 비늘 갑옷을 입고 머리의 은 투구에는 황소 뿔을 좌우에 붙였다. 말에도 은 갑옷을 입혔기 때문에 거대한 은덩어리가 움직이는 것 같다.

"계백이 와 있는데 내가 숨겠느냐?"

아리아케의 목소리가 마당을 울렸다. 출진 북소리는 계속해서 울리고 있다. 마당에 모인 기마군은 6백, 넓은 마당이 기마군으로 가득 찼다. 말고삐를 챈 아리아케가 군사들을 향해 섰다. 아리아케는 수염이 무성했고 얼굴이 붉다. '타카모리 제1의 용장'이지만 단순해서 1만 8천 석의 영지 관리는 중신 타다요시가 집사 역할로 관리하고 있다.

"들어라!"

아리아케가 버럭 소리쳤다.

"우리는 타카모리 님의 원수를 갚는다! 알겠느냐!"

"옛!"

6백 기마군이 일제히 대답하자 흥분한 전마(戰馬)들이 발굽으로 땅을 찼다.

"자, 나를 따르라!"

장검을 빼든 아리아케가 다시 소리치면서 앞장을 섰다.

"우왓!"

다시 함성이 울렸다.

"옳지 나온다!"

속보로 다가가던 윤진이 성문에서 쏟아져 나오는 기마군을 보고 소리쳤다. 윤진은 1백 기를 이끌고 본대의 앞에서 다가가던 중이다. 그때 앞에서 선봉장의 외침이 울렸다.

"성주가 나옵니다!"

윤진이 숨을 들이켰다. 성문과의 거리는 1리(500미터), 윤진의 눈에도 성주의 문장이 박힌 깃발이 보였고 그 옆을 달려오는 은빛 갑옷의 무장이 보인 것이다.

"저런!"

윤진의 얼굴에 웃음이 떠올랐다.

"장관이구나."

햇살을 받은 성주의 은빛 투구와 갑옷이 번쩍인다. 더구나 말까지 은 갑옷을 걸쳤기 때문에 위풍이 하늘을 찌르고 있다. 그때 윤진이 허리에 찬 장검을 뽑아 쥐었다.

"자! 따르라!"

짧게 외친 윤진이 말에 박차를 넣으면서 힐끗 뒤를 보았다. 계백이 이끈 본진 1백 기는 1리쯤 뒤에서 따르고 있다. 하지만 다 보았을 것이다.

12장 무신(武神)

"쳐라!"

아리아케가 장검을 휘두르며 소리쳤다. 지금 아리아케는 윤진의 기마군을 향해 직선으로 달려가고 있다. 거리는 이제 300여 보로 가까워졌다. 계백군(軍)의 기마군은 1백여 기, 아리아케는 600기다.

"와앗!"

기세가 오른 군사들이 함성을 뱉었다. 땅을 울리는 말굽 소리, 장수들의 외침과 함성, 흥분한 말떼는 콧바람을 불면서 네 굽을 모아 달린다.

아리아케의 기마군과 250보 거리로 가까워진 순간이다.

"지금이다!"

윤진이 칼을 치켜들고 버럭 소리쳤다. 그 순간 한 덩어리로 뭉쳐 달려오던 기마군이 두 덩이로 와락 쪼개졌다. 절반씩 좌우로 나눠지더니 아리아케의 기마군 좌우 끝을 향해 비스듬히 달려가는 것이다. 정연한 행동이어서 단 1기도 어긋나지 않았다. 마치 통나무가 두 토막으로 탁, 쪼개지면서 좌우로 나눠진 것 같다.

"앗!"

앞장서서 달려오던 아리아케가 저도 모르게 외침을 뱉었다. 손에는 4척이나 되는 장검을 쥐었는데 무겁다. 그러나 한칼에 말 목을 베어 뗄 수 있다. 눈앞의 기마군이 탁 쪼개지면서 중심에는 가득 먼지만 일어나고 있으니 당황할 수밖에 없다. 거리는 2백 보, 양쪽으로 나뉜 적군을 따라 이쪽도 나뉠 것인가? 아니면 어떤 한쪽만 쫓을 것인가? 그 생각을 잠깐 하는 사이에 말은 20여 보를 내달렸다. 그 순간이다.

"와앗!"

앞쪽에서 함성이 울리더니 먼지 사이로 1진의 기마군이 나타났다. 이 기마군은 이쪽으로 직진해오고 있다. 다시 아리아케가 숨을 들이켰다. 앞쪽 백제 기마군이 쪼개진 지 숨을 두 번밖에 내쉬지 않았다.

먼지를 헤치고 직진한 계백이 잔뜩 시위를 당긴 화살 끝을 아리아케를 향해 겨누었다. 달리는 말 위여서 뛰어 오를 때를 기다려 살을 놓아야 한다. 백제, 고구려 기마군의 마상 궁술은 뛰어났다. 기마술이 뛰어나야 해서 기마술부터 익히고 마상 궁술을 배운다. 계백은 말이 뛰어오른 그 짧은 순간을 기다렸다가 살을 놓았다.

"쌕!"

소음 속에서 살이 날아가는 소리가 들렸다. 뒤를 따르는 기마군은 계백의 행동을 주시하고 있다. 거리는 이제 120보, 가깝다. 그 순간이다. 뒤쪽에서 함성이 울렸다.

"와앗!"

화살이 아리아케의 두 눈 사이에 박힌 것이다. 갑옷으로 무장한 아리아케는 얼굴만 내놓은 상태여서 다 보인다. 화살에 맞은 얼굴이 먼저 뒤로 벌떡 젖혀지더니 이어서 상반신이 넘어갔고 곧 말 위에서 굴러 떨

246

어졌다.

"와잇!"

다시 함성이 울렸을 때는 아리아케군과의 거리가 70, 80보로 가까워진 상태다. 사기가 충천한 백제군이 다시 함성을 질렀다.

앞장선 아리아케가 장검을 내동댕이치면서 말에서 굴러 떨어졌을 때 말은 말굽을 모으면서 10보쯤 뛰었다. 그것을 뒤에 따르던 위사대가 다 보았다.

"주군!"

"주군을 구해라!"

이쪽저쪽에서 외침이 울렸고 말고삐를 채어 멈추는 소란이 일어났다. 그 서슬에 600 기마군이 엉켰다. 말들이 부딪히고 넘어졌다. 마치 떼 지어 달리던 마차들이 부딪혀 넘어가는 것 같다. 그때 백제군이 덮쳤다.

"우왓!"

함성, 이제 아리아케군은 주군 아리아케가 화살에 맞아 땅에 떨어졌다는 것을 안다. 제대로 칼을 쥐고 덤비는 군사가 드물다.

"우왓!"

다시 함성이 오르면서 좌우에서 윤진의 기마군이 치고 들어왔다. 그러나 뒤쪽 퇴로는 놔두었다. 도망갈 길을 터준 것이다.

신시(오후 4시) 무렵, 쿠로기(黑木)성 동문 앞 1백 보 거리에 긴 장대가 하나 꽂혔다. 20자(6미터)가 넘는 대나무 장대다. 장대 위에 투구를 쓴 채로 아리아케의 머리가 꽂혔는데 두 눈 사이에 화살이 박힌 채다. 눈을 치켜뜬 아리아케는 도무지 무슨 영문인지 모르겠다는 표정으로 입을 딱 벌리고 있다. 놀란 표정 같기도 하다. 성벽에서는 아리아케의 얼굴까지 다 보였기 때문에 군사들의 시선이 모이지 않을 리가 없다. 군사들 사이에 낀 주민들도 보인다. 백제군은 5백 보쯤 떨어진 거리에 정연하게 늘어앉아 휴식을 취하고 있었는데 말은 옆에 세워놓아서 언제든지 출동할 준비는 되었다. 계백도 나무걸상에 앉아 주위를 둘러보고 있다. 갑옷을 입은 채다. 그때 옆에 선 윤진이 말했다.

"장군, 성에서 누가 나옵니다."

윤진은 계백한테 '장군'이라고도 불렀다가 주위에 사람이 많으면 '주군'이라고도 부른다. 계백은 이곳 영주이며 윤진은 그의 신하가 된다. 계백은 어떻게 불러도 상관없다는 태도다.

머리를 든 계백이 성에서 나오는 3인의 기마인을 보았다. 앞장선 기마군이 든 창에 백기가 달려 있다. 사자다. 오래전부터 '백기'는 '사자'나 '투항자'의 표시로 되어 있다. 윤진이 웃음 띤 얼굴로 계백에게 말했다.

"타다요시가 나오는 것 같습니다."

이윽고 기마인은 아리아케의 머리 밑을 지나 군사들의 안내를 받고 계백 앞에서 말에서 내렸다. 앞장선 장수는 타다요시다. 타다요시가 계백의 다섯 걸음 앞에서 무릎을 꿇고 앉았다. 그러고는 핏발이 선 눈으로 계백을 보았다.

"아리아케의 가신 타다요시가 계백 영주님을 뵙습니다."

타다요시는 52세, 대를 이어서 아리아케의 가신을 지내고 있다. 마른 체격, 그러나 붉은 기운이 도는 눈빛이 강하다. 타다요시의 목소리가 이어서 울렸다.

"영주께 아리아케 영지를 바치려고 왔습니다."

계백은 시선만 주었고 타다요시가 다시 외친다.

"지금 입성하시면 가신들을 모두 만나실 수 있습니다. 처분을 맡기겠습니다."

그때 계백이 말했다.

"투항자는 살려주겠다. 장졸은 모두 무기를 버리고 소집할 때까지 해산해라."

"해산하란 말씀입니까?"

눈을 크게 뜬 타다요시가 다시 물었다.

"집으로 돌려보냅니까?"

"그렇다, 집에서 쉬도록. 내가 다시 부르면 새 영주를 모시려고 모이는 것이다."

"예, 모두 감복할 것입니다."

이마를 땅바닥에 붙였다가 뗀 타다요시가 다시 계백을 보았다.

"가신들은 모두 청에 모이도록 하겠습니다."

"그래야지."

"아리아케의 처첩, 자식들은 어떻게 합니까?"

"내가 처첩으로 삼겠다."

바로 대답한 계백이 어깨를 펴고 타다요시를 보았다.

"아리아케를 모신 것이 무슨 죄란 말이냐? 내가 다시 처첩으로 삼을 테니 그리 알라고 해라."

"예."

당황한 타다요시의 얼굴이 붉어졌다.

"그, 그러면, 아리아케의 자식들은……."

"제 애비의 복수를 할까?"

"감히……."

"나하고 같은 내실에 살기 거북할 테니 떠날 사람은 떠나도록 해라."

"예."

그때 계백이 윤진을 돌아보았다.

"그대가 타다요시를 따라가 수습하도록."

윤진이 기마군 1백 기를 거느리고 먼저 타다요시와 함께 쿠로기성에 입성했다. 새 영주 계백을 맞을 준비를 시킨 것이다. 이제 타카모리의 거성까지의 모든 성을 장악했다. 앞으로 타카모리의 거성이 남아 있었지만 하세가와는 이미 전 가신의 서약서를 써서 백용문에게 건네주었다. 타카모리의 영지 25만 석이 평정된 것이다. 그것도 기마군 5백도 안 되는 병력으로 정벌했다. 계백의 얼굴에 웃음이 떠올랐다. 왜국은 새로운 땅이다. 새로운 백제가 이곳에서 열린다.

화살 1대로 타카모리의 용장 아리아케를 죽이고 영지를 차지했다. 계백의 군사는 부상자만 10여 명뿐인 대승이다. 아리아케가 끌고 나온 200 기마군 중 1백여 명이 전사, 1백여 명이 중경상을 입었던 것이다. 사기가 오르면 일당백이 되고 사기가 떨어지면 1천 명이 1명을 당해내지 못한다. 그날 밤, 쿠로기성의 내실을 차지한 계백이 어젯밤까지 아리아케의 소실이었던 다나에를 품고 자리에 누워 있다. 자시(밤 12시)가 넘은 시각이다. 다나에는 스물세 살, 아리아케가 가장 아끼는 소실이었는데 오늘 밤 수청을 들 처첩을 고르려고 위사장 하도리가 나섰을 때 자원했다.

누가 모시겠느냐고 처첩을 모아놓고 물었을 때 바로 대답했다는 것이다. 아리아케는 본부인 외에 소실이 6명, 그중 자식이 있는 처첩이 셋이었는데 저녁때 셋은 자식들을 데리고 떠나갔다. 그래서 남은 소실 넷 중 다나에가 자원한 것이다.

다나에는 손안에 쥔 작은 새 같은 몸이었지만 뜨겁고 사나웠다. 성(性)의 쾌락을 아는 터라 죽을 것처럼 비명을 지르면서 매달렸다. 쾌락의 끝이 죽음이라도 달게 받겠다는 자세였다. 계백도 오랜만에 육욕의 만족감을 느낀 밤이었다. 가쁜 숨이 가라앉았을 때 계백의 팔에 안겨 있던 다나에가 꿈틀거렸다. 땀에 배인 알몸이 미끈거렸고 따뜻했기 때문에 계백이 힘주어 끌어안았다. 그때 다나에가 더운 숨을 뱉으면서 말했다.

"대감은 무신(武神)이 맞는 것 같습니다."

"무슨 말이냐?"

"성안에 소문이 퍼졌습니다."

이제는 몸에 익숙해져서 어려움이 덜어진 다나에가 볼을 계백의 가슴에 붙였다. 더운 숨결이 가슴 위를 스치고 지나갔다.

"소문이 퍼져?"

"예, 대감이 무신이라는 소문입니다."

"내가 신(神)이 아니라는 소문은 네 입에서 퍼져 나가겠다."

계백이 다나에의 젖가슴을 움켜쥐며 웃었다.

"이렇게 인간으로 육정을 나누지 않았느냐?"

"아닙니다. 신이십니다."

다나에가 두 손으로 계백의 허리를 감아 안고 몸을 딱 붙였다.

"인간이 아니신 것 같았습니다."

"아니, 왜?"

"이런 쾌락을 주신 것은 대감이 처음입니다."

"허어."

계백이 이를 드러내고 웃었다.

"네년이 이렇게 아리아케를 녹였느냐?"

"아닙니다. 아리아케는……."

"닥쳐라."

부드럽게 꾸짖은 계백이 다나에의 허리를 당겨 안았다. 알몸이 살아 있는 낙지처럼 꿈틀거리며 몸을 붙여왔다.

"대감은 무신이세요."

다시 숨이 가빠진 다나에가 헐떡이며 말했다.

사흘 후의 한낮, 백제방으로 왜국의 섭정 소가 이루카와 그의 부친 인 전(前) 섭정 소가 에미시의 행차가 들어왔다. 청에서 기다리던 백제 방 방주이며 왜의 여왕 고교쿠의 자문관인 왕자 풍이 둘을 맞는다. 풍 의 격이 둘보다 높기 때문에 일어나지도 않는다. 앞자리에 나란히 앉은 둘이 인사를 나눈 후에 먼저 아비인 에미시가 입을 열었다.

"전하, 이번에 장군 계백이 타카모리의 영지를 정벌했습니다. 외침 을 일으켜 변란을 일으킨 죗값을 받는 것이니 이제 그 영지의 배분을 결정해야 될 것 같습니다."

"그래야지요."

선선히 머리를 끄덕인 풍이 둘을 번갈아 보았다.

"지난번 말씀 나눈 대로 아와강 서쪽 땅을 소가 가문에서 가져가시 지요. 계백에게 이미 그렇게 지시했습니다."

"예, 그런데."

이루카가 풍을 보았다.

"그곳에 2개의 성이 있습니다. 내 가신들이 들어가도 반항하지 않겠지요?"

그것까지 확인을 받고 가려는 것이다.

타카모리의 영지 18만 석까지 포함시켰으니 계백은 34만 5천 석의 영지를 소유한 영주가 되었다. 대영주다. 그리고 계백의 명성은 화살한 대로 타카모리의 용장 아리아케를 사살함으로써 천하에 떨쳤다. 이곳은 계백의 거성(居城)인 이쓰와(五和)성. 계백은 아리타의 거성에서 이곳으로 거성을 옮겼다. 타카모리는 영지 서쪽에 있는 호안사로 들어가 중이 되었다. 타카모리를 따르는 가신은 한 명도 없었으니 그야말로 화무십일홍이요 권불십년이다.

이쓰와성의 청 안에서 계백이 중신(重臣) 회의를 하고 있다. 계백의 중신은 이또의 중신이었던 사다케, 타카모리의 중신 하세가와, 아리아케의 중신 타다요시 등이었으니 구(舊)영주의 중신들을 모두 받아들인 셈이다. 또 끝 쪽에 타카모리의 용장 슈토의 모습도 보였는데 슈토는 대군을 이끌고 왔다 갔다 하다가 투항했다. 넓은 청 안에는 1백여 명의 가신, 장수들이 앉아 있다.

그중 일부는 계백을 백제에서부터 따라온 장수였지만 대부분이 왜국(倭國) 출신이다. 계백이 입을 열었다.

"흥망성쇠가 빈번한 시대이니 주인을 잘 만난 신하와 백성은 안락을 누리고 그렇지 못하면 함께 지옥 구경을 하지 않느냐?"

계백의 목소리는 크고 우렁차다. 턱을 조금 치켜 든 계백의 용자는 위엄이 넘쳐흐른다. 앞쪽에 나란히 앉은 화청, 윤진, 백용문도 그 기세에 압도당한 듯 숨을 죽이고 있다. 이 셋이 영주 계백의 동지이며 측근이다. 셋은 제각기 이또, 마사시, 아리타의 거성을 근거지로 삼아 소영주가 되어 있다. 계백이 말을 이었다.

"왜국은 백제의 속국이며 담로다. 백제계 왜왕이 백제방 방주와 함께 통치하는 체제인데 요즘 들어 지방 호족의 발호로 나라가 혼란에 빠져 있다."

어깨를 편 계백이 말을 이었다.

"나는 백제방 방주 직속령을 통치하는 영주이며 백제국 은솔 벼슬의 무장이기도 하다. 나는 왜국의 안녕과 번영을 위해 최선을 다하리라."

이것이 대영주가 된 계백의 소신이다. 그것을 가신들에게 알려준 것이다.

회의가 끝났을 때 야마토 성주 화청이 계백에게 말했다. 청에는 중신들만 남아 있다.

"주군, 제가 야마토성에 대해서 드릴 말씀이 있습니다. 아주 급합니다."

"무슨 말인가?"

계백이 묻자 화청이 헛기침을 했다.

"이또가 버리고 간 측실들이 넷이나 남아 있습니다."

그때 윤진과 백용문은 외면했고 사다케가 한숨을 쉬었다. 계백이 물었다.

"그래서?"

그러자 화청이 옆쪽의 사다케를 손으로 가리켰다.

"저놈한테 물어 보시지요."

계백의 시선이 사다케에게로 옮겨졌다.

"사다케, 화청 님과 무슨 일이냐?"

"예, 주군."

사다케가 다시 한숨부터 쉬었다. 사다케는 55세, 이미 장년으로 이또의 중신이었다. 그러나 화청이 누구인가? 65세의 노장(老將)이다.

40여 년 전, 당왕 이세민이 태원유수 이연의 아들이었을 때부터 옆에서 보아 온 당의 장수 출신이다. 사다케로서는 감히 눈도 마주치지 못할 입장이다. 사다케가 입을 열었다.

"예, 화청 님께서 이또의 남은 측실 넷을 모두 측실로 갖겠다고 하셔서 제가 조금 기다려 보라고 했던 것입니다."

"왜 그랬는가?"

계백이 추궁하듯 묻자 사다케가 대답했다.

"예, 아직 주군께서 측실을 다 정하지 않으셔서 그랬습니다."

"이런."

어깨를 부풀린 계백의 시선이 윤진과 백용문을 스치고 지나갔다. 마사시성을 물려받은 윤진이나 아리타성 성주가 된 백용문도 마찬가지일 것이었다. 모두 내실에 소실들이 남은 것이다.

계백이 중신들을 둘러보며 말했다.

"각 거성의 성주가 내실도 관리한다. 나는 상관하지 않겠다."

"당의 관복을 입고 당의 계급과 관습을 따르며 당 황제를 모시면 어떻습니까?"

그렇게 말하는 김춘추도 당(唐)의 관복을 입고 있다. 어깨를 편 김춘추가 왕좌에 앉아 있는 여왕을 보았다. 여왕 김승만(金勝曼)은 사촌언니인 여왕 김덕만(金德曼)이 비담과의 전쟁 중에 피살되고 나서 왕위에 올랐는데 김춘추의 하인(下人)이나 같았다. 김춘추는 왕관만 쓰지 않았을 뿐이지 국정을 자신의 집에서 처리했다. 김춘추가 말을 이었다.

"6백 년 사직을 보존하기 위해서는 당에 사대하는 것쯤은 아무것도 아닙니다, 여왕 전하."

"당 황제가 고구려와의 전쟁에 패한 후에 사사건건 우리 신라에 트집을 잡고 있소. 경은 무슨 방책이 있소?"

여왕이 주저하며 묻자 김춘추가 쓴웃음을 지었다. 청 안에는 30여명의 고관이 품계에 따라 서 있었지만 모두 숨을 죽이고 있다. 김춘추가 말을 이었다.

"지난번 고구려와의 전쟁에서 황제는 계백의 화살에 맞아 한쪽 눈이 빠졌습니다. 아마 몇 년 못 살 것 같습니다."

여왕이 몸을 굳혔고 김춘추의 목소리가 청을 울렸다.

"전하께서 수를 잘 놓으시니 비단에다 당 황제를 칭송하는 글귀를 수로 넣어주시지요. 그것을 당 황제께 보내면 좋아할 것입니다."

"내가 말이오?"

"예, 정사는 소신에게 맡기시고 수를 놓아주시면 그걸 갖고 당 황제께 가려고 합니다."

"경이 말이오?"

"예, 그걸로 달래는 수밖에 없습니다."

"알겠소."

여왕의 얼굴이 붉어졌다.

"내가 오늘부터 수를 놓겠소."

왕좌에서 일어선 여왕이 청을 나갔을 때 김춘추가 헛기침을 하고 나서 대신들을 둘러보았다. 대신들은 감히 시선을 마주치려고도 하지 않는다. 그때 김춘추가 입을 열었다.

"지금 신라는 적에게 사방으로 둘러싸여 나라의 운명이 경각에 달려 있소."

김춘추의 목소리가 청을 울렸다.

"서쪽은 백제, 동쪽은 백제의 속령인 왜국, 북쪽은 고구려에, 남쪽 바다는 백제 수군(水軍)에 막혀 있으니 믿을 곳이라고는 대국(大國) 당(唐) 뿐이오."

모두 숨을 죽였고 김춘추가 부릅뜬 눈으로 대신들을 보았다. 김춘추가 임명한 대신(大臣)들이다. 비담의 반란을 계기로 비담 일당은 물론 반대파까지 모두 숙청을 한 터라 신라 조정은 모두 김춘추에게 충성을 바치는 인물들로 채워졌다.

"왜국은 백제방의 권한을 더욱 강화시켜 여왕과 함께 직할통치령을 늘려가는 중이고 은솔 계백은 그곳의 대영주가 되어 무신(武神)으로 불릴 정도가 되었소. 이 상태가 계속된다면 신라는 말라죽은 나무 꼴이 될 것이오."

소리치듯 말한 김춘추가 어깨를 부풀리며 자리에서 일어섰다. 두 눈이 번들거리고 있다.

"당 황제는 고구려와의 전쟁에서 대패하고 눈 하나를 잃었지만 고구려 백제 연합에 잠을 못자고 있을 것이오. 당을 이용해 원수를 치는 방법밖에 없소."

"대감, 백제왕 의자가 동방(東方)에 대군을 집결시켜 놓고 있습니다. 벌써 한 달째인데 사신을 보내야 되지 않겠습니까?"

이찬 김부안이 묻자 김춘추가 쓴웃음을 지었다.

"그자가 아직 합병의 미련을 버리지 못하고 있는 거야. 대장군에게 전권을 일임했으니 당분간은 막아줄 것이다."

대장군이란 김유신이다. 김유신과는 처남 매부 사이일 뿐만 아니라 서로 의지하는 수족 같은 사이다. 김춘추는 김유신이 없으면 끈 떨어진 연 신세가 될 것이고 김유신은 김춘추 없이는 진골 왕족들의 무시를 받고 하루도 견디지 못한다. 신라 왕성의 청 안에 긴장감이 덮였다.

"장군, 백제군은 방책도 쌓지 않았습니다. 기마군 진지 안쪽으로 보군 초소만 있을 뿐입니다."

장군 박길천이 말했을 때 김유신이 머리를 끄덕였다.

"나도 보았다."

"기마군으로 기습하면 승산이 있습니다."

"네 용기가 장하다."

먼저 칭찬을 해준 김유신이 눈을 가늘게 뜨고 앞쪽을 보았다. 방금 선봉장 박길천이 직접 첨병대를 이끌고 적진을 염탐하고 돌아온 것이다. 박길천은 33세, 그동안 수십 번 전쟁을 치른 용장이다. 주위에 둘러선 장수들이 김유신의 시선을 따라 앞쪽을 본다. 오시(낮 12시) 무렵, 한낮의 햇살이 밝은 초가을이다. 이곳 신라 서쪽의 변방인 안산벌에서 신라군과 백제군이 대치한 지 30일째, 백제군은 동방 방령인 달솔 의직이 이끈 3만 5천, 그중 기마군이 1만 2천이며 보군은 2만 3천, 아주 적당한 비율이다. 이를 맞는 신라군은 대장군 김유신이 이끄는 3만 2천, 기마군 8천에 보군 2만 4천이다. 그때 김유신이 말했다.

"달솔 의직은 명장이야. 성격이 급한 것 같지만 전장(戰場)에서는 교활하고 치밀하다. 내가 겪어보았다."

모두 숨을 죽였다. 진막 밖에 모여 선 10여 명의 장수들을 가을바람이 스치고 지나갔다. 이곳은 야산의 중턱이어서 멀리 백제군의 보군 초소까지 다 보인다. 김유신이 손으로 앞쪽을 가리켰다.

"저 숲이 비어 있지 않았느냐?"

"그렇습니다."

모두의 시선이 백제군과의 중간에 위치한 숲을 가리켰다. 평지에 잔나무만 무성한 숲이다. 신라군이건 백제군이건 상대를 향해 나아가려면 숲을 돌파해야 한다. 그러나 평지의 숲이어서 백제군은 초소도 세우지 않았다. 기마군은 거침없이 돌파할 수 있을 것이다.

"저 숲이 방책이다."

김유신의 목소리가 주위로 퍼졌다.

"우리가 돌파하면 백제군은 기다렸다가 불화살을 쏠 것이다."

그 순간 서너 명이 탄성을 뱉었고 박길천은 숨을 들이켰다. 숲의 넓이는 1리(500미터)쯤 된다. 김유신이 말을 이었다.

"이곳저곳에 마른 풀, 나무가 늘어났구나. 백제군이 화공을 하려고 몰래 쌓아놓은 것이다."

"……"

"우리 기마군이 숲 안에 다 들어갔을 때 불화살을 쏘겠지. 그럼 절반은 타죽고 빠져나온 절반은 포위된다. 그 뒤를 보군이 따른다면 후퇴하는 기마군에 밟혀 몰사하겠지."

김유신의 얼굴에 웃음이 떠올랐다. 신라의 김유신은 오래전부터 신라인에게 무신(武神)으로 불리었다. 용병술이 뛰어난 데다 한 번도 결정적인 패배를 당한 적이 없었기 때문이다. 백제의 뛰어난 무장들과 부딪쳐서 손색없는 것이다. 김유신이 주위를 둘러보면서 말했다.

"명심해라. 후세에는 승자 이름만 남는다. 우리가 이기면 너희들 이름은 수백 년, 수천 년 뒤에도 이어질 것이지만 저기."

김유신이 턱으로 앞쪽을 가리켰다.

"저기 있는 백제군 달솔 의직이란 이름은 우리가 백제를 멸망시킨다면 백제와 함께 사라지고 말 것이다."

나무걸상에 앉은 김유신의 말이 이어졌다.

"그리고 저기 백제 땅, 백제 백성은 모두 신라의 장원이 되고 농노가되겠지. 너희들은 백제 땅을 나눠받은 지주 신분으로 백제인들을 농노로 소유하는 것이다. 역사는 신라의 위대함만 기록한다."

장수들의 얼굴에 생기가 떠올랐다. 이것이 김유신의 용인술이기도하다. 장수들에게 희망을 주는 것, 그래서 장수들도 김유신을 따른다.

그 시간에 백제왕 의자는 왜국의 백제방주 풍 왕자가 보낸 사신을맞고 있다. 왕자 풍은 의자의 아들이니 부자간이 본국과 속국을 지배하는 셈이다. 사신은 풍의 중신(重臣) 덕솔 백종이다. 풍이 직접 쓴 서신을읽고 난 의자의 얼굴에 웃음이 떠올랐다. 의자가 서신을 먼저 병관좌평이며 대좌평인 성충에게 건네주면서 백종에게 물었다.

"이곳에서도 소문을 들었다. 무역선 선장들이 퍼뜨린 소문은 이미남방(南方)으로도 번져나갔을 것이다."

백제(百濟)는 백가제해(百家濟海)의 줄임말이니 수많은 무역선단을이끌고 대륙과 남방, 인도를 넘어 서쪽으로 해양 진출을 해왔다. 그래서 백제는 대륙과 서쪽에 22개의 속령인 담로를 운영하고 있는 것이다. 왜국도 담로 중의 하나다. 그때 서신을 다 읽은 성충이 웃음 띤 얼굴로말했다.

"대왕, 계백이 무신(武神)으로 명성을 떨친다니 대왕께선 무신을 거느린 천신(天神)이 되셨습니다."

"옳지."

의자가 소리 내어 웃었다.

"좌평, 그대는 무신을 지휘하는 병관무신(兵官武神)이냐?"

청 안에 가득 모인 신하들 사이에서 웃음이 일어났다. 도성의 청은 웅장하다. 왕좌에 앉은 의자의 모습에서는 저절로 위엄이 풍겨 나온다. 의자는 영명한 군주다. 나이 40이 넘어서 즉위한 터라 태자 시절부터 겪은 국정을 바로 실천할 수 있었다. 그때 성충이 말했다.

"대왕, 이곳 도성에 계백의 처자가 있습니다. 계백이 왜국 영주가 되었으니 처자를 보내 주시지요."

"계백이 처자를 두고 갔구나."

의자가 머리를 끄덕이더니 잠깐 성충을 보았다.

그러더니 백종에게 물었다.

"계백이 왜국에서 소실을 두었느냐?"

"예, 대왕."

"당연한 일이지요."

성충이 거들었다.

"영지 네 곳을 획득했으니 전(前) 영주의 처첩은 당연히 전리품이 됩니다."

"으음, 좌평도 계백이 부러운 모양이구나."

"예, 부럽습니다, 대왕."

다시 청에 웃음이 일어났을 때 의자가 정색하고 말했다.

"계백의 처자는 이곳에 두어라."

"예, 대왕."

머리를 숙여 보인 성충이 의자를 보았다.

"계백을 부르실 계획이십니까?"

"아직은 아니다."

의자의 목소리가 청을 울렸다.

"필요하면 부르겠다."

"대왕, 계백이 공을 크게 세우고 있으니 품위를 올려 주시지요."

성충이 말하자 의자가 머리를 끄덕였다.

"그렇지, 계백에게 달솔 품위를 하사한다."

"계백을 대신해서 감사드립니다."

성충이 말하자 백관들이 입을 모아 소리쳤다.

"황공합니다."

의자가 백종에게 말했다.

"계백에게 줄 관복과 관을 가져가라."

"예, 대왕."

"왜국 소실들한테서 자식을 많이 낳으라고 전해라."

"예, 대왕."

"백제계가 왜국으로 건너가 백가제해의 일익을 담당하고 있다. 이제 곧 신라를 합병하고 나면 더 큰 세상으로 뻗어나가야 될 것이다."

"예, 대왕."

대답을 백종이 했지만 백관들도 듣는다.

왕국에도 기세(氣勢)가 있다. 백제 왕궁의 기세는 가히 하늘을 찌를 것 같다.

바로 백가제해(百家濟海)의 기세다.

백제 유민은 먼저 규슈의 남쪽에서부터 기반을 굳히기 시작하여 차즘 동진(東進)했는데 왜인(倭人)들에게는 선진화된 문명을 전해주면서 지방 호족으로 자리 잡았다. 따라서 왜국(倭國)의 영주, 호족 대부분은 백제계다. 왜국의 왕실도 수백 년 전에 도래한 백제계일 뿐만 아니라 왜국의 섭정 소가 가문도 백제계이고 영주 대부분이 백제계였으니 백제방은 왕실과 함께 왜국을 통치하는 담로의 하나다. 백제는 대륙을 포함하여 왜국까지 22개의 담로를 소유하고 있었으니 백가제해(百家濟海)에서 국명(國名)이 비롯되었다. 봄, 3월, 백제방 직할 영지의 거성(居城) 이쓰와(五和)성의 청에서 영주 계백이 중신들에게 말했다.

"기마군 장비가 너무 무겁다. 오늘부터 기마군의 말에는 안장과 가슴 가리개만 붙이고 다 떼도록 해라."

중신들이 서로의 얼굴을 보더니 수군거렸다. 왜국의 기마군은 장비가 대단했다. 머리에 쇠 투구를 씌워 눈과 입만 내놓게 했고 투구에 거대한 황소 뿔을 붙이기도 했다. 말 목에도 갑옷을 덮었으며 가슴은 물론 엉덩이와 배까지 사슬 갑옷을 늘어뜨려 말 갑옷 무게만 20관(90킬로그램)이나 되었다. 거기에다 기마군의 갑옷도 엄청났으니 말이 사람 넷을 태우고 달리는 셈이다. 계백의 백제 기마군은 경장에 말 갑옷도 가슴에 가죽만 붙인 것이어서 백제 기마군의 속도는 왜국 기마군의 2배가 되었다. 그때 계백의 장수가 된 슈토가 말했다.

"주군, 그렇게 되면 적의 화살에 당하게 됩니다. 기마군이 궁수들에게 밀릴 수 있습니까?"

"빠른 기마군은 화살을 피할 수 있는 법, 궁수 무서워서 기마군을 뭍에 올라온 거북이로 만들 수는 없다."

계백이 웃음 띤 얼굴로 말을 이었다.

"당장 오늘부터 말 갑옷을 떼고 기마군 갑옷도 가슴만 가리고 다 떼어라."

계백의 시선이 하도리에게 옮겨졌다.

"하도리, 네가 감독관이 되어라."

"옛."

"기마군은 기습과 속도가 생명이다. 근접전은 보군한테 맡기고 기동력을 향상시켜야만 한다."

계백이 다시 슈토에게 말했다.

"슈토, 네가 내 영지의 기마군대장이다. 하도리와 함께 기마군을 재편성하라."

"옛."

슈토가 청 바닥에 납작 엎드렸다. 계백 영지의 기마 대장이면 중신(重臣)이다. 슈토는 새 영주의 중신이 된 것이다. 이제 계백령에는 질서가 잡혔고 군사 5천여 명을 동원할 수 있는 군사력도 갖췄다. 평시에는 영지 50석당 군사 1명으로 계산해서 계백령에서는 6천9백 명을 낼 수 있지만 계백령은 소출이 많고 인구도 많아서 2만까지 병력을 갖출 수 있다. 그때 마당에서 말굽 소리가 울리더니 위사가 먼저 뛰어 들어와 보고했다.

"주군, 백제방에서 전령이 왔습니다."

계백이 머리만 끄덕이자 백제방의 관원인 장덕 목기수가 들어와 인사를 했다.

"영주께 인사드리오."

"오, 장덕 왔는가?"

"방주 왕자 전하의 말씀 전갈입니다."

"말하라."

"본국에 간 덕솔 백종이 먼저 왕자 전하께 전령을 보냈습니다."

계백의 시선을 받은 목기수가 말했다.

"은솔께서 이번에 달솔로 품위가 오르셨습니다."

"허어."

계백이 놀란 외침을 뱉었을 때 청 안의 모든 중신들이 엎드려 축하했다.

"주군, 감축드리오. 경사입니다."

이제 계백은 제2관등인 달솔이 되었다.

"주군, 저쪽 산 너머가 고노 영지입니다."

슈토가 손으로 왼쪽 산을 가리켰다. 미시(오후 2시) 무렵, 계백은 슈토가 이끄는 기마군 1천 기와 함께 기동훈련 중이다. 슈토가 말을 이었다.

"3년 전에 영주 고노가 병으로 죽고 지금은 미망인인 아스나 부인이 6살짜리 아들을 키우고 있는데 중신(重臣)들이 서로 영지를 차지하려고 칼부림을 하고 있습니다. 내란 중이지요."

의외의 말이어서 계백은 듣기만 했고 위사장 하도리는 빤히 슈토를 보았다. 슈토가 몸이 가벼워져서 잠시도 가만있지 않고 네 다리를 움직이는 말 배를 무릎으로 조였다. 억센 힘이어서 놀란 말이 움직이지 않는다.

"그 바람에 백성들이 3년째 고생을 합니다. 중신들이 서로 세금을 뜯어가는 바람에 굶어 죽는 백성이 늘어났습니다."

"이런."

쓴웃음을 지은 계백이 지그시 슈토를 보았다.

"그래서 북쪽으로 방향을 잡은 것이냐?"

"아니올시다, 주군."

슈토의 얼굴이 붉어졌다. 이쓰와성을 떠난 지 사흘째, 이곳은 이쓰와 성에서 7백여 리 거리인 것이다. 하루에 2백5십 리를 전진했으니 왜군(倭軍) 기마군으로는 꿈도 못 꿀 전진 속도다. 중무장한 왜군 기마군은 하루에 50, 60리 전진이 고작인 것이다. 앞쪽의 고노 영지는 계백령 서북쪽 변두리에 위치한 소국(小國)이다. 3만 8천석 넓이에 영주가 병사하고 내분이 일어난 영지인 것이다. 그때 슈토가 말했다.

"이곳의 가신(家臣) 중 우에노라는 자가 있습니다. 소신과 친분이 있는 자인데 지난번에 저에게 서신을 보내어 차라리 타카모리 님이 이 영지를 병합하는 것이 백성을 위해서 낫겠다고 했습니다."

슈토의 얼굴에서 땀이 배어나오고 있다. 계백의 지시대로 슈토도 투구는 썼지만 어깨와 가슴만 가죽 갑옷으로 감싼 경장 차림이고 말도 가슴 가리개만 했다. 허리에는 장검을 찼고 손에 단창을 쥐었다. 간편한 무장이다. 슈토가 말을 이었다.

"아스나 부인의 뜻이라는 것입니다. 유자 히지 님과 아스나 님은 국경 근처의 절에서 살게만 해주면 영지를 넘기겠다고 했습니다."

슈토의 얼굴에 쓴웃음이 번졌다.

"제가 타카모리 님께 그 말씀을 전하기도 전에 영지 문제가 일어난 것입니다."

"슈토 님이 전해 줄 마음이 없었던 것이 아니요?"

듣고 있던 하도리가 불쑥 묻자 슈토가 어깨를 늘어뜨렸다.

"그렇습니다."

슈토가 계백에게로 머리를 돌렸다.

"타카모리 님은 아스나 님 모자를 살려두시지 않을 것 같았기 때문이오."

그때 계백이 물었다.

"이곳 내란을 일으키는 중신(重臣) 놈들은 몇이냐?"

"예, 넷입니다."

슈토가 기다렸다는 듯이 대답했다.

"모두 2백에서 5백 정도의 군사를 거느리고 이합집산을 거듭하고 있는데 모두 물욕에 눈이 먼 놈들입니다."

슈토가 번들거리는 눈으로 계백을 보았다.

"그리고 제각기 소가 전(前) 대감과 현(現) 대감께 청을 넣어 영지를 장악하면 심복이 되겠노라고 서약서를 넣었다는 것입니다. 뇌물도 바쳤는데 두 대감은 사태를 관망하고 있다고 들었습니다."

"백성만 죽어나는구나."

입맛을 다신 계백이 주위를 둘러보고 나서 말했다.

"오늘은 이곳에서 정찰을 하도록 하자."

"마님."

부르는 소리에 아스나가 머리를 들었다.

침실 안, 아스나는 막 아들 히지(日出)를 재운 참이다. 밤, 해시(오후 10시)가 조금 넘은 시각이다. 시녀 마스꼬의 목소리여서 아스나가 낮게 물었다.

"왜 그러느냐?"

그때 방문이 열리면서 마스꼬가 얼굴만 조금 안으로 내밀었다.

"마님, 우에노 님이 오셨습니다."

눈을 크게 뜬 아스나가 잠깐 망설였다가 머리를 끄덕였다.

"안으로."

"예, 저는 밖에 있겠습니다."

마스꼬는 망을 보겠다는 말이다. 곧 문이 더 열리더니 방 안으로 우에노가 들어섰다. 우에노는 아스나의 먼 친척이 된다. 올해 37세, 3백석을 받는 수문장직이지만 백제에서 가져온 불경을 외우고 검술에도 뛰어났다. 그래서 지난번에 타카모리 영지와의 합병을 상의했던 것이다. 방 안으로 들어선 우에노가 예의바르게 문 근처에 무릎을 꿇고 앉았다. 얼굴이 무섭게 굳어져 있다.

"마님, 지난번 말씀을 듣고 실행하지 못했으나 그것이 오히려 전화위복이 되었습니다."

우에노가 두 손을 방바닥에 짚고 아스나를 보았다.

"제가 타카모리의 가신 슈토 님께 말씀을 드렸던 바, 슈토님은 타카모리 님께 말씀을 드리지 않았다는 것입니다."

"……."

"그 이유는."

호흡을 고른 슈토가 말을 이었다.

"슈토 님은 타카모리 님이 마님과 히지 님을 살려둘 분이 아니기 때문이라고 했습니다."

"그런데 그 타카모리 님이 영지 욕심을 내다가 백제방의 장군인 계백 영주께 타도당해 영지가 일거에 몰수되었습니다."

그때 우에노가 번들거리는 눈으로 아스나를 보았다.

"마님, 제가 조금 전에 슈토 님이 보낸 전령을 만났습니다."

숨을 들이켠 아스나에게 우에노가 떨리는 목소리로 말을 잇는다.

"슈토 님은 이제 계백 영주의 기마군대장이 되어 있습니다."

"……."

"그리고 이곳에서 50리 거리인 하소산 건너편에 기마군 1천 기를 이끌고 와 있습니다."

"……."

"계백령의 영주이신 계백 영주를 모시고 와 있다고 합니다."

이제는 아스나가 숨을 죽였고 우에노의 말이 이어졌다.

"계백 영주께서는 슈토 님의 말씀을 들으시고 역적들을 단숨에 처단하겠다고 하셨습니다. 그리고 마님과 히지 님을 안돈시켜 드리겠다고 하셨습니다."

"……."

"마님."

우에노가 부르자 아스나가 입을 떼었다.

"우리 두 모자가 절에 가서 살기만 하면 돼요."

"마님, 걱정하지 마십시오."

"백성들이 하루라도 빨리 전쟁에서 벗어나 농사를 지어야지요. 모두 산으로 도망가서 3년째 농사를 짓지 못하고 있어요."

"……."

"마님."

손등으로 눈물을 닦은 우에노가 아스나를 보았다.

"돌아가신 주군께서도 잘 하셨다고 하실 것입니다. 제가 끝까지 마님과 히지 님을 모시겠습니다."

우에노가 자리에서 일어섰다.

고노 영지의 거성(居城)은 둘레가 8리(4킬로) 정도에 높이는 10자(3미터) 남짓의 석벽이 세워진 소성(小城)이다. 그런데 이 소성이 남북으로 두 동강으로 나뉘어져서 북쪽은 중신(重臣) 타노(田野)가, 남쪽은 역시 중신 타마나(玉名)가 차지했다. 이 소성을 빼앗으려고 두 중신이 제각기 군사 2백여 명을 끌고 들어와 진을 쳤기 때문이다. 서문 안쪽에는 고노의 처자인 아스나, 히지 모자(母子)가 내몰려 있었으니 보기에도 안타깝고 흉했다. 아스나는 끝까지 충성하는 가신(家臣) 10여 명에 시녀, 군사 1백여 명과 함께 저택에서 기거하고 있었으니 하루가 10년 같은 세월일 것이다. 거기에다 성 밖의 영지에도 중신 2명이 호시탐탐 영지를 노리는 상황이다. 아스나가 진즉 히지를 데리고 도망칠 수도 있었지만 죽은 남편 고노의 유지를 버릴 수 없었기 때문에 남았다. 자신마저 도망치면 영지는 사분오열되어 내란이 계속될 것이기 때문이다.

진시(오전 8시) 무렵, 북문 안에 주둔하고 있던 타노는 말굽 소리에 눈을 떴다. 처음에는 지진이 난 줄 알고 벌떡 일어났다가 그것이 말굽 소리인 줄 알고는 얼굴이 굳어졌다. 문을 박차고 나간 타노가 마루에 서서 소리쳤다.

"무슨 일이냐!"

그때 마당으로 군사 하나가 뛰어들었다.

"기마군이오!"

"누구냐! 어느 기마군이야?"

말발굽 소리는 1, 2백 기가 아니다. 엄청나다. 42세의 타노가 처음 듣는 말굽 소리다.

그때 군사가 소리쳐 대답했다.

"모릅니다!"

"몰라?"

"벌써 북문으로 들어오고 있습니다!"

그때 말굽 소리가 더 가까워지더니 비명과 함성, 외침이 일어났다. 놀란 타노가 방에 있는 검을 집으려고 몸을 돌렸을 때 마당으로 10여 필의 기마군이 들이닥쳤다.

"이놈! 멈춰라!"

뒤쪽에서 벽력같은 외침이 일어나자 타노의 오금이 얼어붙었다. 머리만 돌린 타노는 경장 차림의 기마군들을 보았다.

"내려와라!"

앞에 선 기마군이 소리쳤다. 장수 같다.

"누, 누구요!"

타노가 기를 쓰고 겨우 소리쳤을 때 장수가 달려왔다.

"아앗!"

놀란 타노가 외침을 뱉었을 때는 이미 늦었다. 방으로도 도망치지 못한 타노는 장수가 내려친 칼등에 머리통을 맞고 뒤로 벌떡 넘어졌다. 기절한 것이다.

아스나는 땅이 울리는 말굽 소리를 들었을 때부터 계백군의 진입을 알고 있었다. 계백군은 북문 수문장인 우에노가 열어놓은 북문으로 몰려들어 올 것이다. 작은 성이다. 곧 말굽 소리가 가까워지면서 비명과 외침이 일어났다. 모두 성안의 군사, 장수들의 입에서 터져 나온 소리다. 담장 너머 성안이 온통 말굽 소리, 외침으로 가득 찬 것 같았다. 그러더니 곧 조용해지기 시작했다. 밥 한 그릇 먹을 시간도 안 되었다. 어느덧 놀라 지르는 외침이 뚝 끊긴 것이다. 말굽 소리만 들릴 뿐이다. 그때 내궁으로 쓰는 저택 대문으로 기마군 대여섯이 들어섰다. 앞에 선 기마군은 장수다. 황소 뿔 투구를 썼지만 어깨와 허리 갑옷만 걸쳤고 손에는 피 묻은 장검을 쥐었다.

아스나는 마루에 나와 서 있었는데 황소 뿔 장수와 시선이 마주쳤다. 그때 장수가 말에서 뛰어내리더니 아스나를 올려다보았다.

"나는 계백령 계백 영주의 기마군대장 슈토요, 아스나 님이시오?"

목소리가 우렁찼다.

"그렇습니다."

아스나가 대답했다. 그때 슈토의 뒤쪽에서 우에노가 나타났다.

"마님, 걱정하지 마십시오!"

우에노가 소리쳤을 때 슈토의 눈빛이 부드러워졌다.

"그렇소. 걱정하지 않으셔도 되오. 반란군은 이제 진압되었소. 잠시 후에 모시러 올 터이니 기다리시오."

슈토가 말하더니 우에노를 돌아보았다.

"우에노, 마님을 모시고 있게."

"예, 슈토 님."

우에노가 상기된 얼굴로 대답했을 때 아스나는 어깨를 늘어뜨렸다.

고노성의 영주가 정무를 처리하는 청은 돌보지 않아서 마룻바닥이 부서졌고 천장에는 거미줄이 얽혀 있어서 군사들이 서둘러 바닥을 깔고 청소를 했다. 작은 성안에 1천 기의 기마군이 진입해온 터라 말발굽 소리로 가득 찼다가 차츰 가라앉았다. 청에 오른 계백이 안쪽에 마련된 보료에 앉았을 때 군사들이 성안에서 반란을 일으켰던 중신 타노와 타마나를 끌고 와 앞쪽 마당에 꿇어앉혔다. 마당 주위에는 군사들이 늘어섰고 청 안에는 장수들이 좌우로 벌려 앉았다. 한낮, 태양이 중천에 떠 있는 맑은 날씨다. 그때 하도리가 말했다.

"전(前) 성주의 부인이 오십니다."

곧 안쪽 문으로 아스나가 아들 히지를 데리고 청 안으로 들어섰다. 주위는 조용하다. 둘러앉은 장수들의 시선을 받은 아스나가 하도리의 뒤를 따라 다가오고 있다. 계백이 아스나를 보았다. 그 순간 계백이 숨을 멈췄다. 아스나와 시선이 마주쳤고 잠시 떼어지지 않았다. 흰옷 차림의 아스나는 창백한 얼굴에 희미한 홍조를 띠고 있다. 적당한 키, 갸름한 얼굴, 스물대여섯쯤 되어 보이는 나이에 몸매는 가늘지만 품위 있는 모습이다. 그때 계백이 눈으로 옆자리를 가리켰다.

"앉으시오."

미리 비워둔 자리다. 계백에게 머리를 숙여 보인 아스나가 히지와 함께 옆쪽 방석 위에 앉았다. 다섯 보쯤 떨어진 자리지만 옅은 향내가 맡아졌다. 청 안은 조용하다. 장수들도 숨을 죽이고 있다. 마당에 꿇어 앉은 타노와 타마나는 40대 중반쯤으로 아직 정신을 수습하지 못한 상태다. 타노는 아직 머리에서 피를 흘리고 있었다. 그때 계백이 마당에 선 장수에게 물었다.

"저놈들 휘하 군사는 어떻게 되었느냐?"

"예, 일부는 죽였고 나머지는 모두 항복해서 잡아놓았습니다."

장수의 목소리가 청을 울렸다. 머리를 끄덕인 계백이 명령했다.

"다 죽여라."

"옛."

"저놈 가족들도 몰살해라."

"옛!"

273

"저놈들의 친척도 찾아서 다 죽여라."

"옛!"

"그리고 내 눈앞에서 저 두 놈을 베어 죽여라. 난도질을 하는 게 낫다."

"옛!"

몸을 돌린 장수가 둘러선 군사들에게 소리쳤다.

"베어 죽여라!"

타노와 타마나는 말 한 마디라도 할 여유를 갖게 될 줄 알았던 것 같다. 그러나 계백의 추상같은 명령이 이어서 떨어졌고 그것을 들은 몸이 위축되었을 때 군사들이 사방에서 칼을 치켜들고 덮쳐왔다. 험악한 기세다.

"으으악!"

난도질은 공포감과 고통을 극대화시킨다. 단숨에 죽이는 것은 호사다. 두 반란 수괴의 비명이 계속해서 이어지다가 피 걸레가 되면서 멈춰졌다. 고깃덩이가 남았다.

그때 계백이 머리를 돌려 히지를 보았다. 히지는 대여섯 살쯤 되어 보였는데 단정한 모습이다. 얼굴도 아스나를 닮았다. 그러나 마당에서 일어난 참극을 보고는 얼굴이 하얗게 굳어져 있다. 아스나도 마찬가지다. 나란히 앉은 두 모자는 나무로 만든 인형 같다. 이제 사방이 조용해졌다. 마당에 수백 명의 장수와 군사가 모여 섰고 청 안의 장수들도 숨을 죽이고 있다. 그때 계백이 입을 열었다.

"몇 살이냐?"

히지에게 물은 것이다. 깜짝 놀란 히지가 아스나부터 보았다. 눈에 두려움이 가득 차 있다.

나란히 앉아 있던 아스나가 대답을 하라는 눈짓을 했다. 모두의 시선을 받은 히지가 떨리는 목소리로 말했다.

"여섯 살입니다."

계백이 다시 물었다.

"저놈들이 왜 죽었는지 아느냐?"

"예."

계백의 눈빛이 부드러웠는데 히지가 입안의 침을 삼키고 나서 말했다.

"욕심을 부렸기 때문입니다."

"무슨 욕심?"

"영지를 차지하려고……, 땅입니다."

머리를 끄덕인 계백이 히지에게 물었다.

"내가 누군지 아느냐?"

"무신(武神)."

"누가 그러더냐?"

"마스꼬가."

"마스꼬가 누구냐?"

"시녀입니다."

"넌 무엇이 되고 싶으냐?"

"어머니를 따라 중이 되고 싶습니다."

"중?"

"예."

"왜?"

"아버님이 돌아가셨기 때문입니다."

"살아 있었다면 네 아비의 뒤를 따라 영주가 되겠구나?"

"예."

"영주가 되고 싶으냐?"

그때 아스나가 숨 들이켜는 소리를 내었지만 입을 열지는 않았다. 그러나 얼굴이 긴장으로 굳어졌다. 청 안의 장수들, 마당에 모여 선 장졸들도 숨을 죽이고 있다. 바람이 불어와 피비린내가 났지만 모두 히지를 주시하고 있다.

그때 히지가 대답했다.

"예."

그 순간 아스나의 어깨가 올라갔다. 다시 숨을 들이켰기 때문이다. 장수들도 술렁거렸고 마당의 장수 하나는 혀 차는 소리를 내었다. 그때 계백이 물었다.

"네가 영주가 되려면 부하를 모으고 네 땅을 빼앗은 영주를 죽여야 되지 않겠느냐?"

히지가 눈만 껌벅였지만 그 말이 어떤 내용인지는 모르는 표정이다. 그때 계백의 시선이 아스나에게로 옮겨졌다.

"네 어머니하고 같이 말이다."

그때 아스나가 두 손을 청 바닥에 짚고 엎드렸다.

"아이의 생각 없는 말입니다."

아스나의 목소리가 떨렸다.

"제발 목숨만은 살려주십시오."

머리를 든 아스나의 볼로 눈물이 흘러내리고 있다.

그때 계백이 다시 히지에게 물었다.

"영주가 될 수련을 할 테냐?"

이제 히지는 상황을 조금 안 것 같다. 얼굴이 하얗게 굳어진 채 눈동자만 굴리고 있다. 그때 계백이 다시 물었다.

"내 양아들이 되지 않겠느냐?"

그 순간 청 안 장수들이 술렁거렸다. 슈토가 어깨를 한껏 부풀렸다가 소리 죽여 숨을 뱉는다. 계백의 목소리가 이어서 울렸다.

"내 양아들이 되어서 영주 수련을 해라."

히지는 여전히 대답하지 못했고 계백의 시선이 아스나에게로 옮겨졌다.

"그대는 내 소실이 되겠는가?"

아스나의 얼굴이 순식간에 새빨개졌다.

그날 밤, 침상에 누워 있던 계백이 문이 열리는 기척에 고개를 들었다. 아스나가 들어서고 있다. 기둥에 붙여놓은 양초의 불꽃이 바람결에 흔들렸다. 그 바람에 계백의 코를 스치는 옅은 향내가 맡아졌다. 여자의 체취다. 계백의 시선을 받은 아스나가 잠깐 눈동자를 고정시키더니 눈길을 내렸다. 볼에 홍조가 피어났다. 화장기가 없는 피부는 창백하기 때문에 표시가 난다. 아스나가 시선을 내린 채 다가온다. 한 걸음, 두 걸음, 흰색 비단 겉옷을 입고 두 손을 앞에서 마주 쥔 채 다가오는 것이다. 품위가 배어나고 있다. 지금까지 여러 명의 소실을 상대했지만 이런 분위기는 처음이다. 아스나는 중키에 가냘픈 몸매다. 이윽고 침상 끝에 선 아스나가 시선을 들어 계백을 보았다. 이제는 얼굴에 홍조가 가득 덮였다. 불빛을 받은 눈도 번들거리고 있다. 아스나의 꽃잎 같은 입이 열렸다.

"벗고 들어갈까요?"

"그러는 게 좋겠다."

그러자 아스나가 그 자리에서 겉옷을 벗어 방바닥에 떨어뜨렸다. 마치 나비가 껍질을 벗고 나오는 것 같다. 그 순간 계백이 숨을 들이켰다. 아스나의 알몸이 드러난 것이다. 아스나는 겉옷 밑에 아무것도 걸치지 않았다. 계백의 시선을 받은 아스나가 한 손으로 젖가슴을, 다른 손으로 음부를 가렸지만 그것이 더 자극적이다. 아스나가 그 자세로 계백을 보았다. 얼굴이 더 붉어졌다.

"침상으로 올라갈까요?"

"들어오라."

아스나가 한쪽 다리를 들어 침상에 오르는 순간 검은 숲이 드러났다. 숲속의 선홍빛 연못도 보인다. 계백이 이불을 들쳐서 금방 태어난 아이 같은 아스나의 몸을 받아들였다. 아스나가 바로 계백의 가슴에 얼굴을 붙이더니 두 손으로 허리를 감싸 안으면서 말했다.

"추워요."

과연 알몸은 바깥 공기를 맞아 차다. 계백이 아스나의 어깨를 바짝 감싸 안았다. 다리 하나가 자연스럽게 아스나의 하반신을 둘렀다. 그때 아스나의 숨결이 계백의 가슴을 훑고 지나갔다.

"장군, 감사드립니다."

"이제 네 낭군 아니냐?"

"예, 낭군."

아스나의 손이 뱀처럼 미끄러져 내려와 계백의 남성을 쥐었다. 그러더니 숨을 들이켜면서 얼른 손을 떼었다. 계백이 아스나의 입을 입에 넣듯이 붙였을 때 뜨거운 혀가 꿈틀거리며 빠져나왔다.

다음 날 오전, 계백은 아스나, 히지와 함께 청에 올랐다. 전(前)에 아스나의 남편인 영주 고노가 생존했을 때와 같은 분위기다. 고노 대신 계백이 영주 자리에 앉았을 뿐이다. 계백은 아스나를 옆쪽에 앉게 했고 히지의 자리는 그 가운데다. 청 안에는 계백의 장수들뿐만 아니라 성에 남아 있던 고노의 가신들도 불렀기 때문에 좁은 청이 가득 찼다. 아스나는 처음에는 부끄러운지 시선을 내린 채 얼굴을 붉혔다가 곧 냉정을 되찾았다. 이제 계백의 소실인 것이다. 그때 슈토가 계백에게 보고했다.

"성 밖 영지에서 반란을 일으켰던 중신(重臣) 오시마와 오우치가 일족과 함께 도주하다 생포되었습니다. 명을 내려 주십시오!"

"그놈들을 따르던 부하까지 다 몰살해라."

"예엣!"

"앞으로 이곳은 히지성(城)으로 부른다. 히지가 성장하면 이곳 성주가 될 테니 가신들은 잘 보좌하라."

추상같은 명이다. 모두 머리를 숙였고 계백의 말이 이어졌다.

"우에노가 중신(重臣)으로 성의 수비장을 맡아 히지를 모시도록 하라."

계백은 달솔 품위로 임명되고 나서 왜국 백제방의 제2인자가 되었다. 달솔은 백제 16개 관등 중 2품으로 좌평 다음이다. 동, 서, 남, 북, 중 5개 방의 방령(方領)을 맡거나 중앙관서인 내관(內官) 12부와 외관(外官) 12부의 장(長)이 달솔 관등이다. 또한 본국(本國) 외의 영토인 22개 담로의 태수도 대부분 달솔 관등인 것이다. 왜국의 백제방은 특별한 경우여서 왕자를 보내 왜왕과 함께 통치한다. 고노 영지의 분란을 수습하고

돌아온 계백이 먼저 백제방으로 찾아가 풍 왕자에게 자초지종을 보고
했다.

"잘 했다."

보고를 들은 풍이 칭찬부터 했다.

"내가 여왕께 보고 드리고 소가 섭정을 불러 영지를 네 앞으로 정리
하겠다."

풍의 얼굴에 웃음이 떠올랐다.

"소실이 하나 더 늘었구나. 양자도 한 명 얻었고."

"예, 전하."

"씨를 뿌려서 곡식을 얻는 법인데 그대는 남이 뿌린 곡식을 창고에
쌓기만 하려느냐?"

"전하."

계백의 얼굴에도 웃음이 떠올랐다.

"남이 거둔 곡식도 제 손에서 잘 자라면 제 곡식이 됩니다."

"고노의 자식이니 왜인(倭人)이겠지만 씨가 좋으면 좋은 종자가 되
겠지."

"잘 기르지요."

"왜국의 지도층이 모두 백제계이지만 왜인의 균형도 필요하다."

"명심하겠습니다."

"신라가 자주 당(唐)에 결사표를 보내 당군(唐軍)을 끌어들이려고
한다."

풍이 화제를 바꾸었다. 백제방의 청 안에는 중신(重臣) 10여 명이 둘
러앉았지만 대화는 풍과 계백이 나누고 있다. 풍이 말을 이었다.

"지난번 김춘추, 김유신이 비담의 난을 이용하여 여왕을 시해한 후

부터 신라인의 민심(民心)이 김씨 왕가(王家)를 떠났기 때문이다.”

“김춘추에 대한 민심이 나쁜 것입니까?”

“바로 그렇다.”

정색한 풍이 계백을 보았다.

“김춘추 그자는 당(唐)의 신하가 되겠다고 진즉부터 당왕(唐王)에게 약속을 했지 않느냐? 제 아들을 당왕의 시종으로 보내고 신라 관원에게 당의 관복을 입히고 신라가 당의 속국이 아니라 1개 주(州)로 인정받기를 바라는 놈이다.”

신라의 사직을 지킨다는 명분이나 그것은 김춘추 자신의 욕심일 뿐이다. 백제의 왕 의자나 고구려의 연개소문이 대륙으로 진출하여 천하(天下)를 제패하려는 것과는 반대다. 신라가 반도의 구석에 박혀 밖으로 뛰쳐나갈 길이 막혀 있는 지리적 여건 때문이기도 할 것이다. 그때 풍이 불쑥 물었다.

“달솔, 네 영지가 얼마나 되었느냐?”

“예, 이번 고노의 3만 8천 석까지 38만 3천 석으로 늘어났습니다.”

“소가 가문의 영지를 합하면 두 부자(父子)가 200만 석 가깝게 된다.”

풍이 말을 이었다.

“50석당 군사 1인을 모은다고 해도 4만 명이야. 전시(戰時)에는 3명도 모을 수 있으니 10만이 넘는 군사가 된다.”

“전하, 소가 가문이 백제방을 상대로 전쟁을 벌이겠습니까?”

“인간의 욕심은 끝이 없다. 특히 권력욕은 절제하기 어렵다.”

정색한 풍이 계백을 보았다.

“수천 년 역사에서 상대를 믿었던 왕국이 꼭 망했다. 그리고 그 망한 왕국은 패륜과 무능, 압제로 매도당했다. 그것을 명심해야 된다.”

계백이 숨을 들이켰다. 승자가 정의다.

백제방에서 계백은 왕자 풍과 함께 하룻밤을 묵었다. 풍이 묵고 가라면서 주연을 열었기 때문이다. 백제방의 고위 관원, 계백을 따라온 화청과 장수들이 모두 참석한 주연이다.

"달솔, 대왕께서는 아직도 신라와의 통합을 바라시는 것 같지만 내 생각은 다르다."

술에 거나하게 취한 풍이 넌지시 말했기 때문에 계백은 긴장했다. 둘이 나란히 앉아 있어서 다른 사람은 듣지 못했다. 계백이 몸을 조금 기울였고 풍이 계백의 귀에 입술을 가깝게 대었다.

"신라는 이미 김춘추가 왕이 된 것이나 같고 당의 1개 현이 되었다."

계백이 고개를 끄덕였다.

"그렇습니다, 전하. 그러니 신라를 빨리 멸망시킬수록 이롭습니다."

"그것이 가능하겠느냐?"

"신라는 이미 영토의 절반을 잃었습니다."

그때 풍의 얼굴에 쓴웃음이 번졌다.

"당왕 이세민이 놔두지 않을 것이다. 김춘추는 무서운 놈이다."

"동방(東方)의 한신이지요."

"나도 그런 말을 들었다."

다시 웃은 풍이 길게 숨을 뱉었다.

"김춘추는 이제 당(唐)에 업혀 있는 몸이야. 당왕을 주무르는 영웅이지."

"운(運)이 끝까지 따라줄까요?"

"김춘추의 운이 강하면 백제와 고구려의 대륙 진출은 일장춘몽이 되지."

풍이 길게 숨을 뱉고 나서 말을 이었다.

"그러니 너는 왜국에서 기반을 더욱 굳혀야 한다."

풍은 이 말을 하려고 김춘추 이야기를 꺼낸 것 같다.

아스나가 들어서자 기다리고 있던 우에노가 자리에서 일어섰다. 해시(오후 10시) 무렵 고노성의 내성 마루방 안, 우에노는 고노성 성주대리를 맡고 있는 데다 아스나의 친척이기도 하기에 늦은 시간이지만 아스나의 부름을 받고 기다리던 중이다.

"마님, 부르셨습니까?"

우에노가 묻자 아스나가 앞쪽 자리에 앉으면서 말했다.

"우에노 님, 주군께선 지금 어디 계시지요?"

"어제 백제방에 가신다고 하셨습니다."

우에노가 바로 대답했다.

"방주 전하를 뵙고 오실 것입니다."

"어디로 오실지 알고 계세요?"

"그것은……"

머리를 든 우에노가 아스나를 보았다. 어제 계백은 고노성을 떠난 것이다. 백제방에 간 것은 확실하지만 계백령의 도성으로 돌아갈지 또는 어디로 갈지 알 수 없다. 이제 40만 석 가깝게 되는 대영주인 것이다. 한 번 움직일 때마다 기마 위사대 1천 기가 따른다. 그때 아스나가 입을 열었다.

"우에노 님, 제가 도성에 가는 것이 낫지 않을까요? 히지하고 같이 말입니다."

"……"

"히지 님은 주군(主君)의 양자가 된 신분, 주군과 함께 있는 것이 마땅하다고 생각합니다."

아스나의 얼굴에 홍조가 떠올랐고 두 눈이 반짝였다. 우에노는 소리 죽여 숨을 뱉었다. 영주 고노가 생존 시에도 아스나는 당찬 영주 부인으로 소문이 났다. 고노가 오히려 심약한 성격이어서 아스나를 '여영주'라고 가신들이 부르기도 했던 것이다. 그때 아스나가 말을 이었다.

"나도 이젠 주군의 어엿한 소실인데 이런 좁은 영지의 작은 성에 박혀 있으면 다른 소실들의 기세에 밀릴 가능성이 많아요."

"……."

"주군을 가깝게 모셔야 잊히지 않고 무시당하지 않게 되거든요."

그때 우에노가 고개를 들고 아스나를 보았다.

"마님, 조금 기다려 보시지요."

아스나의 시선을 받은 우에노가 쓴웃음을 지었다.

"그렇게 서두르시다가 오히려 역효과 날 수도 있습니다. 남녀 관계라는 것이……."

거성(居城)인 이쓰와성으로 돌아온 계백은 내정(內政)에 집중했다. 전(前) 영주들이 쌓아놓기만 한 군량을 풀어 굶주리는 주민에게 빌려주고 추수가 끝나면 갚으라고 했더니 창고가 금방 비었다. 시도 때도 없이 부역으로 징발해 온 악습을 철폐하고 한 달에 한 번, 그것도 부역에 나온 주민에게는 양곡으로 '부역비'를 지급하도록 했다. 그랬더니 언제 '부역날'이 있느냐고 기다리는 상황이 되었다. 그것을 계백령 전체에 시행한 지 석 달 만에 주민이 2할이나 늘어났다. 무신(武神) 계백에 대한 칭송이 아스카 근방뿐만 아니라 멀리 동쪽 끝까지 전해졌다. 다른 영주들이 계백령 흉내를 내었지만 바탕이 다르니 웃음거리만 될 뿐이다. 계백은 본국에서 성주(城主)를 지내 성내 주민들의 의식주를 보살펴준 경험이 있는 영주다. 본국 백제는 왜국보다 문화나 제도가 수백 년 앞선 문명국인 것이다. 내치에 힘쓴 지 석 달이 지난 늦가을 어느 저녁, 계백이 거성의 침실에서 다나에의 시중을 받으면서 옷을 갈아입었다. 그때 다나에가 말했다.

"제가 지난달부터 끊겼습니다."

"무슨 말이냐?"

"예, 임신을 한 것 같습니다."

몸을 돌린 계백이 다나에의 반짝이는 눈을 보았다. 얼굴은 어느덧 붉게 달아올랐다. 계백의 씨가 다나에의 뱃속에서 자라고 있는 것이다.

"오, 그래, 잘 했다. 아들을 낳으면."

계백이 웃음 띤 얼굴로 머리를 끄덕였다.

"무장(武將)으로 키워라."

"예."

다나에의 목소리가 떨렸다. 이제 계백으로부터 인정을 받은 것이다. 이 순간부터 다나에의 지위는 부인으로 상승된다. 계백이 말을 이었다.

"네가 모범이 되어야 한다. 그래야 네 자식도 인정을 받는다."

"예, 명심하겠습니다."

"왜국에 계백의 자손임을 부끄럽지 않게 해야 한다."

"예."

계백이 지그시 다나에를 보았다. 소실이 넷이나 된다. 계백가(家)의 자손은 더 늘어날 것이다. 이렇게 왜국이 백제화(百濟化)가 된다.

히지성주가 된 우에노가 이쓰와성으로 찾아왔을 때는 첫눈이 내렸을 때다. 청에서 우에노를 맞은 계백이 웃음 띤 얼굴로 말했다.

"네가 성주 노릇을 잘한다고 들었다. 그래, 무슨 일이냐?"

"예, 말씀드릴 일이 있사온데, 은밀히 말씀 드려야만……."

청에 두 손을 짚은 우에노가 쩔쩔매면서 말을 잇는다.

"주군, 주위를 물리쳐 주시면……."

"그러냐?"

쓴웃음을 지은 계백이 머리를 들고 중신들에게 말했다.

"위사장만 남고 다 물러가라."

그러자 하도리만 옆쪽 기둥 옆에 섰고 계백과 다섯 걸음 앞에 꿇어앉은 우에노만 남았다. 그때 계백이 웃음 띤 얼굴로 물었다.

"무슨 일이냐? 말해라."

"예, 아스나 님에 대한 말씀을……."

"도성에 온다는 이야기냐?"

불쑥 계백이 묻자 우에노가 숨을 들이켰다가 똑바로 시선을 주었다. 얼굴이 굳어져 있다.

"주군, 저한테 그런 부탁을 하셨습니다."

"내실 하인 편에 편지를 보냈더구나. 너는 모르고 있었느냐?"

"예, 주군. 그것은 모르고 있었습니다."

"도성으로 두 모자를 불러달라는 부탁을 전하려고 왔느냐?"

"아스나 님은 그렇게 말씀하셨지만 저는……."

"무엇이냐?"

"그러면 안 된다는 말씀을 드리려고 왔습니다."

우에노가 붉어진 눈으로 계백을 보았다.

"아스나 님은 투기가 심하시고 기가 세어서 분란을 일으키게 되실 것 같습니다. 제 친척이지만 계백령에는 어울리지 않으신 분입니다."

우에노가 이를 악물었다가 풀고 말을 이었다.

"저, 우에노가 아스나 님 모자를 모시고 은퇴하려고 왔습니다. 국경 근처의 절로 모시지요."

고개를 든 계백이 옆쪽에 선 하도리를 보았다. 하도리는 외면한 채 못 들은 척하고 있다.

계백이 우에노를 향해 입을 열었다.

"나도 아스나 성품에 대한 이야기를 들었다. 고노의 생존 시절에 시녀를 때려죽인 일도 있었다면서?"

"예, 주군."

우에노가 어깨를 늘어뜨렸다. 하룻밤 고노의 사랑을 받았다는 이유로 아스나가 하인들을 시켜 때려죽인 것이다. 물건을 훔쳤다는 누명을 씌웠지만 고노에게 둘러대려는 핑계. 주위 사람들은 누명을 씌웠다는 것을 다 안다. 아스나는 겉으로는 청초하고 고고한 성품처럼 보였지만 내면(內面)은 잔인했고 오만했으며 투기와 고집이 세었다.

중신들이 반란을 일으킨 이유도 아스나로는 안 된다는 민의(民意) 때문이기도 했다. 그때 계백이 말을 이었다.

"넌 그대로 영지를 지켜라. 나는 네가 필요하다."

우에노가 눈만 껌벅였을 때 계백의 시선이 하도리에게 옮겨졌다.

"하도리."

"예, 주군."

"다 들었을 테니 네가 히지성(城)에 가서 처리해라."

"예, 주군."

계백이 다시 우에노를 보았다.

"우에노, 너는 하도리가 히지성에서 돌아올 때까지 이곳에서 기다리도록 해라."

그때 우에노가 입을 열었다가 닫고는 고개를 숙였다. 하도리가 서둘러 몸을 돌렸을 때 계백이 말을 이었다.

"아마 하도리는 너나 나하고는 달리 사감(私感)을 품지 않고 처리하고 돌아올 것이다."

나흘 후, 소가 가문(家門)의 수장(首長)인 전(前) 섭정이 소가 이루카를 맞는다. 이곳은 에미시의 대저택, 이루카가 찾아온 것이다. 양쪽 중신들이 늘어앉았고 두 부자는 마주 보며 앉았는데 이루카가 먼저 입을 열었다.

"아버님 들으셨습니까?"

"아, 귀가 먹지 않았으니까 지금 네 말도 듣는다."

요즘 이루카가 제멋대로 하는 일이 많았기 때문에 에미시가 내쏘듯 말했다. 그때 이루카가 헛기침을 했다.

"계백의 위사장 하도리란 자가 옛 고노의 영지로 들어가서 살육을 했더군요."

"나도 들었다."

"소실로 삼았던 고노의 처와 자식을 무참히 베어 죽였습니다. 계백이 시킨 것이지요."

"너는 아느냐?"

"무엇을 말씀이오?"

이루카의 시선을 받은 에미시가 빙그레 웃었다.

"죽은 고노는 소실이 한 명도 없었다."

"그랬던가요?"

"이번에 죽은 고노의 처가 가만두지 않았기 때문이지."

"투기가 심했다는 소문은 들었지만……."

"이번에 그 여자가 이쓰와성으로 데려와 달라고 백방으로 손을 썼던 모양이다."

"그래서 죽인 겁니까?"

"계백이 죽인 것이 아니야."

어깨를 편 에미시가 쓴웃음을 지었다.

"위사장한테 처리를 맡긴 것이지."

"부하한테 책임을 떠넘긴 것 아닙니까?"

"계백의 용인술이다."

정색하고 말한 에미시가 이루카를 보았다.

"반면교사야. 너는 남의 약점이나 장점을 보고 배우도록 해라."

"앞으로 보기 싫은 소실은 위사장을 시켜서 꼭 죽이도록 하겠습니다."

"네 교만이 언젠가는 네 목을 조일 때가 있을 것이다."

"그 꼴을 보려면 아버님은 장수하십시오."

그때 헛기침을 한 에미시의 중신(重臣) 하나가 말했다.

"저녁 준비가 다 되었습니다. 자리를 옮기시지요."

가끔 있는 일이어서 두 부자는 일어섰고 중신들도 뒤를 따른다.

"백제와 가까운 규슈로부터 이곳까지는 대부분 평정되었으나 동쪽은 아직 미개척지가 널려 있기는 합니다."

중신(重臣) 하세가와가 말했다. 이쓰와성의 청 안, 계백이 가신(家臣)

1백여 명을 모아 놓고 국사(國事)를 논하는 중이다. 계백은 가리지 않고 인재를 등용했기 때문에 기존 영지의 중신도 그대로 끌어들였고 그동안 발군의 기량을 보인 무장이나 책사가 중용되었다. 하세가와의 말이 이어졌다.

"서쪽 영지에서 영주의 학정을 피해 이주한 주민들도 많기 때문에 그곳을 기반으로 세력을 넓히려는 토호들이 많습니다."

계백이 머리를 끄덕였다. 오늘 회의는 동정(東征)이다. 계백은 이제 40만 석 가까운 영지의 영주. 그러나 풍 왕자는 계백에게 은밀히 동정을 지시했다. 물론 풍 왕자는 고교쿠 여왕과 합의를 한 것이다. 계백의 영지가 늘어날수록 백제방과 함께 왕실의 세력이 강해지기 때문이다. 그때 옆쪽에 앉은 사다케가 입을 열었다. 사다케도 중신이다.

"주군, 동쪽의 영지를 면적으로 계산하면 수천만 석이 됩니다. 그러나 주민 수는 알 수 없고 무리를 지어 다니는 도적 무리도 몇이나 되는지 모르는 실정입니다. 먼저 사전 조사를 치밀하게 한 후에 시행해야 합니다."

"옳다."

계백이 이번에도 고개를 끄덕였다.

"네 말도 참조하겠다. 그러나 지금은 머뭇거릴 때가 아니다. 도적의 무리 때문에 학정을 피해 달아난 주민들이 다시 굶어 죽고 얼어 죽고 있다고 하지 않느냐? 가까운 곳부터 소탕해 나갈 것이다."

계백의 목소리가 청을 울렸다. 계백의 영지는 안정되었고 주민들이 몰려오는 상황이다. 백제에서 계백을 수행해 온 화청, 윤진, 백용문 등은 이제 영지 안의 소국(小國) 영주가 되어 내정(內政)에 열중하고 있다. 그들에게 내정을 맡기고 계백은 다시 동진(東進)하려는 것이다. 계백의 시선이 슈토에게 옮겨졌다. 타카모리의 장수였던 슈토는 이제 계백의 중신(重臣)이 되었다. 타카모리한테서 1천 석 녹봉을 받다가 지금은 1만 석을 받는 소영주다.

"슈토, 출정 준비는 언제 끝나느냐?"

"예, 사흘 후에는 기마군 3천이 떠날 수 있습니다."

슈토가 기다렸다는 듯이 대답했다.

"예비마 6천 필까지 준비했습니다."

고개를 끄덕인 계백이 위사장 겸 직할군 사령관인 하도리에게 물었다.

"직할군 1천 기는?"

"예, 직할군도 사흘 후면 준비를 끝내고 출진할 수 있습니다."

"그러면 사흘 후에 출진이다."

계백이 말하고는 하세가와를 보았다.

"하세가와, 그동안 네가 중신들과 함께 국정을 이끌어라."

"예, 주군."

"사다케와 타다요시는 나와 함께 간다."

일사불란하게 회의를 마친 계백이 자리에서 일어섰다. 계백은 슈토와 하도리가 이끄는 기마군 4천 기를 이끌고 동정(東征)을 시작하는 것이다.

그날 밤, 계백의 침실에서 품에 안겨 있던 하루에가 말했다.

"언제 돌아오십니까?"

"왜 묻느냐?"

하루에의 알몸을 당겨 안은 계백의 얼굴에 웃음이 떠올랐다. 사흘 후에 동정을 떠나는 계백이다. 내궁의 소실들은 계백이 부르기를 고대하고 있었을 것이다. 계백은 색(色)을 밝히는 성품이 아닌 데다 절제력이 강했다. 그것을 소실들도 알고 있어서 내색은 하지 못한다. 그때 하루에가 계백의 손을 잡더니 제 배에 붙였다. 따뜻하고 둥근 배에 계백의 손바닥이 덮여졌다. 순간 계백이 눈을 크게 떴다.

"그럼 너도?"

하루에가 계백의 가슴에 얼굴을 붙인 채 고개를 끄덕였다. 뱃속에 아이가 들었다는 의미다.

아스카에서 300여 리, 계백의 영지 이쓰와성에서 200리 떨어진 무쓰 계곡, 이곳이 호족 후쿠토미(福富)의 근거지다. 후쿠토미는 왜인(倭人)으로 백제계 영주 휘하에서 무사(武士)가 되었다가 따르는 부하들과 함께 미개척지인 동국(東國)을 넘어와 호족이 되었다. 대부분의 도적 무리 수괴가 이런 식으로 호족이 되거나 동국의 영주 행세를 하는 것이다. 후쿠토미의 계산에 의하면 영지의 넓이는 사방 70여 리, 서쪽의 영지 기준으로 말하면 25만 석, 주민 수는 4만여 명이다. 후쿠토미는 군사 2천여 명을 보유했고 그중 기마군이 5백, 근처에서는 적수가 없는 무력(武力)이었다. 미시(오후 2시) 무렵, 무쓰 계곡의 10리(5킬로) 앞에서 원정군을 정지시킨 계백에게 슈토가 다가와 보고했다.

"후쿠토미가 전군(全軍)을 모아 결전 준비를 하고 있습니다."

슈토의 얼굴에 웃음이 떠올랐다.

"기마군 5백, 보군 1천5백 정도입니다."

슈토의 척후가 정찰을 하고 온 것이다. 그때 슈토의 부장이 잡아온 사내를 계백 앞으로 끌고 와 무릎을 꿇렸다. 농민 차림의 사내는 사색이 되어 있다.

"이놈이 정찰하다가 도망치는 것을 잡았습니다."

계백이 고개만 끄덕이자 슈토가 사내에게 물었다.

"후쿠토미는 지금 어디 있느냐?"

"예, 진중에 있습니다."

사내는 바로 대답했다. 건장한 체격으로 무사(武士) 같다. 슈토가 다시 물었다.

"우리가 오는 줄 알고 있었느냐?"

"예, 이틀 전부터 알고 있었습니다."

"대비를 하고 있었겠구나."

"예, 후쿠토미는 무쓰 골짜기에서 싸운 다음 제각기 흩어져서 소규모 병력으로 백제군을 공격한다는 전략을 세워 놓았습니다."

계백의 얼굴에 웃음이 떠올랐다. 그렇게 되면 원정군은 고전을 면치 못하게 될 것이다. 그때 슈토가 다시 물었다.

"처음부터 소규모 병력으로 싸우지 않는 이유는 무엇이냐?"

"백제 대군과 한번 정면으로 부딪쳐서 허실을 알아내겠다고 했습니다."

계백이 고개를 끄덕였다. 적절한 전술이다. 사내를 끌고 가라고 지시한 계백이 둘러선 장수들에게 물었다.

"후쿠토미가 주민들을 어떻게 관리하는지 알아보도록 해라. 서둘 것 없다."

"예, 주군."

계백의 의중을 알아차린 슈토가 몸을 돌렸을 때 사다케가 말했다.

"주군, 후쿠토미가 선정을 하고 있다면 살려주실 겁니까?"

"조건이 있어."

계백이 웃음 띤 얼굴로 말을 이었다.

"욕심이 과한 놈이면 살려주지 못한다."

유시(오후 6시) 무렵, 이번에는 노인 두 명이 끌려왔는데 후쿠토미 세력권 안에 사는 주민이다. 진막 안으로 노인을 데려온 계백이 둘을 편하게 앉도록 한 다음 직접 물었다.

"너희들은 본래부터 이곳에서 살았느냐?"

"아닙니다. 서쪽 아오야마 영지에서 마을 전체 주민이 이곳으로 이주했습니다."

노인 하나가 바로 대답했다. 아오야마 영지는 아스카 서남쪽의 15만 석짜리 면적이다. 바닷가에 위치해서 어업이 주업이고 산지가 많아서 농작물 소출은 적다. 그때 다른 노인이 말을 이었다.

"무신(武神)께서 오신다는 소문을 듣고 기다리고 있었습니다. 부디 이곳을 백제령 직할로 포함시켜 주소서."

"후쿠토미의 횡포가 심한가?"

"수시로 양곡을 빼앗고 젊은이는 군사로 뽑아가니 주민들이 산속에 숨어 살고 있는 형편입니다."

다른 노인이 말을 뱉는다.

"법이 없고 도적의 무리나 같습니다. 주민의 절반 이상이 유민이 되어 이곳저곳으로 도망 다니고 있습니다. 부디 무신께서 백성을 구제해 주옵소서."

그때 옆에 서 있던 타다요시가 사다케와 눈을 맞추더니 함께 머리를 끄덕였다. 명분이 충분하다.

13장 동정(東征)

"움직이지 않아?"

척후의 보고를 받은 후쿠토미가 눈을 가늘게 떴다. 후쿠토미는 42세, 장년이다. 그러나 6척 장신에 뼈대가 굵고 힘이 장사여서 창을 던지면 20보 거리의 표적을 맞힌다. 척후가 대답했다.

"예, 사방에 정탐병을 보내면서 움직이지 않습니다, 대장군."

"그놈들이 우리 허실을 알아내려는 게다."

쓴웃음을 지은 후쿠토미가 옆에 선 부장(副將) 오치를 보았다. 오치는 후쿠토미의 동생이다.

"오치, 여기서 기다리다가 놈들에게 기선을 빼앗기겠다. 네가 오늘 밤 기습을 하고 나서 흩어지자."

"그러는 게 낫겠습니다."

신중한 편인 오치가 고개를 끄덕였다.

"자시(밤 12시) 무렵에 놈들의 좌측을 치고 곧장 벌판을 빠져 나가지요."

"그때부터 우리는 소부대로 흩어진다."

후쿠토미가 둘러선 부하들을 하나씩 훑어보며 말을 이었다.

"계백은 대륙에서만 싸웠기 때문에 왜국의 험한 지형도 모르고 이곳에 맞는 기마군 전술에도 익숙하지 않아."

모두 숨을 죽였고 후쿠토미의 목소리가 진막을 울렸다.

"우리가 무신(武神)이라는 계백을 잡아 죽이거나 지쳐서 도망치게 한다면 우리는 중부(中部) 제1의 세력이 된다. 근처의 성들이 모두 우리에게 복속할 것이 아니겠느냐?"

"과연 그렇습니다."

부하 하나가 맞장구를 쳤고 진막 안에 떠들썩한 소란이 일어났다. 지금까지 후쿠토미는 2, 3백 명 단위의 전투는 수십 번 치렀지만 이런 대규모 전쟁은 처음이다. 그러나 전에 겪은 수십 번의 전투에서 한 번도 패한 적이 없는 후쿠토미다. 지형 이용에 뛰어났고 직접 앞장을 서는 용장이어서 후쿠토미를 따르는 부하들이 많다. 후쿠토미가 결연한 표정으로 지시했다.

"오치, 준비해라. 자시(밤 12시)에 기습이다."

해시(오후 10시)가 되었을 때 오치는 기마군 점검을 마치고 출진 보고를 하려고 후쿠토미의 진막으로 다시 들어섰다. 후쿠토미의 본진은 무쓰 골짜기의 중심에 위치했는데 3면이 골짜기로 막혔고 앞면만 트였다.

"형님, 가겠습니다."

갑옷 차림의 오치가 당당한 모습으로 보고했다.

"그럼 나중에 뵙지요."

"오, 한바탕 혼내주고 빠져나가라."

이미 후쿠토미도 준비를 마친 상태다. 오치가 진격하면 후쿠토미가 이끄는 본대 5백은 뒤를 따르다가 옆으로 빠져나갈 것이었다. 나머지 1천여 명의 보군도 1백 명 단위로 나뉘어 사방으로 흩어진다. 적은 오치의 기마군 3백을 맞아 당황하다가 곧 앞이 텅 비어 있는 것을 보게 될 것이다. 그때다.

"와앗!"

함성이 울렸기 때문에 둘은 서로의 얼굴을 보았다. 다음 순간 함성이 더 커졌다. 밤에 골짜기를 울리는 함성은 메아리까지 겹쳐 더 크고 선명하게 들려왔다. 그때 진막 안으로 장수 하나가 뛰어 들어왔다.

"장군! 적이오!"

"적이라니?"

짜증이 난 후쿠토미가 버럭 소리쳤을 때 갑자기 함성과 함께 밖이 밝아졌다. 대답도 듣지 않고 밖으로 뛰쳐나간 후쿠토미는 사방이 불길로 둘러싸여 있는 것을 보았다. 화공(火攻)이다.

"이, 이런."

함성이 더 커졌고 주위 군사들이 우왕좌왕하는 사이에 후쿠토미는 상황을 파악했다. 백제군이 3면에 불을 지른 것이다. 좌, 우, 위쪽에서 불화살이 계속해서 날아왔고 함성은 더 커졌다.

"형님, 아래쪽으로!"

오치가 다급하게 소리친 순간이다. 아래쪽에서 부장 하나가 달려와 소리쳤다.

"적이 계곡 앞을 막았소!"

"아뿔사!"

후쿠토미가 신음했다. 무쓰 계곡 앞이 막혔다는 말이다. 적이 3면을 화공으로 막은 후에 앞을 가로막았다. 이 가파른 골짜기가 불길에 둘러싸이게 될 줄은 상상도 하지 못했던 후쿠토미다. 함성과 함께 이제는 비명소리가 울렸다.

풍 왕자가 계백이 보낸 전령의 보고를 들은 것은 그로부터 나흘 후다. 전령으로 달려온 장수는 9품 고덕 벼슬의 연성이다.

"전하, 달솔이 후쿠토미를 사로잡아 처형하고 25만 석 상당의 영지를 획득했습니다."

고덕 연성이 소리쳐 보고했다. 백제방의 청 안에는 방의 관리들이 모두 모여 있는 데다 왕실의 내관(內官)까지 불러서 함께 보고를 받는다. 연성이 말을 이었다.

"후쿠토미는 무쓰 골짜기에서 화공을 받아 병력 태반을 잃고 화살을 맞고 생포된 후 처형됐습니다."

"오, 잘했다."

풍이 큰 소리로 치하했다.

"곧 여왕께 말씀드려 후쿠토미가 장악했던 영지를 계백령으로 편입시키도록 하겠다."

"전하, 달솔이 전하께 올리는 서신입니다."

연성이 밀봉한 서신을 두 손으로 내밀자 관리가 가져가 풍에게 전했다. 머리를 끄덕인 풍이 서신을 펴고 읽더니 연성에게 말했다.

"알았다. 달솔한테 무운을 바란다고 전해라."

"예, 전하."

연성이 물러가자 풍이 왕실의 내관들을 돌아보며 말했다. 내관들도 모두 백제계다.

"여왕 전하께 달솔의 전공을 들은 대로 전하도록 하게."

"예, 전하."

내관 둘이 일제히 머리를 숙였다.

"백제방의 방령이 늘어났습니다. 축하드리오."

"방령(方領)이 곧 왕실의 직할령 아닌가? 직할령 소출이 많아지면 왕실의 재정이 늘어날 것이고 그대들의 녹봉이 높아지는 것이네."

정색한 풍이 말을 잇는다.

"달솔 계백의 영지 확장으로 올해 안에 그대들의 녹봉은 2배가 될 것이네."

"감복하옵니다."

내관들이 다시 납작 엎드려 감복했다. 이렇게 백제방은 왕실의 재정과 인사까지 장악하고 있는 것이다.

섭정 소가 이루카는 동방에서 돌아온 첩자의 보고를 받고 있는데 안색이 좋지 않다. 계백의 동정(東征)에 대한 보고를 받는 중이다. 이윽고 첩자의 말이 끝났을 때 이루카가 물었다.

"계백이 지금 시나산 근처에 있느냐?"

"예, 그곳에서 각 지역의 주민 대표를 모으고 있습니다."

첩자가 말을 이었다.

"무신(武神)이 왔다고 주민들이 모여들어서 시나산 근처는 금방 큰 마을이 형성되었습니다."

"계백 그놈이 어디까지 가려는 것인가?"

이루카가 투덜거리듯 말하자 중신(重臣) 마에몬이 나섰다.

"주군, 계백에게 축하 사절을 보내시지요."

"뭐라고?"

"일국(一國)의 섭정으로서 그렇게 하시는 것이 낫습니다."

이루카의 시선을 받은 마에몬이 말을 이었다.

"그쪽 시나산, 무쓰산을 중심으로 한 지역은 땅은 기름지나 도적 무리가 횡행해서 주민들이 강한 영주를 바라고 있었지 않습니까? 우리도 여러 번 토벌대를 보냈지만 성과도 내지 못하고 회군했는데 계백은 단숨에 도적 무리의 수괴를 잡아 죽였습니다."

"……."

"계백에게 치하 사절을 보내고 그쪽 영지를 계백에게 할양한다는 서신을 보내시지요."

마에몬이 쓴웃음을 지은 얼굴로 말을 이었다.

"이미 계백이 보낸 전령이 풍 왕자와 왕실에 보고를 했을 것이고 그쪽 영지는 당연히 계백의 영지가 될 것이니 주군께서 미리 그렇게 말씀하시면 빛이 날 것입니다."

"네 말이 맞다."

머리를 끄덕인 이루카가 바로 지시했다.

"그렇게 서신을 써라."

"예, 주군."

"그나저나 계백이 온 후부터 백제방의 기세가 하늘을 찌르는군."

"이럴 때는 잠자코 계시지요."

마에몬이 달래듯이 말했다. 이루카의 제갈량이다.

백제의 해외 22개 식민지인 담로 중에 왜국이 가장 크다. 왜국(倭國)은 지리상으로 신라와 가까웠지만 백제 초기부터 백제 유민이 몰려가 규슈(九州)를 지배했던 것이다. 그래서 왜인(倭人)들은 백제인들로부터 문명을 받아들였고 자연스럽게 백제계 유민이 지배 세력이 되었다. 백제는 백가제해(百家濟海)에서 국호를 정한 것처럼 일찍부터 해양으로 진출, 해외에 22개 식민지를 보유한 해상강국(海上强國)이다. 후쿠토미 일가(一家)를 토벌한 후에 계백은 여왕과 섭정의 인장이 찍힌 승인서를 받았다. 후쿠토미가 장악했던 25만 석 상당의 영지를 계백에게 할양한다는 내용이다. 승인서를 받은 날 저녁, 후쿠토미의 거성(居城)인 산성에서 장수들과 함께 주연을 마친 계백이 내실로 들어왔을 때 중신(重臣) 사다케가 따라왔다.

"주군, 후쿠토미의 처자는 어떻게 합니까?"

내실의 청에 앉은 계백에게 사다케가 조심스럽게 물었다.

"처첩이 7명이나 있고 자식은 모두 14명입니다."

계백은 입맛만 다셨고 사다케의 말이 이어졌다.

"지금까지 영지를 정복했거나 이양을 받더라도 전(前) 영주는 물론이고 처자도 영지 밖으로 나가는 것이 통례였습니다. 더욱이……."

말을 멈춘 사다케가 계백을 보았다. 후쿠토미 같은 경우는 처자를 무사히 내보낼 상황이 아니다. 처자식이 이후에 복수를 할 테니 화근을 없애야 한다. 계백이 입을 열었다.

"처첩을 장수들에게 개가시키면 안 될까?"

"안 됩니다."

사다케가 바로 대답하더니 한숨을 쉬었다.

"주군께서 이또의 측실, 아리타의 측실을 받아들이셨지만 휘하 장수들은 안 됩니다."

"왜 안 되는 거냐?"

"주군의 소실이 되면 안심이 되나 장수들의 처첩이 되어서 배신할 수도 있기 때문입니다."

"내가 화청이나 윤진, 백용문 등 휘하 장수들에게도 처첩을 보냈지 않은가?"

"그분들이야 안심할 수 있지요. 하지만……."

"그렇다면 어떻게 하는 것이 좋으냐?"

"소인한테 처리를 맡겨주시지요."

사다케가 똑바로 계백을 보았다.

"주군께서는 모르고 계시는 것이 낫겠습니다."

계백이 한동안 사다케를 응시했다. 고노의 미망인 아스나와 아들 히지의 모습이 떠올랐기 때문이다. 그들을 소실과 양아들로 삼기까지 했지만 결과가 좋지 않았다. 히지를 잘 키워 든든한 무장(武將)으로 만들 생각이었다. 이윽고 계백이 고개를 들었다.

"알았다. 맡기겠다."

"주군, 후쿠토미의 형제들이 있습니다. 같이 처리하겠습니다."

"……"

"남동생이 배다른 동생까지 셋입니다. 모두 무장(武將)이니 죽이겠습니다."

"……"

"화근은 남기지 않는 것이 낫습니다."

"아스나의 경우가 되풀이되면 안 되겠지."

"후쿠토미의 여동생이 하나 있습니다. 배다른 여동생인데 죽이기는 아깝습니다. 취하시겠습니까?"

"다른 무장한테 보내라."

"예, 주군."

"전례를 따를 필요는 없다. 영지에 분란만 일으키지 않는다면 포용하라."

"명심하겠습니다."

엎드려 절을 한 사다케가 내실을 나갔다.

그로부터 한식경쯤 지났을 때 계백은 방문이 열리는 기척에 고개를 들었다. 여자가 들어서고 있다. 이곳 산성에는 시중들과 소실을 데려오지 않기 때문에 계백이 물었다.

"누구냐?"

그때 여자가 두 손을 모으고 서서 계백을 보았다. 우수에 덮인 얼굴이 밤에 이슬을 받은 수선화 같다. 여자가 시선을 내리고 대답했다.

"후쿠토미의 여동생 미사코입니다."

"누가 보냈느냐?"

계백이 묻자 여자가 숨을 들이켜고 나서 대답했다.

"사다케 님이……."

이번에는 계백이 숨을 들이켰다. 사다케에게 다른 무장한테 보내라고 지시했기 때문이다. 그때 여자가 시선을 들고 계백을 보았다. 눈동자가 또렷했고 맑은 눈이다.

"제가 보내달라고 했습니다."

"내가 네 오빠를 죽인 사람이다."

"압니다."

"왜 나한테 보내달라고 했느냐?"

"소실이 될 바에는 무신(武神)의 소실이 되고 싶습니다."

"내가 거부한다면 어떻게 할 것이냐?"

그때 여자가 잠깐 망설이더니 대답했다.

"살겠습니다."

"누구하고?"

"사다케 님이 골라주신 무장하고……."

"그럼 돌아가라."

고개를 끄덕인 계백이 덧붙였다.

"너는 잘 살 것이다."

여자가 절을 하고 몸을 돌렸을 때 계백이 어금니를 물었다. 숨을 들이켜면서 외면했던 계백이 문 닫히는 소리를 듣는다.

다음 날 아침, 청에서 조회를 마친 계백이 슈토, 하도리 등 무장들과 함께 영지 시찰을 나갔다. 위사대와 기마군 500여 기를 대동한 영주의 행차다. 후쿠토미가 장악했던 영지는 제대로 관리가 되어 있지 않아서 농지 대부분이 버려져 있는 데다 농사를 지어도 후쿠토미의 무리가 약탈하듯이 소출을 빼앗아가는 터라 수확을 하자마자 야반도주하는 농가가 많았다. 무법천지다. 후쿠토미 일당뿐만 아니라 야적 떼가 많아서 아예 괭이를 들 힘만 있으면 야적 무리에 가담하는 농군이 많았다.

한나절을 말을 달렸지만 농가 서너 채밖에 발견하지 못한 계백이 신시(오후 4시) 무렵이 되었을 때 한숨을 쉬고 탄식했다.

"당분간 이곳에 거성을 만들고 주민을 모아야겠다. 땅은 비옥한데 농민이 보이지 않다니 안타깝기 짝이 없구나."

계백이 슈토에게 지시했다.

"군사들에게 방을 붙이도록 해라. 앞으로 이곳 새 영지에서는 3년 동안 농작물 세를 걷지 않고 부역도 없을 것이다."

"예, 주군."

슈토의 두 눈이 번들거렸다.

"이웃 영지에서도 주민이 쏟아져 올 것입니다."

"법을 엄격히 시행해서 관리의 횡포가 절대로 없도록 할 것이며 야적은 보는 대로 잡아 죽일 테니 안심하고 생업에 종사하라고 해라."

"예, 주군."

이곳 영지는 말이 25만 석이지 실제 경지 면적은 40만 석이 넘는 땅이다. 주민이 다 도망가서 소출이 그 정도밖에 되지 않았기 때문이다. 계백이 한나절 동안 1백여 리를 달렸어도 영지의 절반밖에 보지 못했다.

그날 저녁, 내실의 청으로 다시 사다케가 찾아왔다.

"주군, 미사코 님을 이곳 거성의 내실 집사로 임명했습니다. 허락해주시지요."

"네가 알아서 해라. 그런데 미사코가 누구냐?"

계백이 묻자 사다케가 정색했다.

"후쿠토미의 동생입니다.

"아니, 다른 장수의 소실로 보낸다고 하지 않았느냐? 본인도 그런다고 했고."

"그것보다 내실 감독이 맞을 것 같아서요."

이맛살을 찌푸린 계백이 사다케를 보았다.

"너는 나한테 충심(忠心)으로 대하는 줄은 안다. 그런데 잘못하다가는 네 목이 먼저 떼어지고 나서 진심이 알려질 수도 있겠다."

"예, 주군의 곧은 성품을 누그러뜨리기 위해서는 제 머리통쯤이야 별것 아니올시다."

"닥쳐라!"

"예, 주군."

"속셈이 무엇이냐?"

"미사코 님이 이곳 영지에서 주군을 훌륭하게 모실 것입니다."

사다케가 똑바로 계백을 보았다.

"미사코 님은 쇼토쿠 태자가 세운 호류사에 보내져 10년 동안 공부를 하고 돌아온 인재입니다."

"뭐라구? 호류사?"

계백이 머리를 기울였다. 쇼토쿠 태자는 왜국에서 신처럼 숭상 받는 인물이다. 쇼토쿠 태자 역시 백제계이자 요메이왕(用明王)의 제2왕자로 어머니가 백제계인 소가 노우마코의 생질녀. 쇼토쿠 태자는 소가 노우마코와 함께 섭정이 되어 스미코 왜왕을 보좌했는데 왜국 최초로 헌법을 제정했다. 또한 불교를 장려하여 호류사, 시텐오사(四天王寺) 등 41개의 절을 세웠다.

쇼토쿠 태자가 죽은 후에 소가 에미시가 왜국 섭정이 되었고 뒤를 이어 소가 이루카가 지금 섭정이 되어 있는 것이다. 그때 사다케가 말을 이었다.

"미사코 님이 이곳 후쿠토미 지역의 '보살'로 불립니다. 후쿠토미가 지금까지 살아온 것도 미사코를 따르는 주민들이 있기 때문이라고 합니다."

"처음 듣는다."

"미사코 님이 앞에 나서지 않고 약탈해 간 양곡을 굶주린 주민에게 다시 나눠 준다든가 부모를 잃은 아이를 절에 수용하고 잔혹한 행동을 하는 장졸들을 벌하였기 때문에 그나마 후쿠토미의 체제가 유지되었던 것입니다.”

“내 눈에는 그렇게 보이지 않던데.”

“미사코 님이 주군의 소실이 되겠다고 자청한 것도 그 때문입니다.”

“그년이 나를 이용할 작정이었군.”

“주군, 미사코 님은 25세로 평생 남자를 맞지 않겠다고 공언하신 분입니다.”

“아직 남자 맛을 몰라서 그렇지.”

“주군, 미사코 님은 아스나하고는 다릅니다.”

“아스나가 침상에서는 제일이었다.”

“주군, 미사코 님은 쇼토쿠 태자님이 제정하신 17조 헌법뿐만 아니라 학문, 문장에도 뛰어납니다. 주군을 더욱 빛나게 만드실 분입니다.”

사다케의 이마에 땀방울이 맺혀 있다. 그것을 본 계백이 고개를 끄덕였다.

“수고했다.”

다음 날 아침, 계백이 청에 앉아서 사다케에게 지시했다.

“후쿠토미의 동생 미사코를 데려오도록.”

“예, 주군.”

사다케는 바로 대답했지만 둘러앉은 장수들이 술렁거렸다. 잠시 후에 사다케와 함께 미사코가 들어섰을 때 청 안은 숨소리도 들리지 않는다. 미사코는 준비하고 있었는지 저고리에 바지를 입은 남장 차림이었지만 미모가 더 두드러졌다. 수십 명의 시선을 받으면서도 어깨를 펴고 다가와 무릎을 꿇고 앉았다. 그때 계백이 입을 열었다.

“여러 말 하지 않겠다. 네가 그동안 선정을 베풀어 주민의 칭송을 받았다니 이 성에서 내정(內政)을 맡아라."

미사코가 시선을 들어 계백을 보았다. 눈동자가 흐려져 있다. 두 볼
이 조금 달아올라 있는데 조금 열린 입술 끝을 가늘게 떤다. 계백의 말
이 이어졌다.

"그렇지. 이곳을 미사코성으로 부르겠다. 너는 미사코성 성주다, 내
가신(家臣)이고."

그러고는 계백이 머리를 돌려 슈토를 보았다.

"미사코에게 기마군 1천, 보군 2천을 떼어주고 무장을 보좌시켜라."

"옛."

슈토가 납작 엎드려 명을 받았다. 계백이 이제는 미사코를 보았다.

"미사코."

"예."

미사코의 얼굴이 빨갛게 달아올랐다. 그러나 시선을 떼지 않는다. 계
백이 정색하고 말했다.

"쇼토쿠 태자님의 선정을 실현해 보도록."

"예."

"넌 내 가신이다."

"예."

"나는 네 주군이고."

"예, 주군."

계백이 이제는 사다케를 보았다.

"사다케, 미사코성 성주한테 소실을 찾아줘야 되지 않겠느냐?"

"……."

308

미사코에게 미사코성(城)을 맡기고 보좌역으로 사다케를 남게 했다. 당황한 것은 미사코뿐만 아니라 사다케도 놀라 허둥거렸다. 그러나 사다케는 곧 자신의 책무를 깨닫고 미사코와 함께 성 밖으로 나와 동진(東進)하는 계백을 전송했다. 계백이 미사코에게 마상에서 말했다.

"미사코, 잘 들어라."

"예."

대답한 미사코가 반짝이는 눈으로 계백을 보았다. 옆에 선 사다케는 숨을 죽이고 있다.

"이제 이 땅의 도적 무리는 소탕되었으니 백성이 마음 놓고 농사를 지으며 살 수 있게 되었다. 그렇지 않으냐?"

"그렇습니다."

계백이 말고삐를 채면서 물었다.

"네 할 일이 무엇이냐?"

그때 바로 미사코가 대답했다.

"알려 주십시오. 따르겠습니다."

"옳지."

계백의 얼굴에 웃음이 떠올랐다.

"내가 바라는 가장 좋은 답이다."

주위에 둘러선 무장(武將)들이 숨을 죽였다. 말이 코를 부는 소리와 말굽으로 땅을 차는 소리밖에 들리지 않는다. 그때 계백이 말했다.

"왜 그런지 답해 주마."

"예."

"나서지 말아야 한다."

미사코가 시선만 주었고 계백의 목소리가 대기에 울렸다.

"이제 이곳이 안정되었으니 성주는 없는 듯 보이지 말아야 한다. 그러면 백성들이 더 기운이 나서 일하며 살 것이다. 내 말을 들어가 되새겨 보도록."

그리고는 계백이 말고삐를 당겨 몸을 돌렸다. 계백의 등에 대고 사다케가 허리를 꺾어 절을 했다. 그것을 본 미사코가 서둘러 따른다.

"주군, 앞쪽은 우에스기 영지입니다."

미사코성을 떠난 지 이틀째 슈토가 앞을 가리키면서 말했다. 후쿠토미의 영역이 끝나고 우에스기 가문의 영지에 다가온 것이다. 알고 있었기 때문에 계백이 머리만 끄덕였다. 앞서 간 선봉대에서 아직 전령이 오지 않았다. 신시(오후 4시) 무렵, 계백의 기마군 1천5백은 속보로 전진하고 있다. 우에스기는 백제계로 3백여 년 전, 일가(一家)가 무리를 지어 왜국에 건너와 영주가 되었다. 문명(文明)과 전술(戰術)이 발달되고 철기 무기까지 소지한 백제계 유민들은 바로 왜인을 규합, 호족 세력으로 기반을 굳히는 것이다. 그 후로 우에스기는 영토를 넓혀가면서 기반을 굳혀 왔는데 지금은 영지가 55만 석에 군사가 2만 가깝게 되는 동방의 대영주 중 하나가 되었다. 현재의 영주는 우에스기 다까노, 45세, 영주가 된 지 25년이다. 그때 앞쪽에서 전령이 달려왔다. 계백 앞에서 말을 세운 전령이 소리쳐 보고했다.

"앞쪽 기치성(城)에서 성주가 백제방 달솔님을 영접하겠다고 했습니다."

계백은 백제방 달솔 직임으로 동정을 하는 중이다. 그때 슈토가 물었다.

"여기서 몇 리 거리인가?"

"60리쯤 됩니다."

고개를 돌린 슈토가 계백에게 말했다.

"주군, 기치성 근처에서 야영합니까?"

계백은 야영할 계획이었지만 생각을 바꾸었다.

"성주한테 성에서 묵게 해달라고 해라."

대답한 슈토가 전령에게 이르자 전령이 돌아갔다. 그때 하도리가 계백에게 말했다.

"주군, 우에스기의 속을 알 수 없는데 성안에서 머무는 건 위험합니다."

계백이 고개를 끄덕였다. 우에스기는 왕실이나 백제방의 지시를 거의 받지 않는다.

<끝>